Kurz und bündig

Detlef Brettschneider

Kurz und bündig

Kurzgeschichten Part 6

Wir bringen unsere Dummheiten zu hohen
Ehren, wenn wir sie in Druck geben.

Michel de Montaigne (1533 – 1592)
französischer Philosoph und Essayist

Saalfeld, 19.07.2021

Bibliografische Information der Deutschen Nationalbibliothek:

Die Deutsche Nationalbibliothek verzeichnet diese Publikation
In der Deutschen Nationalbibliografie; detaillierte bibliografische
Daten sind im Internet über http://dnb.dnb.de abrufbar.

Herstellung und Verlag:
BoD – Books on Demand, Norderstedt

ISBN 9783754325957

Inhalt

Part 6

Wie diese Überschrift vermuten lässt, ist das nun schon das 6. Buch mit Kurzgeschichten, welches ich im stillen Kämmerlein verbrochen habe. Wer meine vorangegangenen Machwerke noch nicht gelesen hat, dem sei gesagt, dass ich mich nicht unbedingt als Schriftsteller sehe. Ich vergleiche mich eher mit der naiven Malerei, denn ich bin überzeugt, meine Texte gehören zur naiven Schriftstellerei. Wer übrigens im Duden nach dem Wort „naiv" sucht, der findet:

Von kindlich unbefangener, direkter und unkritischer Gemüts-, Denkart zeugend; treuherzige Arglosigkeit beweisend; wenig Erfahrung, Sachkenntnis oder Urteilsvermögen erkennen lassend und entsprechend einfältig wirkend.

Trifft zu!

Ich

Ich glaube es hackt! Da draußen laufen Leute rum, die man besser zurückentwickeln und neu zeugen sollte. Wie zum Beispiel dieser Doktor Holzmann. Doktoren sind das Schlimmste. Wenn schon einer Holzmann heißt, da weiß ich doch gleich, was das für einer ist. Der könnte doch auch Pinocchio heißen. Ist doch auch aus Holz. Und Doktor, dass ich nicht lache. Der ist nicht mal richtiger Doktor. Ich meine, der ist schon Doktor, aber eben kein Doktor. Also kein Arzt. Doktor der Physik. Der will Atomkerne spalten. Warum sollte ein geistig Gesunder Dinge spalten, die von Haus aus schon kleiner als ein Millimeter sind. Typisch Doktor. Ich hasse Doktoren, Doktoren und Hundebesitzer. Hundebesitzer sind das Schlimmste. Die reden mit den Viechern, als wären diese Bestien intelligent. Was ich einem Hausschwein in zwei Tagen beibringen kann, dafür braucht man bei einem Hund zwei Wochen. Dann tut dieses abstoßende Getier auch noch so scheinheilig. Setzt sich hin und kratzt sich hinter dem Ohr, als würde es überlegen. Und die Besitzer fallen darauf rein. Wenn diese unnützen Geschöpfe wenigstens aufs Bellen verzichten würden, aber nein, die kläffen auch dann, wenn ich mal schlafen will. Man könnte doch zum Gesetz erheben, dass Herrchen oder Frauchen einen schalldichten Raum in ihrer Wohnung anlegen müssen. Nebenbei bemerkt, man kann diese Kreaturen auch einschläfern lassen. Der Mieter unter mir zahlt nicht einmal Hundesteuern. Angeblich weil er blind ist. Da müsste er doch von Rechts wegen das Doppelte zahlen. Der sieht nicht mal, wenn seine Töle einen Haufen macht, und kann somit diese Tretminen auch nicht aufsammeln. Und ich bin gezwungen, mir dann neue Schuhe zu kaufen. Ich hasse Hundebesitzer, Hundebesitzer und Rentner. Rentner sind das Schlimmste. Die arbeiten nichts, stehen aber an der Supermarktkasse immer vor mir und suchen stundenlang ihre Münzen in den abgeschabten Portmonees. Und im Wartezimmer beim Arzt lesen sie diese bescheuerten Zeitschriften und sind auch immer früher an der Reihe als ich. Außerdem blockieren sie mit ihren beschissenen Rollatoren die Gehwege für uns Menschen. In der Wohnung über mir haust so eine Zimtzicke. Die will sich im Treppenhaus immer mit mir unterhalten. Und die hat tatsächlich montags gute Laune. Zum Kotzen. Ich hasse Rentner, Rentner und Ausländer. Ausländer sind das Schlimmste. Die kommen alle mit ihren Schlauchbooten über den Ozean geschippert, bloß um uns die Arbeit wegzunehmen. Nicht mal richtig deutsch reden können die. Im Nachbarhaus wohnt so einer. Der kratzt im Klärwerk die angetrocknete Scheiße von den Bottichwänden. Das könnte sonst ein Deutscher machen. Und dann gehen ja auch einige von denen auf der Flucht unter und ertrinken. Das tun die nur, um uns ein schlechtes Gewissen zu machen. Ich hasse Ausländer, Ausländer und Katzenbesitzer. Katzenbesitzer sind das Schlimmste. Ziemlich genau 1,6 Millionen Euro geben diese Menschen für Feucht- und Trockenfutter sowie Snacks in einem Jahr aus. Wie blöd kann man sein? Die Mistviecher sind doch durchaus in der Lage ihr Futter selber zu jagen. Nach dem zweiten Weltkrieg hat man wenigstens solche Streuner gefangen und anstelle von Hasen verspeist. Heutzutage machen sich diese Sohlengänger in unseren Wohnungen breit. Obendrein glotzen diese zu klein geratenen Raubtiere immer enorm überheblich. Und die Besitzer finden das auch noch süß. Ich hasse Katzenbesitzer, Katzenbesitzer und Bettler. Bettler sind das Schlimmste. Die sitzen in meiner Fußgängerzone herum und glotzen blöd, obwohl jeder Arzt sagt, dass sitzen ungesund ist. Und dann wollen sie auch noch Geld haben. Ich gebe nichts. Die Kerle verfressen das doch bloß. Meistens sind die dann auch noch Obdachlos. Können sich einen schönen Tag machen, während ich zu Hause putzen muss. Ich hasse Bettler, Bettler und Vegetarier. Vegetarier sind das Schlimmste. Es mag schon sein, dass einigen kein Fleisch schmeckt, aber wenn die meinen, mit Fleischlosigkeit die Welt zu retten, dann sollten die erstmal den Löwen und Tigern das Pflanzenfressen beibringen. Und das Argument, dass Fleisch als Nahrung für Großkatzen naturgegeben ist, zieht nicht. Menschen haben von Natur aus auch schon immer Fleisch gegessen. Inzwischen ist es aber leider schon so weit, dass selbst Kannibalen nur noch Vegetarier essen. Es ist zur Mode geworden. Ich hasse Vegetarier, Vegetarier und Kinder. Kinder sind das Schlimmste. Schon als Säuglinge machen sie nur Dreck und Lärm. Man kann sich nicht vernünftig mit ihnen unterhalten, sie hindern einen am Schlafen, verlangen spezielle Nahrung, steuern aber nichts zur Haushaltskasse bei. Auch später wohnen sie in unseren Behausungen ohne Miete zu zahlen. Für diese Blagen werden extra Kinderspielplätze angelegt.

Aber nichts dergleichen für uns Erwachsene. Ich hasse Kinder, Kinder und Leute. Leute sind nun wirklich das Allerschlimmste. Aber es gibt zum Glück einen Menschen, durch den diese Welt einigermaßen erträglich wird. Und das bin ich.

Das Parfüm

Es war ein schöner Tag. Dem Wetter nach. Nicht etwa wegen meiner Tätigkeit. Ich hatte wieder einmal die Komplettreinigung meines Büros auf der Agenda. Als erstes Fensterputzen. Das machte mir noch den geringsten Ärger. Das Glasteil der Bürotür kam als Nächstes dran. Besonders die Anfangsbuchstaben der eingeätzten Schrift „Baer und Behr" musste ich mit einem Zahnstocher auskratzen, da mein Fensterputztuch sich standhaft weigerte, den hartnäckigen Schmutz aus den dünnen Rillen zu tilgen. Danach nahm ich mir schweren Herzens den Schreibtisch meines verstorbenen Freundes Max vor. Ich hätte ihn schon längst aus meinem Büro entfernen sollen, brachte es aber einfach nicht übers Herz. Da das Möbel aber von niemanden mehr genutzt wurde, hatte sich der Staub dort besonders hinterhältig an Ecken und Kanten eingenistet. Da konnte es schon mal vorkommen, dass während meiner Putzattacke ein zarter Fluch über meine Lippen glitt. Während ich gerade ein besonders hässliches Wort ausstieß, öffnete sich die Tür und eine Frau in Jeans und weißer Bluse betrat mein Büro: „Ich hoffe mal, Sie meinen damit nicht mich!" Mit einem verlegenen Lächeln und rotem Kopf entschuldigte ich mich, und bot ihr Platz an. Nachdem ich den Staublappen in die Ramschschublade meines Schreibtisches versenkt hatte, setzte ich mich ebenfalls und fragte zuckersüß: „Was ist ihr Begehr?" Sie schaute mich ziemlich abfällig an: „Reden Sie immer so geschraubt?" Ich schüttelte bedächtig den Kopf. Dann betrachtete ich sie genauer. Sie hatte die blondierten Haare zu einem Pferdeschwanz gebündelt, und ihre Augenbrauen waren akkurat gezupft. Bei den Wimpern war ich mir nicht ganz so sicher, ob die nun echt oder vielleicht doch angeklebt waren. Falls sie die Lippen geschminkt hatte, dann derart dezent, dass es nicht auffiel. Meine Begutachtung schien unabsichtlich länger als normal ausgefallen zu sein, denn sie fragte spöttisch: „Gefällt Ihnen, was Sie sehen, oder brauchen Sie noch mehr Zeit zum Gaffen?" Mein Gesicht erarbeitete sich erneut einen schwachen Schimmer unangenehmer Röte: „Entschuldigung! Also was kann ich für Sie tun?" Sie lächelte: „Zunächst können Sie erstmal eine Frage beantworten! Sind Sie verheiratet?" Mir war nicht recht klar, was diese Frage bedeuten sollte. Die Gute wollte mich doch sicherlich nicht ehelichen. Also kratzte ich in meinem Gehirn eine möglichst kluge Antwort zusammen. Diese lautete dann: „Gemäß des im Jahre 2006 erlassenen Gleichbehandlungsgesetzes, welches umgangssprachlich auch als Antidiskriminierungsgesetz bekannt wurde, ist eine Diskriminierung im rechtlichen Sinne eine Ungleichbehandlung einer oder mehrerer Personen. Also darf ich dementsprechend gar keine Ehe eingehen, da mich sonst alle anderen Frauen nicht mehr heiraten könnten, was eine ausdrückliche Ungleichbehandlung dieser Frauen darstellen würde. Logischerweise bin ich ledig. Aber was bezwecken Sie eigentlich mit dieser Frage?" Sie strich sich ein einzelnes Haar aus dem Gesicht: „Wie es aussieht, hören Sie sich gerne reden. Aber ich will Ihnen gern den Grund meiner Frage verraten. Nach meiner Erfahrung halten nämlich verheiratete Männer meistens zusammen, wenn es gegen die Ehefrau geht, auch wenn sie im Unrecht sind. Der Freund meines Mannes, der auch gleichzeitig der Mann meiner Freundin ist, streitet zum Beispiel vehement ab, dass mein Göttergatte ein Verhältnis hat". Ich hakte ein: „Vielleicht hat ja Ihr Gatte auch gar kein Verhältnis". Sie konterte: „Ja sicher! Und warum erzählt er mir, er würde Überstunden machen, aber wenn ich in seiner Firma anrufe, dann ist er stets gerade zufällig nicht zu erreichen. Abends riechen dann seine Klamotten immer nach irgendwelchen Kosmetika. Angeblich weil eine Kollegin beim Vorbeigehen ihren starken Geruch auf ihn übertragen hätte. Dass ich nicht lache! Wir sind erst ein Jahr verheiratet, und der Mistkerl betrügt mich bereits. Können Sie sich das vorstellen?" Ich raspelte etwas Süßholz: „Nein, das kann ich mir bei einer so schönen Frau einfach nicht vorstellen". Sie wurde richtig böse: „Hören Sie mit Ihren blöden Schmeicheleien auf! Ich will einfach nur, dass Sie herausfinden, wer die andere ist!" Ich nickte: „Darf ich aber zuerst erfahren, wer Sie sind? Auch Ihre Adresse wäre hilfreich. Und eventuell der Name der Firma Ihres Mannes, sowie ein Bild von ihm!" Sie antwortete immer noch etwas gereizt: „Marlen Schmidt. Aber bitte nicht Marlene mit einem ‚e' am Ende. Das hasse ich! Mein Mann heißt Julian. Unsere Adresse ist die Max-Reger-Straße 13a. Die Arbeitsstelle meines Mannes heißt Femdux-Med. Und ein Bild bringe ich Ihnen morgen vorbei. Einverstanden?" Als würde es sich um eine Bagatelle handeln, antwortete ich: „Zweihundert am Tag plus Spesen. Einverstanden?" Sie stand ruckartig auf: „Das ist Wucher! Einhundertfünfzig und keinen Cent mehr!" Mit dem freundlichsten Gesicht der Welt entgegnete ich ruhig: „Einhundertfünfundsiebzig, oder Sie suchen sich einen anderen!" Sie nickte: „Geht in Ordnung! Also dann bis morgen!" Schon fast auf dem Gang drehte sie sich noch einmal um: „Übrigens wäre ich bis zweihundertfünfzig gegangen, aber bereits 1961 hat der russische Regierungschef Nikita Chruschtschow sinngemäß gesagt: Wenn du jemanden das Fell über die Ohren ziehst, lass etwas dran, damit es nachwächst. Dann kannst du das Ganze später noch einmal wiederholen". Worauf sie die Tür schloss, und einen Privatdetektiv mit einem ziemlich blöden Gesicht zurück ließ.

Mein Frühstück am nächsten Morgen gestaltete sich nicht unbedingt befriedigend. Das lag nicht am Essen oder am Kaffee. Es lag am Geschirr. Früher besaß ich einmal ein Kaffeeservice aus Meißen mit Weinlaub-Dekor. Sechs Tassen, Untertassen und Frühstücksteller. Im Laufe der Zeit hatte meine sprichwörtliche Geschicklichkeit die Anzahl der Tassen auf zwei reduziert. An jenem Morgen nannte ich nach dem Abspülen nur noch eine einzige Tasse mein Eigen. Meine Laune glich dadurch in etwa einem Dampfkessel ohne Sicherheitsventil. Auf der Fahrt zum Büro nervte mich sogar mein Autoradio. Also nahm ich den Blick von der Straße, um den Ausschalter zu betätigen. Das hatte zur Folge, dass mein kleines Auto beschwingt die angestammte Spur verließ, und mit der Felge geräuschvoll an der Bordsteinkante kratzte. Bestens! Wieder eine Alu-Felge versaut. Langsam könnte ich mal einen Geldscheißer gebrauchen. Im Büro angekommen, frönte ich zunächst der Tradition, die mein Freund Max zu seinen Lebzeiten eingeführt hatte; ich genehmigte mir einen Schluck Bourbon. Pünktlich um zehn kam meine Klientin. Diesmal in einem roten Kleid mit einem dermaßen üppigen Ausschnitt, dass man befürchten musste, ihr Bauchnabel würde herausfallen. Sie nestelte eine Fotografie aus ihrer Handtasche und legte mir das Bild schwungvoll vor die Nase: „Hier, das geforderte Foto von meinem Gatten. Sie können es behalten!" Mal so gesehen, es gibt Tage, da hasse ich mich. Da kann ich mich einfach nicht zusammenreißen. So auch diesmal. Als ich meinen Blick auf das Foto fallen ließ, entfuhr meinem dummen Mund ein unkontrolliertes „Au!" Marlen Schmidt schaute mich an, als würde Sie mir in der nächsten Sekunde den Hals umdrehen: „Ihr seid doch alle gleich. Sie sind auch nicht gerade ein Sekretärinnenbefeuchter. Was regen Sie sich auf? Mir gefällt mein Mann". Das konnte ich beim besten Willen nicht nachvollziehen. Der Kerl auf dem Foto brauchte bei einem Kostümball garantiert keine Maske aufzusetzen, und man würde es wahrlich nicht merken. Dieser Mensch war einfach nur grundhässlich. Nachdem ich mich umständlich für meine unangebrachte Äußerung entschuldigt hatte, verabschiedete sich meine Klientin ziemlich kurz angebunden und verließ gekränkt mein Büro. Ich ging zum Fenster, um von oben noch einen Blick auf ihr Dekolletee zu erhaschen, wenn sie aus der Haustür treten würde. Natürlich weiß ich, dass man das nicht macht. Aber ich bin eben nicht ‚man'. Sie stieg in eine schwarze Limousine, jedoch auf der Beifahrerseite. Aha, die Gute war also in Begleitung. Kurz nachdem sich ihr Gefährt in Bewegung gesetzt hatte, schob sich ein weiterer Wagen aus der Reihe der parkenden Autos heraus, und verfolgte in sicherem Abstand meine Klientin. In meinem Hirn klingelte etwas, das man mit Fug und Recht als Alarmglocke bezeichnen konnte. Ich war schon einmal mächtig reingefallen, als ich blauäugig alles für bare Münze nahm, was mir eine verlogene Klientin aufgetischt hatte. Vielleicht sollte ich mir zukünftig doch besser die Personalausweise meiner Kunden zeigen lassen.

Am nächsten Morgen kleckerte ich nur ganz wenig während des Frühstücks. Das war immer das Omen für einen guten Tagesablauf. Im Büro nahm ich mir dann als Erstes die Aufzeichnungen meiner Überwachungskamera vor. Ich fand eine Stelle, an der meine Klientin genau in die Linse guckte. Das druckte ich mir als Foto aus. Es war eine Aufnahme von ihrem ersten Besuch. Ein Bild von der zweiten Zusammenkunft mit dem tiefen Ausschnitt hätte ich zwecks Identifizierung niemals Männern zeigen können. Keiner hätte auch nur ansatzweise das Gesicht der Lady betrachtet.

Ein Schild in der Max-Reger-Straße machte unmissverständlich darauf aufmerksam, dass die Parkmöglichkeiten in dieser Gegend ausschließlich für Anwohner reserviert waren. Ich parkte trotzdem gegenüber des Mehrfamilienhauses mit der Nummer 13a. Das würde zwischen 35 und 55 Euro kosten, falls ich erwischt werden sollte. Und wenn schon! Das würde ich einfach bei meiner Klientin als Spesen abrechnen. In einer Hand den Ausdruck mit dem Konterfei meiner Auftraggeberin, in der anderen Hand das Bild des Mannes, welches mir die Frau überlassen hatte, tappte ich die Straße auf und ab und quatschte erbarmungslos jeden an, der mir über den Weg lief. Den Mann hatten zwei oder drei der Befragten schon einmal gesehen, die Frau kannte keiner. Dann begann für mich der ungemütlichste Teil meiner Arbeit, nämlich observieren. Nun könnte man ja sagen, dass man dabei Geld fürs Nichtstun bekommt, aber warten gehört nun mal nicht zu meinen bevorzugten Tätigkeiten. Gegen siebzehn Uhr hielt dann endlich ein Bus an der in Sichtweite gelegenen Haltestelle, meine Zielperson stieg aus, kam eilig näher, und verschwand im Haus. Als der Kerl die Haustür öffnete, konnte ich eine Reihe von Briefkästen im Hausflur erkennen. Also wäre wohl die Haustür aller Wahrscheinlichkeit nach tagsüber dem Briefträger zuliebe nicht abgeschlossen. Mein Plan stand somit fest. Ich startete den Wagen, scherte aus meiner Parklücke aus, und trollte mich in Richtung Heimat. Schließlich stand noch ein wichtiges Gespräch an. Mit einer schönen Flasche Bourbon.

Da ich nicht genau wusste, wann meine Zielperson in der Regel das Haus verließ, war ich bereits schon fünf Uhr morgens auf den Beinen, respektive auf den Rädern. Ich parkte in einer Nebenstraße. Zum einen war dort kein Parkverbot, zum anderen hätte auffallen können, dass ein kleiner, roter Flitzer schon zum wiederholten Male in der Straße auftauchte. Genau sechs Uhr dreißig verließ Herr Schmidt das Haus und ging zielstrebig auf die Bushaltestelle zu. Als der Bus um die Ecke entschwunden war, schlenderte ich zunächst betont langsam über die Straße, um dann blitzschnell in der Haustür mit der Nummer 13a zu verschwinden. Wenn ich die Anordnung der Briefkästen richtig interpretiert hatte, dann wohnten die Schmidts im zweiten Stock. Während ich die Treppe hinaufhuschte, zog ich schon mal die Schatulle mit den Schließhaken und den Nachschlüsseln aus der Hosentasche. Hoffentlich würde ich niemandem begegnen. In so einem Fall wollte ich mich dann als Versicherungsvertreter ausgeben. Aber ich begegnete zum Glück keiner Seele. Die Tür war im Handumdrehen offen. Ich weiß, das macht man nicht. Aber wie vorhin schon erwähnt, ich bin nicht ‚man‘. Die Wohnung brachte mir die Erkenntnis, dass Herr Schmidt ziemlich unordentlich war, aber auch, dass hier nie im Leben eine Frau wohnen würde. Nicht das kleinste, weibliche Kleidungsstück, keine Schminke und auch kein Schmuck waren zu finden. Also hatte mein

Riecher wieder einmal recht gehabt. Die ganze Sache stank gen Himmel.

Am Abend saß ich gemütlich in meinem Wohnzimmer und überlegte angestrengt, was ich nun im weiteren Verlauf am besten unternehmen sollte. Mein Blick fiel dabei rein zufällig auf meine niedliche, digitale Wetterstation. Obwohl es draußen bereits stockdunkel war, zeigte das Display eine lachende Sonne. Ich fühlte mich ein wenig veralbert. Doch dann fiel es mir wie Schuppen von den Augen. Mir war plötzlich völlig klar, wie ich in diesem verzwickten Fall vorzugehen hatte. Ich würde meiner Klientin eine gleichgroße Lüge auftischen, wie sie mir, nämlich schlichtweg eine Affäre erfinden, und dann dieser verlogenen Mistbiene einfach ein paar gefälschte Fotos auf den Tisch legen. Mal sehen, wie sie dann reagierte! Ja, ich würde die Tante einfach genauso veralbern, wie die Wetterstation es mit mir tat. Blieb nur noch die Frage, welche Frau ich als angebliche Geliebte ausgeben sollte. Am besten eine seiner Arbeitskolleginnen. Das erschien mir am logischsten. Zufrieden marschierte ich ins Badezimmer, um mich bettfertig zu machen.

Ich hasse es, morgens sehr früh aufstehen zu müssen. Ein Sprichwort sagt zwar, dass der frühe Vogel den Wurm fängt, aber ich bin nun mal kein Vogel. Und Würmer mag ich auch nicht. Aber ich wollte rechtzeitig an der Bushaltestelle sein, um heimlich meine Zielperson begleiten zu können. Vielleicht würde es mir ja sogar gelingen, mich bei Femdux-Med einzuschleichen. Deshalb packte ich einen weißen Kittel aus meinem Fundus in eine kleine Tasche, welche ich mitzunehmen gedachte. Ein guter Privatdetektiv muss halt die verschiedensten Kostüme am Start haben. Ich beeilte mich mit dem Frühstück, was gar nicht so leicht war, da ich zwischendrin immer wieder heftig gähnen musste. Aber ich war pünktlich an der Haltestelle und stieg kurz hinter Herrn Schmidt ein, und bei Femdux noch vor ihm aus. Die meisten Personen aus dem Bus strebten dem Firmengebäude entgegen. Jetzt kam es darauf an, ob mich eine Eingangskontrolle aus dem Pulk herausfischen würde, oder ob es mir gelingen könnte, meinen Jungen bis zu seinem Arbeitsplatz zu verfolgen. Gleich hinter der Eingangstür hing an der Wand ein Gerät zur Anwesenheitskontrolle, durch dessen Schlitz alle Mitarbeiter eine Chipkarte zogen. Da ich nicht auffallen wollte, dachte ich daran, meine Kreditkarte dort durchzuziehen. Dann bestand aber die Gefahr, dass dadurch eine Fehlermeldung ausgelöst werden könnte. Also ließ ich mich etwas zurückfallen, und als eine kleine Lücke zwischen den Arbeitswilligen entstanden war, deutete ich das Durchziehen einer Karte nur mit der leeren Hand an. Keiner merkte etwas. Ich folgte Herrn Schmidt bis in die zweite Etage. Dort tippte dieser an einer der mittleren Türen einen Code in ein Tastenfeld, und verschwand in dem Raum. Was nun? Da auf dem Gang ein munteres Treiben herrschte, fiel ich zunächst nicht weiter auf. Manche der Leute trugen kleine Schachteln hin und her, andere wiederum wedelten mit irgendwelchen Schreiben in der Gegend herum. Viele trugen weiße Kittel. Da ich jedoch in der Nähe des

Arbeitszimmers meiner Zielperson bleiben wollte, befürchtete ich irgendwann aufzufallen. Also suchte ich die Herrentoilette auf, und zog meinen mitgebrachten Kittel an. Dann ritt mich ein kleiner, übermütiger Teufel. Ich öffnete eine Tür, neben der kein elektronisches Tastenfeld angebracht war, und fragte die Frau hinter dem Schreibtisch höflich, ob ich mir zwei oder drei Blatt Druckerpapier ausleihen könne. Anstandslos bekam ich mein Papier. Dann tapste ich, angestrengt auf mein ‚Schreiben' schauend, geschäftig hin und her. Irgendwann trat dann meine Zielperson aus seiner Tür. Zu meiner großen Freude unterhielt er sich kurz mit einer Kollegin. Ich zückte mein Smartphon und bannte ein wunderschönes Bild der beiden in den elektronischen Speicher des Geräts. Dann sah ich zu, dass ich so schnell wie möglich Land gewann.

Zu Hause angekommen, leerte ich zunächst meinen Briefkasten. Wie immer fanden sich darin jede Menge Werbe-Flyer. Diesmal war auch wieder ein sogenanntes Pröbchen dabei. Neulich klebte an so einem Flyer eine winzige Tube Zahnpasta, und vor längerer Zeit warb eine Apotheke mit einem kleinen Tütchen Tee. Ich glaube aber nicht, dass gerade Kamillentee jemanden dazu bringen kann, seine Stammapotheke zu wechseln. Diesmal war ein kleines Röhrchen mit Parfüm an einer Werbung befestigt. Angeblich würde dessen Geruch Männer unwiderstehlich machen. Nachdem ich den Rest der Reklameblätter im Altpapiercontainer versenkt hatte, trollte ich mich in meine Wohnung, träufelte das Parfüm auf ein

Tuch, und benetzte mir damit Stirn, Oberlippe und Hals. Das Zeug roch zwar gut, aber ich war in Gedanken mit etwas anderem beschäftigt. Ich musste das schwierige Problem lösen, auf welche Art und Weise ich mich umbringen würde. Natürlich hätte ich mich einfach mit meiner Pistole erschießen können, aber das Blut würde wahrscheinlich die Wohnung einsauen. Also entschied ich mich fürs Aufhängen. Ich suchte meine Wäscheleine, montierte die Wohnzimmerlampe ab, um an den Haken zu kommen, und knüpfte das Seil dort fest. Es störte mich auch nicht, dass wie wild an meiner Tür geklingelt und geklopft wurde. Auch dass jemand meine Tür eintrat, interessierte mich genauso wenig, als würde in Australien ein Wombat furzen. Aber dass mich zwei Polizisten am Erhängen hinderten, regte mich dann doch schon mächtig auf. Und warum mir ein Sanitäter eine Spritze in den Arm jagte, verstand ich schon mal gleich gar nicht.

Ich musste am Vorabend fürchterlich gesoffen haben, denn wie sonst konnte mein Kopf derartig schlimm schmerzen. Verflixt, ich lag in einem Krankenhausbett. Wie war ich hierher gekommen? Die Tür öffnete sich, und eine ältere Krankenschwester trat freundlich lächelnd ins Zimmer: „Na, wieder unter den Lebenden? Ich bringe Ihnen gleich was gegen die Kopfschmerzen. Danach sage ich der Polizei Bescheid, dass Sie wach sind. Die kommen dann gleich morgen vorbei". Polizei? Hatte ich etwas im Suff angestellt? Und wieso morgen? War mein Zustand wirklich so schlimm? Das konnte ja heiter werden!

Der Beamte zog sich einen Stuhl heran und setzte sich neben mein Bett: „Kriminalobermeister Marschner. Wie geht es Ihnen?" Ich richtete mich auf: „Inzwischen wieder gut. Aber der Arzt will mich noch hierbehalten. Er wollte mir aber nicht sagen warum. Angeblich würden Sie mir jetzt alles erklären". Marschner zog ein Foto aus der Jacke: „Kennen Sie die Dame?" Ich stutzte: „Das ist meine derzeitige Klientin. Aber ich hatte schon lange das Gefühl, dass mit der etwas nicht stimmt". Mein Gegenüber nickte: „Da könnten Sie recht haben. Sie heißt Janin Lang, ist eine Industriespionin, und wollte herausfinden, was ein gewisser Herr Schmidt von der Firma Femdux-Med entwickelt hat. Da jener Herr Schmidt aber die Frau schon von der Vergangenheit her kannte, hat die Gute einen Privatdetektiv, nämlich Sie, vorgeschickt. Sie sollten eine eventuelle Kontaktperson des Herrn herausfinden, um diese ausfragen oder gar erpressen zu können. Allerdings beschatten wir die Frau schon seit geraumer Weile. Wir bemerkten, dass die Dame etwas in Ihren Briefkasten geworfen hat, und sich dann in der Nähe von Femdux herumdrückte. Als dann der Sicherheitsdienst von Femdux meldete, dass ein Kerl mit einem falschen Kittel über die Flure läuft, haben wir eins und eins zusammengezählt. Dummerweise waren Sie so schnell verschwunden, dass wir Sie erst in Ihrer Wohnung erwischt haben. Dort konnten wir Sie aber zum Glück noch daran hindern, sich aufzuhängen". Ich war von den Socken: „Aufhängen? Ich wollte mich aufhängen? So besoffen kann ich doch gar nicht gewesen sein!" Der Kriminalobermeister startete den Versuch eines Lächelns. Es gelang

24

ihm aber nicht so recht: „Sie waren auch nicht betrunken. Es war das Parfüm. Damit hat Janin Lang bereits schon einmal zugeschlagen. Wir konnten es aber nicht beweisen. In dem Zeug ist etwas, dass sich verheerend auf die Psyche eines Menschen auswirkt. Normalerweise soll es zu Gedächtnisverlust führen. Das vorangegangene Opfer ist jedoch in ein tiefes Koma gefallen, und bei Ihnen hat es Selbstmordgedanken hervorgerufen. Aber der Arzt hat mir gesagt, dass Sie morgen wieder nach Hause können. Das war's! Ich wünsche Ihnen gute Besserung! Ach übrigens, wir haben die Frau inzwischen verhaftet. Bei der Gerichtsverhandlung werden Sie aussagen müssen!"

Drei Tage im Bett reichen, und schon bin ich wacklig auf den Füßen. Meine Güte, ich bin und bleibe ein Weichei! Janin Lang sitzt im Knast, und wird mich für meine Arbeit garantiert nicht mehr bezahlen. Aber das ist nicht das Schlimmste. Das ist nämlich, dass mir zurzeit wegen dieser beschissenen Parfüm-Attacke kein Bourbon mehr schmeckt. Aber das soll sich bald wieder geben, hat der Onkel Doktor gesagt. Ich werde geduldig darauf warten.

Oumuamua

Nun ja, ich glaube mit sicherer Gewissheit sagen zu können, dass Sie mich nicht kennen. Ich gehöre nämlich nicht zu den Leuten, die viel Aufhebens um ihre Person machen. Mein Name ist Maximilian Sorge, und mit meiner Körpergröße von einsfünfundsechzig und den hängenden Schultern stelle ich wohl kaum eine »Very Important Person« dar. Manche Leute behaupten von mir, dass ich das sogenannte Helfersyndrom an den Tag legen würde. Ich selbst sehe das nicht ganz so krass. Zwar muss ich zugeben, dass es mich ein ganz klein wenig mit Stolz erfüllt, wenn ich wieder einmal einem anderen Menschen helfen konnte, aber deswegen leide ich doch nicht automatisch an pathologischem Altruismus. Bedürfnisse und Nöte anderer Menschen zu erkennen, ist für mich lediglich ein Zeichen von Empathie, und sollte jedem gesunden Menschen innewohnen. Mir selbst macht das sogar richtigen Spaß. Also lag es regelrecht auf der Hand, dass ich nach dem Abitur weitere drei Jahre dem Erlernen des Berufes als Gesundheits- und Krankenpfleger widmete, obwohl dazu nur die mittlere Reife nötig gewesen wäre. Aber wer weiß, vielleicht habe ich ja später noch Lust, Medizin zu studieren. Übrigens hat sich inzwischen meine Berufsbezeichnung geändert. Man genießt heutzutage eine generalistische Pflegeausbildung zum Pflegefachmann oder zur Pflegefachfrau. Eine derartige Ausbildung impliziert dann auch noch die Altenpflege und die Kinderkrankenpflege. Aber das nur nebenbei. Ich selbst bezeichne mich auf Anfragen hin einfach nur als Krankenpfleger.

Mein erster Arbeitsplatz war in der chirurgischen Station eines großen Krankenhauses. Zu den Tätigkeiten zählten Wundversorgung, Verabreichung von Medikamenten, das Legen von Infusionen, das Messen von Temperatur,

Blutdruck und Puls, Patienten waschen, baden und füttern, sowie die bekannten Steckbecken für die Notdurft den Bettlägerigen unterschieben und anschließend säubern. Natürlich musste ich auch Materialbestand und Arzneimittelvorrat überwachen und deren Nachbestellungen ausführen. Wie man sieht, hatte ich alle Hände voll zu tun. Nur das Geldzählen war recht schnell erledigt, denn mein Verdienst stand nicht unbedingt in der richtigen Relation zum Arbeitsaufwand. Meine Freunde waren der Meinung, dass ich aufgrund meiner Fähigkeiten doch lieber einer anderen, besser bezahlten Tätigkeit nachgehen sollte. Ob sie auch noch dieser Meinung wären, wenn sie irgendwann mal auf meiner Station landen würden, sei dahin gestellt. Und dann kam die Krankenhausreform. Verwaltungen wurden einfach zusammengelegt, Fachrichtungen ausgegliedert und Personal entlassen. Ich musste mich von heut auf morgen entscheiden, ob ich lieber in die Arbeitslosigkeit gehen wollte, oder zukünftig meinen Dienst in der psychiatrischen Abteilung ableisten möchte. Wie man sich denken kann, wählte ich selbstverständlich das Letztere.

Moritz Thiedemann wies mich ein. Er hatte seit Jahren das nötige Alter, um endlich in den wohlverdienten Ruhestand zu gehen. Ich löste ihn sozusagen ab. Neben ihm waren da noch zwei weitere Mitstreiter, ein schmächtiger, junger Kerl namens Paul Lüchting, sowie Inge Wehrmann, eine korpulente Pflegerin mittleren Alters. Ich fand mich nicht gleich zurecht und musste mich erst schrittweise an die Atmosphäre auf dieser speziellen

Krankenstation gewöhnen. Manche der Patienten liefen ständig aufgeregt hin und her, andere saßen nur stumpfsinnig in der Gegend herum, und wieder andere wollten sich immerfort mit mir unterhalten. Bereits am dritten Tag bekam ich von einem sonst unauffälligen Insassen grundlos eine fette Ohrfeige verabreicht. Manche weigerten sich, ihre verordneten Medikamente zu nehmen, andere steckten sich alles in den Mund, dessen sie habhaft werden konnten. Ein spezieller Patient aber fiel mir besonders auf. Im Gegensatz zu vielen anderen war er immer gut rasiert und hatte seine Haare ordentlich gekämmt. Auch seine Kleidung war im Rahmen der hier herrschenden Möglichkeiten stets akkurat. Moritz hatte ihn mir als John Doe vorgestellt. In seiner Krankenakte stand ‚wahnhafte Störung‘ und ‚Name unbekannt‘. Ebenfalls war da zu lesen, dass er seit geraumer Zeit 2-mal täglich mit einem atypischen Neuroleptikum namens Risperidon behandelt wird. Wenn ich bei den Erklärungen von Moritz richtig aufgepasst hatte, dann dämpft das psychomotorische Erregungszustände und verringert Wahn, Halluzinationen, und Ich-Störungen. Obwohl das Medikament leicht sedierend wirken sollte, betrachtete John Doe seine Umgebung mit äußerst wachen Augen. Er unterhielt sich zwar nicht mit den anderen Patienten, schien aber alle ihre Aktivitäten förmlich in sich aufzusaugen. Nach einigen Tagen begann ich mich intensiver mit ihm zu beschäftigen, und nach etwa drei Wochen sprach er tatsächlich das erste Mal mit mir. Er stand am Fenster und blickte angestrengt in die Ferne. Als ich von hinten zu ihm trat, drehte er sich bedachtsam um und fragte mit einer leicht rasselnden Stimme: „Sie sind Maximilian, nicht wahr?" Hocherfreut, zu ihm durchgedrungen zu sein, antwortete ich: „Ja, das stimmt. Und wie ist denn Ihr Name?" Er hielt seinen Kopf ein wenig schief: „Sie sind der Erste, der ‚Sie' zu mir sagt. Die anderen duzen mich immer". Da er mit dieser Bemerkung wahrscheinlich bewusst meiner Frage ausgewichen war, wiederholte ich hartnäckig: „Wie ist Ihr Name?" Er blickte mir einige Zeit intensiv in die Augen, als wolle er feststellen, ob er mir auch wirklich trauen kann. Dann sagte er: „Wir haben bei uns keine Namen. Jedenfalls nicht in dem Sinne wie hier. Wir benutzen Ziffern und Zahlen, um Dinge oder Personen zu benennen. Ich bin zum Beispiel 17534. Aber diese Auskunft wird Sie wohl kaum befriedigen". Mir war in diesem Moment nicht ganz klar, was ich davon halten sollte. Verarschte mich dieser Kerl hier, oder hatte er wirklich Wahnvorstellungen? Vorsichtig fragte ich nach: „Also, 17534, wo ist denn dieser ominöse Ort, an dem alles mit Zahlen beschrieben wird?" Er antwortete völlig ernsthaft: „In einer Galaxie, viele Millionen Lichtjahre von hier entfernt. Mein Planetensystem heißt 330, mein Heimatplanet ist 57 und unser Zentralgestirn hat die Zahl 12". Jetzt war ich endgültig davon überzeugt, dass er dummes Zeug redete. Aber um das Gespräch nicht einfach an dieser Stelle zu beenden, was mir als sehr unhöflich erschien, fragte ich weiter: „Und warum sind Sie dann hier?" Er ging zwei Schritte bis zum nächsten Stuhl und setzte sich mit einem Seufzer: „Es war ein technischer Defekt. Das Teleportationsgerät, welches ich mit meinem Team entwickelt hatte, sollte mich und einen weiteren Mitarbeiter eigentlich nur bis zur nächstgelegenen Galaxie bringen. Aber mich hat es dummerweise bis hierher geschleudert. Was mit meinem Kollegen passiert ist, weiß ich leider nicht. Jetzt muss ich hier ausharren, bis unser Gerät repariert wurde, und mich meine Leute hoffentlich zurückholen können. Aber ich sehe an Ihren Augen, dass Sie mir auch nicht glauben. Genau wie alle anderen. Die haben etwas von Schizophrenie gefaselt, und mich anschließend in dieser Einrichtung untergebracht. Soll mir aber egal sein. Ich kann hier ebenso gut warten, wie anders wo". Dann wandte er sich von mir ab, und sagte keinen Ton mehr.

Am nächsten Tag ging ich wieder auf ihn zu: „Entschuldigung, aber wäre es nicht gut, wenn Sie keine Zahl, sondern einen richtigen Namen hätten, da Sie nun schon mal hier sind?" Er schaute mich wiederum eine geraume Weile intensiv an, dann entgegnete er: „Und wie sollte so ein Name lauten?" Ich lächelte: „Wie wäre es mit Oumuamua?" Er schien zu überlegen, dann sagte er: „Das entspräche dann wohl 15 21 13 21 1 13 21 1. Hm! Ein ziemlich kompliziertes Wort. Aber mir solls recht sein. Wie sind Sie denn gerade auf diesen Namen gekommen?" Etwas zögerlich antwortete ich: „Das ist ein hawaiianisches Wort. Es bedeutet sinngemäß so etwas wie ‚Botschafter aus weiter Ferne'. Darauf gekommen bin ich durch einen 400 Meter langen Kometen, den man im Jahr 2017 durch das Pan-STARRS-Teleskop auf Hawaii entdeckt hat. Diesen interstellaren Besucher hat man damals auch so genannt". Er schien mit der Erklärung recht zufrieden zu sein: „Heißt das, dass Sie mir glauben?" Ich antwortete nicht gleich. Was sollte ich auch sagen? Wer glaubt denn schon an so eine Geschichte? Also versuchte ich es mit Diplomatie: „Wenn Sie mir einen Beweis liefern könnten, und wäre er auch noch so klein, dann würde es mich sehr freuen!" Er blickte mich an, als wolle er mir zu verstehen geben, dass ich nicht logisch denken könne: „Ich komme aus einer weit entfernten Galaxie, und spreche trotzdem fehlerfrei Ihre Sprache. Ist das nicht Beweis genug?" War er wirklich so naiv, oder tat er nur so? Ich räusperte mich umständlich: „Nun, nehmen wir mal an, Sie kämen nicht von dort, sondern wären ein Bürger dieses Landes, dann würden Sie doch auch unsere Sprache einigermaßen fehlerfrei beherrschen, oder nicht?" Er drehte sich langsam um, und sagte im Weggehen: „Über einen anderen Beweis muss ich erst nachdenken!"

Zwei Tage lang sprach Oumuamua, trotz aller Bemühungen, kein Wort mehr mit mir. Am dritten Tag, nach der Pflegevisite, kam er von sich aus auf mich zu: „Haben Sie einen kleinen Gegenstand bei sich?" Ich durchwühlte meine Taschen, und fand eine Münze: „Geht das?" Er nickte. Dann legte er das Geldstück auf seinen Handrücken und blickte es lange an. Ich traute meinen Augen nicht. Die Münze begann langsam empor zu steigen, und schwebte eine Zeit lang etwa zehn Zentimeter von seiner Hand entfernt in der Luft. Dann senkte sie sich genauso langsam wieder ab. Er hatte nicht gelogen, nein, er war tatsächlich ein Alien. Mehrere Tage rang ich mit mir, ob ich meine Erkenntnis jemandem mitteilen sollte. Den

Ausschlag gab das Ereignis, das mich endgültig aus den Socken katapultierte. An einem Freitagmorgen winkte mich Oumuamua zu sich heran: „Es ist soweit. Sie haben mich kontaktiert. Innerhalb der nächsten Minute holen sie mich zurück. Danke, dass Sie mir geglaubt haben!" Kaum hatte er das letzte Wort ausgesprochen, löste er sich vor meinen ungläubigen Augen in Luft auf. Da fasste ich den Entschluss, den ich für den Rest meines Lebens bedauern sollte. Ich ließ mir einen Termin bei unserem Oberarzt geben, und erzählte ihm die ganze Geschichte. Jetzt bekomme ich schon seit Wochen Neuroleptika verabreicht, darf unsere Station nicht mehr verlassen, und Paul und Inge nennen mich spöttisch: „Oumuamua".

Fremdworte

Kommissar Riemer stand neben seinem Schreibtisch und blickte den Mann, dessen Overall ein auffälliges Reklameschild trug, nicht gerade begeistert an: „VOIP? Was ist VOIP?" Der Angesprochene erwiderte freundlich: „Das ist nur eine Abkürzung und steht für Voice-over-IP". Riemers Gesicht verfinsterte sich um eine weitere Stufe: „Das kommt mir vor, als hätten Sie das Wort ‚anal' mit ‚rektal' übersetzt. Es wäre aber für einen Normalsterblichen viel verständlicher, wenn man einfach sagt, dass es das Loch im Hintern ist". Der Techniker versuchte freundlich zu bleiben: „Es wird hierbei nicht mehr wie früher über einen alten analogen Telefonanschluss gesprochen, sondern die Sprache wird umgewandelt und als Datenpaket über ein breitbandiges IP-Netzwerk geschickt. Verstehen Sie?" Riemers Geduld war damit auf ihrem Tiefpunkt angelangt. Erholte tief Luft und sagte so schnell seine Zunge es vermochte: „Mentale Imagination besitzt die Abilität durch Kontinentaldrift kausierte Gesteinsformationen in ihrer lokalen Position zu transferieren. Verstehen Sie?" Der Techniker fragte verblüfft: „Und was soll das heißen?" Riemers Laune besserte sich nach dieser Frage um einige Prozent: „Das heißt ganz einfach ‚Der Glaube kann Berge versetzen'. Und jetzt sind Sie wieder dran! Also kurz und knapp, was ist dieses Voice-Dingsbums genau?" Riemers Unwissenheit nahm dem Techniker seine bisherige Freundlichkeit: „Es bedeutet, dass Sie statt ehemals analog jetzt zukünftig digital telefonieren werden!" Der Kommissar gab sich noch nicht zufrieden: „Und dafür muss hier unbedingt ein neuer, kostspieliger Telefonapparat mit allerlei teurem Schnickschnack her? Ich hatte mich an den alten, grauen richtig gewöhnt. Auf dem neuen, schwarzen sieht man ja jedes Staubkorn. Kann ich nicht den alten behalten?" Der Mann antwortete gereizt: „Der funktioniert aber nicht mehr an der neuen Telefonanlage!" Riemer murmelte vor sich hin: „Das ist wieder mal typisch. Kein Geld für Läusesalbe, aber eine neue Telefonanlage kaufen!" Der Techniker machte sich kopfschüttelnd auf den Weg zur Tür, als diese überraschend aufgerissen wurde. Kommissarin Wiegand kam aufgeregt ins Zimmer gestürmt: „Es ist da! Es ist da! Ich fahre gleich los!" Riemer ließ sich kraftlos in seinen Stuhl plumpsen: „Ist denn die ganze Welt durchgedreht? Was ist wo, und wohin willst du fahren?" Frauke Wiegand strahlte über das ganze Gesicht: „Das Baby, Carlas Baby ist da. Ein Mädchen. Sie heißt Ulrike. Ich mache mich sofort auf den Weg!" Der Techniker verkrümelte sich mit den Worten: „Herzlichen Glückwunsch!" Dabei warf er Riemer einen Blick zu, als würde er diesen für den Vater halten. Der Kommissar stand auf, und Frauke fiel ihm um den Hals: „Dreitausendfünfhundert Gramm und zweiundfünfzig Zentimeter. Und ohne Sectio caesarea!" Riemer winselte niedergeschmettert: „Jetzt fängst du auch noch an! Kannst du nicht einfach Kaiserschnitt sagen?"

Werner Riemer schreckte entgeistert hoch, als sich das neue Telefon lautstark meldete. Der Klingelton war ziemlich schrill und nervte den Kommissar gewaltig. Angeblich sollte es ja im Internet eine Gebrauchsanweisung geben, in welcher stand, wie man das ändern konnte. Aber nach Riemers Meinung sollte das gefälligst auch einfacher erreicht werden können. Er tippte versuchsweise auf ein paar Tasten herum, was zur Folge hatte, dass der interne Lautsprecher eingeschaltet wurde. Hohlbachs Stimme erfüllte in einer ohrenbetäubenden Lautstärke den gesamten Raum: „Riemer, sind Sie dran? Hallo! Wenn Sie mich hören, kommen Sie sofort in mein Büro!" Der Kommissar war stinksauer. Er hatte nicht einmal den Hörer abgenommen, und trotzdem war die Verbindung zu Stande gekommen. Scheiß Technik. Wahrscheinlich konnte man ihn mit diesem Ding auch noch abhören. Er tippte wiederum auf dem Apparat herum, bis Stille eintrat. Dann machte er sich auf den Weg zum Büro des Chefs. Dort wartete neben Hohlbach ein Mann mit grauen Schläfen, Hornbrille und schwarzem Anzug auf ihn. Der Mensch nickte Riemer zu: „Andreas Singer. Sie sind Kommissar Riemer? Erfreut Sie kennenzulernen. Ihre Aufklärungsrate ist ja phänomenal. Ich bin übrigens von der BPOL". Er zeigte auf einen Stuhl, und Riemer ließ seinen adipösen Körper umständlich auf die Sitzfläche sinken. Dann bat er enerviert: „Immer diese Abkürzungen und Fremdwörter. Können Sie nicht einfach Bundespolizei sagen?" Andreas Singer ging nicht darauf ein: „Hören Sie! Es handelt sich um einen mutmaßlichen Serienmörder, der gestern Abend auch in Ihrem Landkreis zugeschlagen hat. Sie kennen die Umstände der vier bisherigen Morde bestimmt aus der Presse. Obwohl die Tötungsarten von Erwürgen über Erstechen bis Erschießen gehen, denken wir, es ist der gleiche Täter oder die gleiche Täterin. Zumindest das Muster der jeweiligen Tat lässt es stark vermuten. Jede Leiche wurde neben oder auf einer Mülldeponie gefunden, und hatte einen Flaschenverschluss im Mund. Entweder einen Weinflaschenkorken, einen Schraubverschluss für Schnapsflaschen oder den Kronenkorken einer Bierflasche. Laut unseres Pathologen geschah das Einbringen der Gegenstände post mortem". Riemer übersetzte gereizt: „Also nach dem Tode". Andreas Singer schaute etwas pikiert: „Na sag ich doch! Wir haben aufgrund dessen ermittelt, dass alle Opfer Trinker waren, und deshalb ihre Kinder über einen längeren Zeitraum sträflich vernachlässigt hatten. Deshalb vermuten wir, dass das Motiv des Täters darin besteht, dass er oder sie selbst in der Kindheit von Alkoholikern vernachlässigt worden ist. Da nun auch in Ihrem Landkreis ein Opfer mit einem Schraubverschluss im Mund aufgefunden wurde, sollte auch hier nach einem potentiellen Mörder gesucht werden!" Hauptkommissar Hohlbach mischte sich ein, und sagte oberlehrerhaft zu Riemer: „Die Tote heißt übrigens Marie Unger, war einunddreißig Jahre alt und Mutter einer neunjährigen Tochter. Die näheren Umstände und die zugehörige Adresse können Sie von Kommissar Bohrmann erfahren. Der war bisher mit diesem Fall betraut. Aber die Kollegen der Bundespolizei haben ausdrücklich auf Ihrer Mitarbeit bestanden".

Draußen dunkelte es langsam, aber Kommissar Riemer konnte sich nicht entschließen, das Licht anzuknipsen. Er hatte schlechte Laune. Normalerweise wäre er jetzt nämlich im Bett von Kommissarin Wiegand gewesen. Die aber besuchte gerade ihre Tochter. Nun war seine Frauke also auch Großmutter geworden. Zukünftig würden also Oma und Opa miteinander schlafen. Beinahe schon lustig. Zum anderen war seine Gemütsverfassung deshalb so schlecht, weil es in dem Fall keine näheren Erkenntnisse gab. Bohrmann hatte sich bei den Ermittlungen nicht gerade ein Bein ausgerissen, und es bestand die Gefahr, dass der Mörder im Stande sein könnte, sein abscheuliches Werk auch weiterhin fortzuführen. Morgen würde er erst einmal den Ehemann der Toten ausgiebig befragen. Unzufrieden wie ein Säugling, dem man den Schnuller geklaut hatte, ging der Kommissar zu Bett.

Herr Unger hockte etwas schief auf dem Stuhl im Verhörzimmer. Als ihn Kommissar Riemer auf seine Körperhaltung ansprach, sagte er: „Tut mir leid, aber ich habe mir bei einem Sturz den Rücken geprellt". Der Kommissar wurde neugierig: „Wann und warum sind Sie denn gestürzt?" Der Mann blickte zu Boden: „Ich sag's nicht gern, aber nachdem man mir den Tod meiner Frau mitgeteilt hatte, habe ich unseren Sohn zu meiner Mutter gebracht, und mich anschließend sinnlos betrunken". Riemer hakte nach. Gerade bei solchen Dingen, konnte man erkennen, ob ein Befragter etwas verheimlichte: „Und womit, wenn ich fragen darf, haben Sie sich betrunken?" Gerhard Unger liefen die Tränen über das Gesicht: „Mit dem Whisky meiner Frau. Die braucht ihn ja nun nicht mehr. Ja, meine Frau hat getrunken. Regelmäßig. Aber nie bis zum Umfallen. Und immer einen ganz speziellen Whisky. Ihr ging es nie darum, einfach nur betrunken zu sein". Kommissar Riemer gab sich noch nicht zufrieden: „Aha, und was war das denn für ein Whisky?" „Amrut Cask Strength, indisches Zeug, mehr als 60%. Riecht irgendwie nach Keksteig und Apfelmus. Aber bin ich wirklich deswegen hier?" Riemer schüttelte den Kopf: „Natürlich nicht. Aber manchmal ist das kleinste Detail wichtig. Sagen Sie, hatte Ihre Frau irgendwelche Feinde, oder vielleicht auch nur Streit mit anderen Menschen?" Herr Unger hob schlaff seine Schultern: „Nicht, dass ich wüsste". Riemer kritzelte etwas auf das vor ihm liegende Papier: „Und wann haben Sie Ihre Frau zuletzt gesehen?" Der Mann wischte sich die angetrockneten Tränen von den Wangen: „Montagmorgen. Beim Frühstück".

Kommissar Riemer saß gedankenverloren beim Abendbrot, als sein Smartphon klingelte. Er wollte sich schon wegen der Störung seines Feierabends aufregen, sah dann aber auf dem Display Fraukes Bild. Besänftigt fragte er: „Hallo frischgebackene Oma! Alles in Ordnung?" Frauke Wiegand antwortete ziemlich aufgeräumt: „Alles bestens! Mutter und Kind sind gesund. Übrigens der Vater auch wieder. Dennis hat seinen Kater überstanden. Und bei dir?" Riemer antwortete verhalten: „Na ja, Mein Fall macht mir etwas Kopfzerbrechen. Tote Alkoholikerin. Ihr Gatte hatte sich danach auch einen Rausch angetrunken. Mit Amrut-Cask-Sonstwas. Ich hasse diese Fremdworte! Wann kommst du wieder zurück? Du fehlst mir!" Frauke Wiegand spöttelte: „Du Armer! Fall mir inzwischen bloß nicht vom Fleisch! Übermorgen bin ich dann wieder da. Bis dann! Küsschen!" Riemer verabschiedete sich und legte auf. Eigentlich hätte er noch ein Glas Rotwein trinken wollen, aber irgendwie hatte er in letzter Zeit einfach zu oft etwas von Alkohol gehört.

Die Akte war nicht allzu dick. Kommissar Riemer blätterte sie akribisch durch, und murmelte das eine oder das andere Mal: „Das ist ja interessant". Dann lehnte er sich zurück, verschränkte die Arme und sagte kopfschüttelnd:

„Soll das tatsächlich so einfach sein?" Er griff zum Telefon: „Chef, haben Sie etwas Zeit für mich? Ich müsste mal mit Ihnen über den Fall Unger sprechen!" Hohlbach schien sich zu freuen: „Haben Sie schon einen Durchbruch erreicht? Das ist gut, das ist in concreto gut. Kommen Sie doch gleich in mein Büro!" Riemer knallte den Hörer auf den unschuldigen Telefonapparat: „In concreto? Kann denn heutzutage keiner mehr deutsch reden?" Dann öffnete er ein wenig die linke Schublade seines Schreibtisches, zauberte geschickt eine Tafel Schokolade hervor, biss ein großes Stück ab, und machte sich gemächlich kauend auf den Weg zum Büro von Hohlbach. Der blickte ihn erwartungsvoll an: „Na, wie steh'n die Aktien?" Riemer setzte sich: „Also, die Tat hat möglicherweise gar nichts mit den Serienmorden zu tun". Hohlbach war entsetzt: „Das können Sie mir nicht antun! Ich bin fest davon ausgegangen, dass unsere Dienststelle die Serie aufklärt. Überlegen Sie doch, was das uns für einen positiven Ruf eingebracht hätte!" Riemer blickte seinen Vorgesetzten abfällig an: „Uns? Sie meinen doch sich, und nur sich". In Hohlbachs Gesicht stieg eine leichte Röte empor: „Wie kommen Sie zu der Erkenntnis in unserem Fall?" „Ganz einfach. Der Ehemann hat jede Menge Schulden bei einem illegalen Buchmacher, und seine Frau hatte eine hohe Lebensversicherung zu Gunsten ihres Mannes abgeschlossen. Und jetzt kommt's! Im Mund der Toten war der Schraubverschluss der Whiskysorte Amrut Cask Strength, falls ich das nicht falsch ausgesprochen habe. Ein Whisky, der meines Erachtens nach in unseren Breiten nur von dieser einen Familie getrunken wird". Hohlbach kratzte sich eine ganze Weile schweigend am Kopf: „Das überprüfen Sie alles noch mal genauer! Sowas kann alles reiner Zufall sein. Ich gebe Ihnen zwei Tage, dann will ich einen aktualisierten Bericht!"

Riemer schob die aufgeschlagene Akte mit der Linken beiseite, während er mit der anderen Hand zum Telefon griff, um Frau Dr. Mertens anzurufen. Als sie sich meldete, sagte er etwas unsicher: „Ich bräuchte da mal eine Auskunft in dem aktuellen Fall Unger. Sie haben doch die Leiche obduziert. Meine Frage: Der in der Akte angegebene Todeszeitpunkt, war der vorläufig oder endgültig? Bitte was? Langsam, langsam! Sie brauchen mich nicht gleich zu fressen! Ich habe noch nie an Ihrer Kompetenz oder an Ihrer Genauigkeit gezweifelt! Der Alte will bloß, dass ich alles noch einmal nachprüfe. Also kann ich sicher davon ausgehen, dass der Mord zwischen neunzehn und einundzwanzig Uhr stattgefunden hat? Dann vielen Dank für Ihre geopferte Zeit! Und wenn ich Sie das nächste Mal persönlich aufsuche, dann legen Sie bitte Ihr Skalpell aus der Hand!"

Die Gaststätte warb mit angeblich gehobenem Ambiente. Dem Kommissar aber erschien sie eher als eine durchschnittliche Kneipe. Um nicht gleich als Kriminalkommissar erkannt zu werden, nahm er einstweilen an einen der freien Tische Platz. Keine zwei Minuten später setzte sich eine stark geschminkte und offensichtlich angetrunkene Frau zu ihm: „Na Süßer, gibst du einen aus? Ich trinke sehr gern Sekt". Bevor Riemer etwas entgegnen konnte, kam die Kellnerin an den Tisch. Sie zog die Tischdecke glatt und fragte teilnahmslos: „Was soll's denn sein?" Riemer blickte auf: „Ein Wasser bitte!" Seine Tischnachbarin lachte glucksend: „Willst du was trinken, oder dich waschen?" Und zur Kellnerin: „Ich nehme einen Sekt!" Was der Kommissar lächelnd kommentierte: „Den zahlt die Dame aber selber!" Die sogenannte Dame stand wütend auf: „Fick dich, du fetter Geizkragen!" Dann torkelte sie zur Damentoilette. Als die Kellnerin das Mineralwasser brachte, zeigte Riemer ihr das Bild von Gerhard Unger: „Kennen Sie zufällig diesen Mann?" Die Frau nickte: „Stammkunde". „Und können Sie sich erinnern, ob und in welcher Zeit er am Montag hier war?" „Montag? Montags spielt er hier immer mit Eddi und Berni Karten. Die fangen pünktlich um sechs an. Ich weiß das so genau, weil die stets vorher essen wollen. Normalerweise hat unsere Küche erst ab sechs geöffnet. Aber der Koch macht montags immer eine Ausnahme, weil die drei regelmäßig ein schweinisches Trinkgeld geben. Sonst noch was?" Riemer verneinte, bezahlte das Wasser und verließ den Gastraum. Draußen trat plötzlich ein Mann vor ihn hin: „He, du Pflaume, du hast vorhin da drin meine Freundin beleidigt!" Dann holte er aus und versetzte Riemer einen Boxhieb ins Gesicht. Der Kommissar strauchelte und fiel nach hinten um. Dabei öffnete sich sein Mantel, und seine Dienstpistole war deutlich zu sehen. Das nahm sein Angreifer zum Anlass, um fluchend das Weite zu suchen. Riemer rappelte sich hoch, und wischte sich mit dem

Handrücken das Blut von der geplatzten Unterlippe. Dann bestieg er ebenfalls fluchend den Dienstwagen.

Am Abend saß der Kommissar auf seiner geliebten Couch, und kühlte sich mit einem Eisbeutel die stark angeschwollene Lippe. Nicht einmal mehr der Rotwein schmeckte ihm. Als das Smartphon klingelte, wollte er es wegen seiner schlechten Laune zuerst ignorieren, aber laut Display war es Frauke: „Na Süßer, wie geht's?" Riemer platzte heraus: „Sag bloß nicht Süßer! Das hat heute schon jemand versucht. Danach hat einer gedacht, mein Kopf könne man als Piñata benutzen. Und zu allem Übel hat mein Hauptverdächtiger auch noch ein wasserdichtes Alibi, während Hohlbach, die alte Affenfresse, von mir erwartet, dass ich ihm einen Serienmörder auf einem Tablett serviere". Frauke versuchte ihn zu trösten: „Kommt Zeit, kommt Rat. Übrigens hat sich Dennis jetzt einen Laptop gekauft. Mit eingebauter Kamera. Da könnten wir doch skypen. Du und deine Tochter machen das doch auch. Weißt du, ich werde nämlich noch ein oder zwei Tage länger hier bleiben. Die kleine Ulrike schläft den ganzen Tag, und schreit dafür jede Nacht durch. Ich will mich ein bis zwei Nächte um sie kümmern, damit die jungen Eltern wenigstens mal ausschlafen können". Riemer war nicht besonders angetan: „Mal abgesehen von der Tatsache, dass ich Dich vermisse, ist der Vorschlag mit dem Skypen im Moment gar nicht so gut. Du willst mein Gesicht zurzeit wirklich nicht sehen. Wir zwei Hübschen sollten lieber öfters telefonieren … Moment, da kommt mir eine Idee. Ich muss Schluss machen. Hab dich lieb!" Er unterbrach die Verbindung, um sofort danach seinen Kollegen Bohrmann anzurufen: „Hör mal, mein Bester, in der Akte Unger habe ich keinerlei Gesprächsnachweise gefunden. Wurden die noch gar nicht festgestellt?" Kommissar Bohrmann antwortete etwas übellaunig: „Junge, ich hab auch mal Feierabend. Die Telefondaten sind freilich vorhanden. Aber bevor ich sie einheften konnte, hat mir der Alte die Akte weggerissen. Im Computer steht aber alles. Da solltest du vielleicht mal nachschauen!" „Und die Kontobewegungen?" Bohrmann war sichtlich genervt: „Alles im Computer. Und nun lass mich in Ruhe!"

Im Büro des Hauptkommissars hockten drei muntere Gestalten um den alten Konferenztisch; Gottfried Hohlbach, Werner Riemer und Andreas Singer. Letzterer war nicht ganz so zufrieden: „Eigentlich dachte ich, wir würden den Serientäter zu fassen kriegen. Ich hab erstmal gar nicht daran gedacht, dass es ein Trittbrettfahrer sein könnte, der die Morde aus der Zeitung nachgestellt hat. Mein lieber Riemer, ich gratuliere Ihnen zu der schnellen Aufklärung. Aber wie sind Sie eigentlich auf den Täter gekommen?" Kommissar Riemer gab sich bescheiden: „Recht einfach! Entsprechend den Telefonnachweisen hat der Ehemann auffallend oft in letzter Zeit mit ein und derselben Person gesprochen. Einem ehemaligen Klassenkameraden, der schon so Einiges auf dem Kerbholz hat. Durch seine Kontobewegung haben wir festgestellt, dass dieser Unger dem Kerl fünfzehntausend Mäuse überwiesen hat. Nach sechs Stunden Verhör ist dann schließlich dieser Verdächtige zusammengebrochen und hat gestanden, Frau Unger am Montag um neunzehn Uhr getötet zu haben. Um das Ganze wie das Werk des Serienmörders aussehen zu lassen, hat er einen herumliegenden Schraubverschluss in den Mund der Leiche gestopft. So sieht's aus!" Andreas Singer stand auf, und verabschiedete sich: „Dann werde ich mal alleine weiter in Sachen Serienmörder ermitteln. Ich wünsche Ihnen beiden alles Gute!" Nachdem Singer die Tür hinter sich geschlossen hatte, sagte Hohlbach grimmig zu seinem Untergebenen: „Riemer, Riemer. Das ist ja wieder typisch für Sie! Sie sind nicht mal in der Lage, einen Serienmörder zu fassen!"

Die Sache mit dem SUV

Sagen wir mal so, mein SUV ist zwar ein ziemlich großes Auto, aber wenn ich unsere Tochter nicht mit meinem Wagen zum Kinderhort fahren würde, dann müssten wir beide von der Bushaltestelle aus zu Fuß die Straße vor dem Kindergarten überqueren. Dort würden uns dann die anderen SUV überfahren. Das will ich meiner Tochter nicht antun. Außerdem wäre es eine bedauernswerte Ungleichbehandlung meiner Kinder, denn ich fahre ja auch kurz danach meinen Sohn zur Schule. Was passieren kann, wenn ich das nicht täte, habe ich bei meinem Nachbarn gesehen. Der hat nach dem dreizehnten Geburtstag seines Sohnes beschlossen, dass dieser ab sofort allein zur Schule gehen sollte. Früher hat er ihn jeden Tag gefahren, da ist nichts passiert, aber als der Junge dann das erste Mal alleine losgegangen ist, hat er sich die Nase gebrochen. An einem Laternenpfahl. Weil er beim Laufen nur auf sein Handy gestarrt hat. Dabei sind es von seinem Zuhause bis zur Schule nur reichlich hundert Meter. Jetzt fährt ihn sein Vater sicherheitshalber doch wieder. Mein Cousin macht mir immer, wenn wir uns zufällig mal sehen, wegen meines SUV Vorhaltungen. Ich solle mir doch wenigstens einen Kleinwagen kaufen. So ein Blödsinn. Dann hätte ich ja zwei Autos, und jeder weiß, dass zwei Autos mehr Schadstoffe ausstoßen als ein einzelnes. Wahrscheinlich kann das mein Vetter geistig nicht so richtig erfassen. Kein Wunder, der ist so ein körnerfressender Lehrer an einer Waldorfschule. Schon seine Eltern waren Vegetarier. Das sagt doch wohl alles. Zu dumm Schweine zu züchten, aber mit dem A380 in den Urlaub fliegen. So eine durch die Luft sausende Zigarre verbraucht 1.700 Liter auf 100 km. Mit so einer Menge Sprit würde mein SUV dagegen rund 25.000 Kilometer weit fahren. Aber mein Brief an die Regierung, in dem ich das prinzipielle Verbot von Flugzeugen gefordert habe, wurde abschlägig beschieden. Wer ist denn nun hier das Umweltschwein? Außerdem möchte ich darauf hinweisen, dass ich unserem Globus zu liebe nicht nur Fleisch, sondern auch Gemüse esse. Allerdings lasse ich es vorher veredeln. Von einem Schweinemagen. Mein Cousin hat seiner Frau zur Hochzeit einen Ring mit einem kleinen Edelstein geschenkt. Aber nicht etwa mit einem Rohdiamanten, nein, im Ring saß ein geschliffener

Diamant. Also war der Stein eindeutig veredelt. Aber der Kerl erlaubt sich die Nase darüber zu rümpfen, wenn ich mein Gemüse ebenfalls veredeln lasse. Zusätzlich wirft er mir immer vor, dass in Deutschland jeder Mensch im Durchschnitt vier Kühe im Laufe seines Lebens verspeist. Und Kühe seien besonders umweltschädlich, weil bereits eine einzige von diesen Viechern innerhalb von 24 Stunden 500 Liter Methan in die Atmosphäre entlässt. Da habe ich ihm versucht klar zu machen, dass ich durch das Verspeisen von vier Kühen somit die Umwelt vor 2000 Litern Methan pro Tag bewahre. Aber natürlich wollte er das nicht einsehen. Das ist typisch für Leute, die der Mathematik nicht mächtig sind. Übrigens, was die Mülltrennung betrifft, wird diese auch wesentlich überschätzt. Zum Beispiel darf man ausschließlich nur Verpackungen in die gelbe Tonne bzw. in den gelben Sack geben. Was soll denn dann der Durchschnittsbürger mit dummerweise doppelt geschenktem Plastikspielzeug oder mit ungenutzten Putzeimern aus Polypropylen machen? Das konnte mir bisher noch keiner schlüssig beantworten. Man höre und staune, am Ende werden aus den 5,2 Millionen Tonnen zusammengescharrtem Kunststoff nur 0,9 Millionen Tonnen Rezyklat, wie man recyceltes Plastik unter uns Fachleuten nennt. Und das soll sich lohnen? Ich habe spaßeshalber mal über ein komplettes Jahr hinweg meinen Plastikmüll akribisch gewogen. Es waren genau 32 Kilogramm. Das entspricht etwa 0,0006 Prozent allen gesammelten Plastikmülls. Falls Sie irgendwann mal einen Schnaps mit 0,0006 Volumenprozent getrunken haben sollten, dann wissen Sie, dass selbst Leitungswasser mehr Alkoholmoleküle enthält. Warum sollte ich dann mein Plastikzeug nicht in den Hausmüll werfen? Zumal dieser ganze Müll zwecks Energiegewinnung in extra dafür entwickelten Anlagen verbrannt wird. Sie haben richtig gehört, zur Energiegewinnung! Also habe ich doch in Wirklichkeit mit meinem Verweigern der Mülltrennung dazu beigetragen, dass bei vielen Menschen am Abend die elektrischen Lampen angeknipst werden können. Mein Kollege Erwin ermahnt mich immer, ich solle nicht so engstirnig sein, und meine Verantwortung gegenüber der Natur wahrnehmen. Dazu kann ich nur sagen, wenn diese Natur unbedingt neben uns Erdenbewohnern auch auf diesem Planeten leben will, dann sollte sie sich dabei gefälligst etwas anstrengen. Uns leidgeprüfte Menschen fragt doch auch keiner, wie wir mit der Klimaerwärmung klarkommen. Man wirft uns immer vor, dass wir bei der Abholzung des Regenwalds tatenlos zusehen, aber hat sich jemand schon mal Gedanken über Elefanten gemacht? So ein wilder Elefant verspeist täglich rund 250 Kilogramm Äste, Rinden und Wurzeln. Dazu säuft er auch noch 100 bis 150 Liter Wasser. Zum jetzigen Zeitpunkt gibt es übrigens in Asien ca. 30.000 und in Afrika 350.000 solcher Tiere. Da kann sich doch jeder Schulanfänger an den Fingern ausrechnen, dass die Viecher Tag für Tag insgesamt 95.000 Tonnen Wald vernichten. Hallo? Damit ist doch wohl endgültig klar, wer hier unsere Natur vergewaltigt. Und sind es nicht auch die Neozoen, also die unerlaubt eingewanderten Viecher, die den Lebensraum unserer heimischen Fauna rücksichtslos zerstören? Zum Beispiel

haben die asiatischen Bienen die Varroamilbe einge-
schleppt, der Ochsenfrosch frisst unseren angestammten
Amphibien das Futter ohne die geringste Gnade weg, und
der amerikanische Maiswurzelbohrer gefährdet inzwischen die Maisernte in ganz Europa. Die Natur zerstört
sich also vor unseren Augen selbst. Und wir Menschen
sollen plötzlich daran schuld sein? Ich, als Einzelner,
kann dagegen sowieso nichts tun, und deshalb sage ich
Ihnen jetzt mal was: Solange bereits die erste Stufe der
Saturn-V-Mondrakete noch mehr als 800.000 Liter Ke-
rosin verbraucht, solange fahre ich auch noch SUV!

Das Motto

Es ist schon eine ganze Weile her, da habe ich mir an
einem warmen Sommerabend eine Talk-Show angesehen. Normalerweise mag ich es nicht, wenn Leuten ihre
Geheimnisse entrissen werden. Ich will überhaupt nicht
wissen, dass ein Schauspieler Mitglied in einer Sekte ist,
oder sich zu Hause mit seinem Partner prügelt. Auch eine
schlimme Kindheit kann ich im Nachhinein keinem abnehmen. Und ob irgendein Prinzenpaar einen Hund gekauft hat, interessiert mich genauso viel, als wenn in Ja-
pan ein Reiskorn zu Boden fällt. Selbst wenn jemand etwas Weltbewegendes geleistet hat, macht mich das lediglich nur neidisch. Aber an dem erwähnten Tag liefen
nur solche Dinge im Fernsehen, die man tunlichst im Klo
herunterspülen sollte. Also blieb ich auf dieser Talk-

Show hängen. Der Moderator fragte seine Gäste, ob sie denn ein Lebensmotto hätten. Als Antwort kamen da solche sinnreichen Sprüche wie „Carpe Diem", oder „Oben klar und unten dicht, mehr will ich im Alter nicht", oder auch „Was du nicht willst, das man dir tu, das füge keinem andren zu". Also war ich wohl der Einzige auf der Welt, der kein Lebensmotto vor sich her trug. Oder die anderen hatten sich einfach nur eine Weisheit zurechtgelegt, um damit die Menschheit zu beeindrucken. Wenn ich mir so einen Spruch abringen müsste, dann würde ich wahrscheinlich sagen: „Versuche nie selbst einen Teppich einzufärben!" Dieses Motto war aber erst vor Kurzem zu seiner Geltung gekommen. Ich hatte versucht, einen hässlich ergrauten Flokati einzufärben. Jetzt hatte ich einen hässlich braun gefleckten Flokati. Einen neuen Teppich zu kaufen verbot mir aber strengstens mein überaus kritisches Bankkonto. Privatdetektive verdienen eben doch nicht ganz so viel, wie ich es mir einst in meinem jugendlichen Leichtsinn eingebildet hatte.

Als sich so gegen elf Uhr knarrend meine Bürotür öffnete, wurde durch den Typ im Türrahmen mein vegetatives Nervensystem von der ergotropen Wirkung meines Sympaticus überrannt, und überschüttete mein restliches Gehirn mit jeder Menge Stressreizen. Mit anderen Worten, der Kerl hatte das Gesicht eines Feuermelders. Ich hätte liebend gern reingeschlagen, und zwar solange, bis die Feuerwehr anrücken würde. Ich kann mir nicht helfen, aber es gibt halt Leute, die sind mir auf Anhieb sympathisch, aber es gibt auch Leute wie diesen da. Am liebsten hätte ich den Menschen mit einem Tritt in den Hintern nach draußen befördert, aber mein Bankkonto flüsterte mir überzeugend das Gegenteil ins Ohr. Also bot ich dem Kerl mit einer oskarreifen Freundlichkeit an, sich zu setzen. Ehrlich, ich habe nichts gegen weiße Zähne, aber wenn einem diese Dinger mit ihrem unnatürlichen Gefunkel gleich beim ersten Anblick beide Augen verblitzen, sollte man wenigstens eine Waffenscheinpflicht dafür einführen. Ich habe auch nichts dagegen, sich die Haare pechschwarz färben zu lassen, aber grüne, blaue sowie zwei orangene Strähnchen müssen es doch auch nicht gleich sein. Der Kerl hatte beide Arme von den Handgelenken an bis hinauf zum Ärmelansatz seines T-Shirts mit Tattoos von irgendwelchen Frauen bedeckt. Nennen Sie mich ruhig spießig, altmodisch oder uncool, aber wenn ich mir schon Löcher in die Haut stechen lasse, dann sollte es wenigstens eine im medizinischen Sinne notwendige Nadel sein. Ich würde mich aber niemals laut zu diesem Thema äußern, schließlich soll jeder so leben, wie es ihn glücklich macht. Aber die Gedanken sind frei. Was ich diesem Typ jedoch nicht verzeihen konnte, war dieses eng anliegende T-Shirt. Es arbeitete ziemlich deutlich Muskeln an Stellen hervor, an denen ich nicht einmal Stellen hatte. Wenn man schon ausgesprochen sportlich ist, dann muss man das doch nicht solchen Waschlappen wie mir auch noch unmittelbar unter die Nase reiben. Trotzdem fragte ich ihn wohlerzogen nach dem Begehren, welches ihn veranlasst hatte, den Irrweg zu mir zu nehmen. Er grinste süffisant: „Nun, mein Name ist Hendrik Feigl. Ich bin leidenschaftlicher

Sammler antiker Kunst. Neulich hatte ich bei mir eine kleine, intime Party. Vier Personen. Und seither fehlt in einer meiner Vitrinen eine altehrwürdige Vase. Da ich sie wohl nicht selbst gestohlen habe, sollen Sie nun herausfinden, wer von den anderen drei Figuren der ruchlose Entwender ist!" In meinem Gesicht machte sich sofort eine unverhohlene Skepsis breit: „Sollten Sie das eigentlich nicht lieber bei der Polizei anzeigen, oder zumindest Ihre Versicherung benachrichtigen?" Er zierte sich etwas: „Sagen wir mal so, ich weiß nicht mehr so genau wann und von wem ich die Vase gekauft habe. Auch den Quittungsbeleg dafür habe ich einfach nicht mehr gefunden, falls Sie wissen was ich meine! Sie sind doch an die Schweigepflicht gebunden?" Meine Freundlichkeit verflog. Ziemlich gereizt antwortete ich: „In der Regel halte ich schon meine Klappe, aber bei schwerem Diebstahl, Körperverletzung oder Mord kann ich singen wie ein Zeisig. Das sollten Sie bedenken, bevor Sie weiterreden!" Er zog die Nase kraus: „Es liegt bestimmt nichts davon vor. Zumindest glaube ich das nicht. Das Corpus Delicti stammt von einem flüchtigen Bekannten, welcher es aus dem Urlaub mitgebracht hat. Wo allerdings sein Urlaubsort war, entzieht sich meiner geschätzten Kenntnis. Aber illegal konnte das Ganze dazumal nicht gewesen sein, sonst wäre er ja unserem Zoll bereits bei der Kofferkontrolle ins Netz gegangen". Mir war schon klar, dass ich diese windige Sache hätte ablehnen müssen, aber mein autoritär agierendes Bankkonto flüsterte mir wieder einmal das Falsche ins Ohr: „Zweihundert pro Tag plus Spesen. Dann muss ich mir Ihre Vitrine genau anschauen, und ich brauche die Namen und Adressen der anderen drei Partyteilnehmer, sowie einen nicht zurückzuzahlenden Vorschuss für drei Tage!" Er zog sein Smartphon aus der Tasche, und tippte kurz darauf herum: „Wird sofort erledigt, falls Sie mir umgehend Ihre Kontonummer mitteilen!"

Mit meinem kleinen Köfferchen bewaffnet betrat ich im Schlepptau von Hendrik Feigl dessen Allerheiligstes, einen Raum, an dessen Wänden eine Vitrine an die andere grenzte. In jeder dieser Glaskästen standen Vasen. Klein, groß, schwarz, grau, braun, mit Blumenmuster oder Kampfszenen, mit Abbildungen von Zeus oder des stierköpfigen Minotaurus. Ich blickte meinen Klienten skeptisch von der Seite an: „Mich wundert etwas, dass ein Sammler von antiken Gegenständen ausschließlich nur Vasen besitzt". Er lächelte lausbübisch: „Sagen wir mal so, ich sammle nicht nur, ich verkaufe auch. Und da habe ich mich eben auf Vasen spezialisiert. Schließlich verdiene ich meinen Lebensunterhalt damit. Übrigens, dort drüben ist die Vitrine, aus der die besagte Vase gestohlen wurde". Ich öffnete mein Köfferchen, entnahm den Dachshaarpinsel, die Klebefolie und das Bi-Chromat-Pulver. Nach knapp zehn Minuten vorsichtiger Arbeit hatte ich zwei prachtvolle Sätze von Fingerabdrücken gesichert. Dann verewigte ich noch, trotz Hendrik Feigls schwachen Protestes, die Abdrücke seiner Fingerkuppen auf ein Stück Spezialpapier. Wie erwartet konnte ich sofort erkennen, dass eine Sorte der Fingerabdrücke, die ich von der Vitrine abgenommen hatte, identisch mit denen meines Klienten war. Also musste ich irgendwie noch geschickt feststellen, wem die anderen Abdrücke gehörten. Ich verstaute meine Utensilien wieder im Koffer: „Kommt in der Regel hier noch jemand anderes herein? Zum Beispiel eine Putzfrau?" Hendrik Feigl verneinte: „Hier lasse ich Leute nur unter meiner Aufsicht rein. Und entstauben tue ich meine Lieblinge selber. Allerdings ist der Raum meist nicht abgesperrt. Aber wenn ich Gäste habe, wie beispielsweise letzthin diese Viererparty, dann schließe ich sicherheitshalber doch die Tür ab. Apropos Abschluss, wollen wir noch zusammen einen Drink nehmen?" Ich lehnte mit dem Hinweis auf die Tatsache ab, dass ich gleich noch am Straßenverkehr teilnehmen müsse.

Die Frau, deren Künstlername Herr Feigl als ‚Lady Blue' angegeben hatte, fand ich in einem dieser Nobelrestaurants, in die ich auf Anraten meines Kontos sonst nie gegangen wäre. Sie sah richtig gut aus, hatte ein Glas Sekt vor sich und musterte mich von oben bis unten: „Kleiner, ich glaube kaum, dass du das nötige Geld hast!" Die Frau schien diesen Satz nicht zum ersten Mal in ihrem Leben zu sagen. Und obwohl sie mich dabei mitleidig anschaute, fand ich sie trotzdem verteufelt attraktiv. Ich lächelte mild: „Das, was ich von Ihnen möchte, fängt zwar auch mit ‚f' an, nennt sich aber nur ‚fragen'. Und dafür werde ich auch nichts bezahlen. Ich bin nämlich nur ein kleiner, bescheidener Detektiv". Sie strich sich unglaublich anmutig eine Strähne ihrer blondierten Haare aus dem Gesicht: „Dann wundert's mich, dass sie dich überhaupt in diesen Schuppen hier hereingelassen haben". Stoisch fuhr ich fort: „Das liegt bestimmt an meinem sprichwörtlichen Charme. Vielleicht reicht der ja auch aus, Ihnen zwei kleine Antworten abzuringen. Frage eins: Waren Sie vor Kurzem auf einer Viererparty bei einem gewissen Hendrik Feigl?" Die Frage schien sie zu erheitern: „Party? So kann man das Ding freilich auch nennen! Kennen Sie den Unterschied zwischen einer Gruppentherapie und Gruppensex?" Ich blickte sie erwartungsvoll an. Sie setzte ihre Rede ohne ein geringstes Lächeln fort: „Bei der Gruppentherapie hört man von den Problemen anderer Menschen, beim Gruppensex dagegen sieht man diese. Beantwortet das deine Frage?" Ich grinste: „Somit kann ich gleich zu meiner zweiten Fragestellung kommen. Haben Sie eventuell gesehen, dass jemand beim Gehen etwas mitgenommen hat?" Sie schüttelte charmant ihren Kopf: „Du kennst doch sicher den Spruch: Wer sich erinnern kann, der ist nicht dabei gewesen. Hendrik hat mich vorhin schon angerufen. Ich habe ihm gesagt, dass ich die Vase gar nicht mitnehmen konnte, weil ich beide Hände voll hatte. Eine Magnum-Flasche Champagner, du verstehst? Aber du kannst hier drin nicht einfach nur Fragen stellen, du musst schon etwas trinken! Und natürlich auch etwas für mich bestellen. Am besten einen Before-Dinner-Cocktail, wie zum Beispiel einen Manhattan. Ich will nämlich nachher gleich etwas essen. Leistest du mir dabei Gesellschaft?" Etwa eine Stunde später verließ ich das Lokal. Mein Konto war um einen Betrag ärmer geworden, mit dem eine Bank vor dem Ruin hätte gerettet werden können, aber ich hatte auch ein gemopstes Cocktailglas in meiner Tasche. Mit der Gewissheit, meinem Klienten leider eine gepfefferte Spesenrechnung präsentieren zu müssen, machte ich mich auf den Weg zu dem Ehepaar, das bei der ominösen Party ebenfalls mit Anwesenheit geglänzt haben sollte.

Ich wurde von den beiden erstaunlich wohlwollend empfangen. Die Frau des Hauses bot mir sogar einen Kaffee an. Allerdings war das Zeug brüllheiß, was zur Folge hatte, dass für den Rest des Tages mein Geschmacksempfinden ausgeschaltet war. Warum passierte ausgerechnet mir immer so etwas Blödes? Entweder kleckerte ich auf den Teppich, oder ich zerkratzte eine Felge meines kleinen Autos an der Bordsteinkante, oder ich brach den Henkel meiner Kaffeekanne ab, oder ich verbrühte mir die Zunge, oder mir widerfuhr irgendetwas anderes Dummes. Um meine Tollpatschigkeit zu überspielen, fragte ich übertrieben eifrig nach der Party bei Hendrik Feigl. Die Stimmung im Raum sank schlagartig auf den absoluten Nullpunkt. Wie sich herausstellte, hatten die zwei mich mit dem Vertreter einer Internetfirma verwechselt, welcher für diesen Tag angemeldet war, um ihre Immobilie anzukaufen. Außerdem hatte sie vor Kurzem mein emsiger Klient angerufen, und den beiden den Diebstahls seiner Vase unterstellt. Um nicht gelyncht zu werden, musste ich eilends und unverrichteter Dinge abziehen.

Da ich ja nun leider keine Fingerabdrücke von den Immobilienbesitzern erhascht hatte, konnte ich somit nur die Abdrücke von der Vitrine mit denen von dem Cocktailglas vergleichen. Zwar mache ich das nicht wie die Polizei mit einem Computerprogramm, sondern aus Kostengründen mittels einer starken, beleuchteten Lupe, aber ich bekomme bei meinen Fällen zum Glück meist auch nur ganz wenige Papillen vor die Augen. Was ich diesmal sah, ließ mein Herz freudig auf und ab hüpfen. Eine eindeutige Übereinstimmung! Ich war sicher, meine mondäne Cocktailtrinkerin hatte ihre Patschhändchen an der Vitrine meines Klienten verewigt. Hocherfreut griff ich zum Telefon, um Hendrik Feigl meine Erkenntnisse mitzuteilen. Aber solange ich es auch klingeln ließ, er nahm nicht ab. Na gut, dann würde ich es eben am Abend erneut versuchen. Oder nein, besser, ich würde mir lieber Lady Blue noch einmal vorknöpfen.

Dem Gesicht des Barkeepers war deutlich anzusehen, dass ich seiner Meinung nach nicht in diesen piekfeinen Laden gehörte. Aber er wusste auch, dass ich mit Lady Blue bereits einmal zusammen getrunken und gegessen hatte. Das schien ihn zu beeindrucken, und er teilte mir mit, dass sich die Dame mitunter hier nicht blicken ließ. Dann wäre sie meist bei bestimmten, gut zahlenden Kunden, oder sie nähme sich einfach frei. Das müsse man in diesem Beruf nämlich auch ab und zu mal tun. Nachdem ich zum Entsetzen meines Bankkontos dem Kerl einige Scheine hingeblättert hatte, verriet er mir unter dem Siegel der Verschwiegenheit eine Adresse in der Vorstadt.

Auf dem Weg dorthin fiel mir ein, dass ich zuerst bei meinem Klienten vorbei fahren könnte. Vielleicht wollte er ja sogar mitkommen. Also fuhr ich einen kleinen Umweg, und stand kurz darauf vor seiner Haustür. Aber so lange ich auch klingelte, nichts rührte sich. Als ich wieder zu meinem Auto gehen wollte, kamen plötzlich zwei gedrungene Gestalten auf mich zu, hielten mir ihre Dienstausweise vor die Nase und nötigten mich in eine Limousine. Da ich von je her ein friedlicher Bürger bin, oder auch weil die zwei Schränke wesentlich kräftiger waren als ich, ließ ich mich in den schwarz lackierten Wagen drängen, und fand mich nach kurzer Zeit in einem Verhörraum wieder. Der Mensch an der anderen Seite des Tisches studierte aufmerksam meinen Ausweis: „In welcher Beziehung stehen Sie zu Herrn Feigl?" Da ich aufgrund meiner Verschleppung nicht besonders gut gelaunt war, antwortete ich etwas bissig: „Ich stehe auf Frauen und habe deshalb keine Beziehung mit Herrn Feigl". Mein Ton schien dem Kerl nicht zu schmecken, denn es war deutlich zu merken, dass er sich gewaltig zusammenreißen musste: „Was wollten Sie dann vor seinem Haus?" Ich überlegte kurz, ob ich mich querstellen oder lieber kooperieren sollte. Um das Terrain weiter abzuklopfen stellte ich zunächst die Frage: „Warum hat man mich verhaftet?" Er blickte nicht gerade glücklich, als er antwortete: „Sie sind nicht verhaftet und könnten theoretisch jeder Zeit gehen. Das hier ist lediglich eine Zeugenbefragung. Aber ich mache Sie darauf aufmerksam, dass Sie als Bürger dieses Landes verpflichtet sind, bei Ermittlungen zu helfen". Ich konterte: „Und dazu müssen Sie mich unbedingt verschleppen?" Wahrscheinlich hatte ich damit eine wunde Stelle bei ihm getroffen, denn er wand sich wie ein Wurm: „Nun ja, die beiden Kollegen waren etwas voreilig. Ich bitte Sie hiermit offiziell um Verzeihung! Aber was wollten Sie nun wirklich bei Herrn Feigl?" Versöhnlich gestimmt, antwortete ich gnädig: „Wie Sie bestimmt meinen Papieren entnommen haben, bin ich Privatdetektiv. Herr Feigl ist mein Klient. Ich soll für ihn einen gestohlenen Gegenstand wiederfinden". Der Mensch nickte wie ein Wackel-Dackel auf der Ablage eines billigen Autos: „Dann suchen Sie bestimmt eine Vase. Ich darf Ihnen mitteilen, dass wir Herrn Feigl bereits seit einiger Zeit unter dem Verdacht der Veräußerung gefälschter Antik-Vasen beobachten. Wir erwarten jederzeit einen Anruf, der diese Vermutung bestätigen wird. Deshalb darf ich Sie bitten, bis zur Verhaftung des Herrn die Füße stillzuhalten! Sind wir uns da einig?" Ich erklärte mich einverstanden, obwohl ich den Verdacht hegte, dass Hendrik Feigl unter diesen Umständen nicht mehr dazu kommen würde, mir aus dem Gefängnis heraus das ausgehandelte Honorar zu überstellen. Glücklicherweise hatte ich bereits einen Vorschuss kassiert.

Die zwei Kraftmenschen brachten mich wortlos zu meinem Auto zurück. Keiner von beiden hielt es für nötig, sich bei mir zu entschuldigen. Im Gegenzug dachte ich nicht im Traum daran, mich an bestehende Konventionen zu halten, und wie versprochen meine Finger von dem Fall zu lassen. Also lenkte ich trotzig mein rotes Gefährt zur Behausung von Lady Blue. Sie schien nicht im

Mindesten erstaunt zu sein, als sie mich erblickte. Ihre Haare waren hochgesteckt, und sie trug eine Art seidenen Schlafrock, unter dem zwei hinreißende Füßchen hervorlugten. Mit einer freundlichen Geste bat mich die Gute in ihre Gemächer: „Nimm Platz! Kann ich dir etwas anbieten?" Wenn ich alles erwartet hätte, aber nicht das. Von ihrer Freundlichkeit und wohl auch von ihrem fantastischen Anblick etwas verwirrt fragte ich: „Wie komme ich zu dieser Ehre?" Völlig ernsthaft antwortete sie: „Weil du der erste Mann warst, der sich mit mir unterhalten hat, ohne gleich mit mir ins Bett steigen zu wollen". Meine Ohren nahmen entgegen meines ausdrücklichen Willens eine leicht rote Färbung an. Wenn die wüsste! Ich stotterte: „Ich, also, ich, ich unterhalte mich ja auch sozusagen rein beruflich mit Ihnen". Sie lächelte: „Ich kann mir schon denken, warum du hier bist. Moment!" Dann verschwand sie kurz im Nebenzimmer und kam mit einer sehr antik aussehenden Vase zurück: „Sicher deshalb!" Ich war verblüfft: „Sie geben also den Diebstahl zu?" Ihr Lächeln verschwand: „Ja und nein. Ich konnte wählen, entweder wegen unangemeldeter Prostitution sechs Monate einzufahren, oder den Behörden eine dieser Vasen zu besorgen. Man konnte Feigl bisher nichts nachweisen und hatte deshalb auch keinen Durchsuchungsbefehl für sein Haus bekommen. Die Vase ist nämlich eine Fälschung, weshalb dich der Bursche auch beauftragt hat, das Ding wieder zu ihm zurück zu bringen". Ich war skeptisch: „Woher wollen Sie denn wissen, dass das eine Fälschung ist?" Sie hielt mir die Vase hin: „Leck mal dran!" Ich zuckte zurück: „Was soll ich?" Sie wurde einigermaßen energisch: „Daran lecken! Los!" Leicht verstört tat ich ihr den Gefallen: „Das schmeckt säuerlich". Zufrieden stellte sie die Vase auf den Tisch: „Und glaubst du, dass echte antike Vasen tatsächlich säuerlich schmecken? Um so eine Vase zu fälschen, stellt man erstmal eine Kopie nach der Abbildung einer echten her, und bringt sich dann von einer angeblichen Urlaubsreise Sand und Staub aus Griechenland mit. Danach reibt man den falschen Vasenzwilling mit Joghurt oder Buttermilch ein, und bestäubt das Ganze anschließend mit dem griechischen Schmutz. Jetzt braucht man nur noch den Mikroben in der Luft ungefähr ein Jahr Zeit zu geben, und das Ding ist äußerlich nicht mehr von den echten, alten Vasen zu unterscheiden. Clever, oder?" Ich war völlig von der Rolle: „Donnerwetter! Woher wissen Sie denn das alles?" Sie beugte sich verführerisch zu mir herüber, und legte ihre feingliedrige Hand auf mein Knie: „Ich war nicht immer Prostituierte. Früher habe ich mal Archäologie studiert. Aber damit verdient man nicht allzu viel Geld. Außerdem sieht man in der zweckmäßigen Kleidung für Ausgrabungen nicht besonders hübsch aus. Aber jetzt würde ich an deiner Stelle lieber verduften. Ich habe nämlich vorhin die Polizei angerufen. Die wird jeden Moment hier sein, um die Vase abzuholen. Ich könnte mir vorstellen, dass du den Herren nicht unbedingt begegnen möchtest".

Auf dem Weg nach Hause fuhr ich etwas langsamer als allgemeinhin. Meine Gedanken kreisten ohne Unterlass um diese ungewöhnliche Person. In meiner Wohnung angekommen, beichtete ich dann einer Flasche Bourbon, dass ich jetzt tatsächlich auch ein Lebensmotto hatte. Nämlich: „Unterschätze nie eine Frau".

Auf den Hund gekommen

Ich bin Kevin Kleinhart, und selbst auf die Gefahr hin, dass mich vielleicht viele Leute ab sofort nicht mehr leiden können, möchte ich mich trotzdem hier und jetzt outen. Ja, ich gebe es unumwunden zu, ich bin ein Rassist. Es gibt einfach Rassen, die ich ums Verrecken nicht leiden kann. Zum Beispiel Pudel und Molosser, auch als Bulldogge bekannt. Ich schäme mich auch deswegen, aber ich bin ein Hunderassist. Nun wird ja landläufig behauptet, dass eine Person vom Charakter her entweder ein Hunde- oder ein Katzenmensch sei. Dazu muss ich sagen, dass ich trotz Abneigung zu bestimmten Hunderassen eindeutig ein Hundemensch bin. Ich würde mir nie eine Katze zulegen. Wenn zum Beispiel Hunde-Besitzer nach Hause kommen, werden sie mit einer riesigen Portion Liebe empfangen. Aber wie reagiert eine Katze? Die lässt deutlich erkennen, dass es ihr scheißegal ist, wer da nach Hause kommt. Hauptsache der Futternapf wird hingestellt. Hunde fahren gerne im Auto mit, Katzen kriegen da meist die Krise. Hunde springen auch gern mal ins Wasser. Katzen tun so, als ob sie dabei sterben müssten. Hunde beschäftigen sich gern mit ihren Spielzeugen, Katzen dagegen stecken ihren Kopf überall hinein, auch wenn sie von da nicht mehr allein herauskönnen. Ich habe auch noch nie gesehen, dass sich ein Schäferhund auf die Computertastatur gelegt hat, oder ein Dackel nachts Vögel tötet. Ich bin eben ein Hundemensch. Das hat meine Frau schamlos ausgenutzt. Meine Frau und ich, wir zwei waren zwanzig Jahre lang die glücklichsten Menschen der Welt. Dann haben wir uns kennengelernt. Wir wollten beide keine Kinder. Das hat meine Frau so festgelegt. Sie hat mir vorgerechnet, das ein Kind durchschnittlich rund 148.000 Euro bis zum 18. Lebensjahr kostet. Das hat angeblich das Statistische Bundesamt 2018 in einer Studie ermittelt. Die Mehrkosten für eine größere Wohnung hat man dabei noch nicht einmal berücksichtigt. Also haben wir uns konsequent über alle Jahre hinweg keinen Nachwuchs angeschafft. Dann hat meine Frau einstimmig festgestellt, dass wir zwei nun soweit wären, um uns ein Haustier zulegen zu können. Wir hätten jetzt die Reife und die Zeit dafür. Also würde sie die nötige Reife dazu beitragen, und ich meine Freizeit. Falls ich nicht damit einverstanden wäre, würde sie für sich eine Katze kaufen. Ich bin aber nun mal ein Hundemensch. Also haben wir jetzt einen Welpen. Einen Labrador Retriever namens Hugo; einen sogenannten Apportierhund. Auf Englisch lautet nämlich das Wort für apportieren bzw. etwas herbringen »to retrieve«, wovon sich die Bezeichnung dieser Hunde ableitet. Bereits im ersten Jahr machte unser Hugo seinem Namen alle Ehre. Er brachte ziemlich alles, was in unserer Wohnung stand, hing oder lag, zu mir her. Schuhe, Kopfkissen, Mäntel, Fernbedienung, Flaschen, Tassen, Tischdecken, Brillen und auch den Läufer aus unserem Badezimmer. Nur wenn ich mal beim Gassigehen ein Stöckchen warf und ihn aufforderte, es zurückzubringen, war er nicht so ganz damit einverstanden. Auch, dass er gelegentlich ein Pfützchen auf unser Parkett machte, gefiel mir nicht so recht. Ich hatte von einem Bekannten gehört, dass man den Hund gleich anschließend mit der Schnauze in seine Pfütze tunken sollte, um ihm das Urinieren im Zimmer zu verleiten. Nachdem ich diesen Rat über zwei Monate hinweg befolgt hatte, pinkelte Hugo zwar immer noch aufs Parkett, stupste aber danach freiwillig seine Nase von selbst in die Brühe. Sicher, so ein Hund braucht natürlich auch seine Beschäftigung, aber muss es unbedingt das Abreißen von Tapeten sein? Oder das Entfernen der Sofafüllung? Und wer ihm das Öffnen unseres Kühlschranks beigebracht hat, ist mir bis heute immer noch schleierhaft. Vielleicht würde ich ja auch meinen eigenen Schwanz jagen, wenn ich ein Hund wäre, aber doch nicht mehrere Stunden hintereinander. Und Koprophagie wäre ganz bestimmt nicht mein Ding. Falls Sie nicht wissen was das ist, forschen Sie lieber nicht nach! Im Übrigen finde ich es auch nicht lustig, wenn Hugo ein Sofakissen bumst. Meine Frau lacht sich darüber kaputt. Sie meinte neulich, an so viel Libido sollte ich mir ein Beispiel nehmen. Wie sich herausstellte, hatte sie das nicht in Bezug auf dieses Sofakissen gemeint. Sie war übrigens auch nicht davon begeistert, dass ihr geliebter Hugo das Veilchenbeet in unserem Garten komplett zerwühlt hat. Doch da muss ich ausnahmsweise mal den Hund in Schutz nehmen. Bei uns bin ich es, der Veilchen nicht mag. Gut, ich gebe zu, dass mir Hugo gewaltig auf den Senkel gegangen ist, sogar dann, wenn er zu meiner großen Freude mal sein Frauchen angepinkelt hat, aber ich hatte mich ehrlich an den Hund gewöhnt. Trotzdem haben wir Hugo schweren Herzens in ein Tierheim gegeben. Meine Frau hatte nämlich vor Kurzem in der Zeitung gelesen, dass man für Hunde in diesem Land Steuern zahlen muss.

Schimmlers Idee

Hauptkommissar Hohlbach saß kerzengerade hinter seinem klobigen, altertümlichen Schreibtisch, während Kommissar Riemer auf dem Stuhl davor lümmelte wie ein hingeschissenes Fragezeichen. Der Hauptkommissar schien nicht gerade gut gelaunt zu sein: „Hören Sie Riemer! Mir ist zu Ohren gekommen, dass Sie mich hinter meinem Rücken wiederholt als Affenfresse bezeichnet haben. Entspricht das der Wahrheit?" Riemer entgegnete mit gespielter Ernsthaftigkeit: „Wenn das hinter Ihrem Rücken geschieht, dann sollten Sie sich einfach mal umdrehen! Da wissen Sie es dann wahrscheinlich genauer". Hohlbachs Gesicht nahm langsam rote Farbe an: „Riemer, ich könnte Sie einfach feuern. Da Sie aber in gewisser Weise mit Kommissarin Wiegand verbandelt sind, werde ich Sie noch einmal verschonen. Kollegin Wiegand ist nämlich die absolute Stütze für diese Dienststelle. Ich werde ihr zuliebe von einer Bestrafung absehen, wenn Sie ab sofort nicht mehr gegen mich opportunieren. Wie Sie wissen werden, hat Kommissarin Wiegand erst vorige Woche ganz alleine einen Rauschgiftring ausgehoben. Und die Frau hält Ihre Hand über Sie. Aber sollte ich noch einmal von Ihren Intrigen gegen mich hören, werde ich Ihnen den Dienstgrad als Kommissar aberkennen lassen. Haben wir uns da verstanden?" Kommissar Riemer stand auf, so schnell es sein massiger Körper zuließ: „Erstens können Sie das gar nicht, zweitens trauen Sie sich das nicht, denn die höchste Aufklärungsrate in diesem Laden habe immer noch ich, und drittens hat Frauke die Leute nicht alleine hoppgenommen, sondern lediglich die Aktion geleitet". Ohne seinen Vorgesetzten weiter zu beachten, drehte sich Riemer um und verließ das Büro.

Es regnete, als Kommissar Riemer an der Tür von Kommissarin Wiegand klingelte. Nun waren sie schon über ein Jahr zusammen, und er hatte immer noch keinen Schlüssel für Fraukes Wohnung. Vielleicht hätte er doch das Angebot annehmen sollen, zu ihr zu ziehen. Nach dem dritten, erfolglosen Läuten ging er zurück zum Auto, zückte sein Smartphon und wählte Fraukes Nummer. Niemand nahm ab. Riemer fühlte, wie eine gewisse Angst in ihm hochstieg. Ziemlich besorgt rief er Fraukes Tochter an: „Hallo Carla, hast du vielleicht eine Ahnung, wo sich deine Mutter aufhalten könnte? Ich stehe hier vor ihrer Tür, und sie macht einfach nicht auf. Bitte was? Ich brauche die Polizei nicht zu rufen, ich bin die Polizei. Gut, ich melde mich wieder, wenn ich Genaueres weiß!" Riemer legte auf und wählte sofort im Anschluss die

Nummer von Kommissar Schimmler: „Schimmelchen, hör zu! Ich stehe vor Frauke Wiegands Tür und brauche dich, dein Werkzeug und deine Geschicklichkeit! Wir müssen das Türschloss knacken! Sie macht nicht auf, und ich befürchte, dass ihr vielleicht etwas Schlimmes passiert ist. Was? Bist du bekloppt? Wir brauchen keinen Durchsuchungsbeschluss. Hier ist doch wohl eindeutig Gefahr im Verzug. Also beeil dich!"

Der Regen hatte sich noch verstärkt. Kommissar Riemer wischte sich missgelaunt ein Rinnsal nach dem anderen vom Gesicht, während sein Freund und Kollege Schimmler das Schloss zu Frauke Wiegands Wohnung malträtierte. Nach sechs Minuten war es offen, und die beiden Kommissare betraten hastig die Wohnung. Sie war leer. Keine Frauke, keine Anzeichen einer Unregelmäßigkeit, und leider auch keine Nachricht, die Auskunft über den Verbleib der Frau hätte geben können. Kommissar Schimmler versuchte seinen Freund zu beruhigen: „Hier ist alles normal. Sicher ist Frauke nur irgendwo aufgehalten worden. Oder sie hat vergessen, dass du herkommen wolltest. Kann doch sein". Riemer schüttelte verzweifelt den Kopf: „Das kann eben nicht sein. Ich rufe jetzt sofort die Kollegen von unsere Vermisstenstelle an!" Kommissar Schimmler versuchte ihn vorsorglich davon abzuhalten: „Willst du dich auslachen lassen? Seit wann vermisst du deine Gute? Seit einer Stunde? Wie wär's, wenn du vielleicht noch ein wenig wartest?" Riemer kam nicht mehr zum Antworten, denn sein Smartphon meldete sich ungeduldig. Es war Hohlbach:

„Riemer, wenn ich herausbekomme, dass Sie dahinter stecken, sind Sie erledigt! Das kann ich Ihnen verraten!" Der Gescholtene zog die Stirn in Falten: „Vielleicht sagen Sie erstmal, worum es hier geht! Ich habe nämlich zurzeit ein anderes Problem. Und das ist wichtig". Sein Chef wetterte weiter: „Wenn Sie nicht der Initiator sind, wer dann? Sie wollen mich doch bloß wieder auf die Rolle nehmen". Riemer platzte der Kragen. Er brüllte aus Leibeskräften in sein Handy: „Wenn Sie jetzt nicht endlich damit herausrücken, was Sie eigentlich von mir wollen, dann komme ich zu Ihnen und erschieße Sie vor versammelter Mannschaft!" Hohlbach schien aufgrund Riemers heftiger Reaktion wirklich erschrocken zu sein: „Dann ... dann ... dann wissen Sie nichts davon?" Riemer war der Verzweiflung nahe: „Teufel noch mal, wovon denn eigentlich?" Sein Chef stammelte: „Nun ja, wenn, also wenn es stimmt, dann, also dann hat jemand Kollegin Wiegand entführt. Ich habe hier eine Lösegeldforderung mit der Post bekommen. Und zwar zu mir nach Hause. Das muss man sich mal ..." Riemer unterbrach ihn unbeherrscht: „Was? Haben Sie einen Absender? Sind das ausgeschnittene Buchstaben oder ist es auf Computerpapier gedruckt? Wer hat den Brief gebracht? Die Post oder jemand anderes? Warum ist das Schreiben noch nicht im Labor? Kann man Fingerabdrücke erkennen, oder ist sonst etwas Auffälliges an dem Schreiben? Steht die Zeit und der Ort der Geldübergabe schon fest?" Hohlbach schien eindeutig von Riemers Fragen überfordert zu sein: „Ich weiß auch nicht mehr als Sie! Und da Sie befangen sind, werde ich den Fall dem Kollegen

Schimmler übergeben". Dann legte er auf. Riemer gab das Handy an seinen Freund weiter, und sagte mit einem böswilligen Grollen in der Stimme: „Du solltest mal den Alten anrufen, der hat was für dich!"

Um ein Haar wäre es zu Handgreiflichkeiten gekommen. Auf der einen Seite ein hochroter Hauptkommissar, auf der anderen ein vor Wut schnaubender Werner Riemer, und dazwischen ein verzweifelter Kommissar Schimmler, der beide Hände voll zu tun hatte, damit Riemer nicht seinen Chef erwürgte. Hohlbach rief zum wiederholten Male: „Das lasse ich nicht zu! Sie sind befangen! Sie sind viel zu emotional eingebunden!" Riemer brüllte zurück: „Und wenn ich sage, dass ich das Lösegeld übergebe, dann übergebe ich das Lösegeld! Ich will diesen Schweinen von Angesicht zu Angesicht begegnen!" Schimmler versuchte angestrengt die Situation zu retten: „Leute, ich bin mit der Leitung der Operation betraut worden, und ich entscheide, wer das Geld übergibt!" Dann schob er gewaltsam den sich vehement sträubenden Riemer aus dem Zimmer, während er halblaut sagte: „Und du hältst tunlichst die Klappe! Sonst trete ich dich mächtig in deinen dicken Arsch!"

Es war Neumond, stockdunkel, und der Stadtpark war um diese Zeit ganz und gar menschenleer. Die Wolken hatten ihre nasse Last vollständig der Erde übergeben, und nur gelegentlich tropfte noch etwas Regenwasser von den Blättern der Bäume herunter. Die grüne Parkbank, auf der Kommissar Riemer saß, hatte noch keine

Zeit gehabt abzutrocknen, und bescherte somit dem etwas verkrampft Sitzenden einen mehr oder minder feuchten Po. Nervös ließ Riemer immer wieder den Blick zwischen Armbanduhr und Reisetasche hin und her wandern. Dreihunderttausend Euro waren nun mal kein Pappenstiel. In drei von den Geldbündeln waren Sender versteckt. Selbst wenn die Gauner das Geld in eine andere Tasche umschichten sollten, konnte man sie immer noch verfolgen. Und wenn sie dann zwangsläufig beim Geldzählen auf die Sender stoßen würden, wäre es bereits zu spät, weil da schon die Kavallerie vor der Tür in Stellung gegangen wäre. Um Mitternacht sollte eigentlich die Übergabe stattfinden, aber es war bereits eine Viertelstunde später. Riemer wurde nervös. Was, wenn die Übergabe vielleicht gar nicht stattfand, weil Frauke bereits tot war? Kalte Angst schnürte ihm sprichwörtlich die Kehle zu. Seine Uhr zeigte bereits Halb eins. Riemer war überzeugt, es musste etwas schief gegangen sein. Da klingelte sein Handy. Kommissar Schimmler sagte aufgeräumt: „Hallo Großer! Das Ding ist gelaufen. Wir haben die Burschen gefasst, und deine Frauke sitzt hier in der Dienststelle und trinkt Kaffee. Allerdings zittern ihr dermaßen die Hände, dass sie die Hälfte verschüttet. Wie wär's, wenn du auch herkommen würdest?"

Bei der Umarmung beruhigte sich Frauke Wiegand allmählich, während im Gegensatz dazu Werner Riemer langsam zu zittern begann. Anspannung, Wut und Angst fielen langsam von ihm ab. Kommissar Schimmler tippte ihm von hinten auf den Rücken: „Genug! Du erdrückst sie ja noch!" Riemer ließ sich auf einen Stuhl fallen, hielt aber weiterhin Fraukes Hand fest in der seinen: „Wie bist du ihnen eigentlich entkommen? Erzähl doch mal!" Kommissarin Wiegand deutete auf Schimmler: „Das lass dir mal besser von dem da erzählen!" Riemer wandte sich seinem Freund zu, der sichtlich verlegen wurde: „Weißt du, also, das war nämlich so. Deine Gute hat doch vorige Woche mehrere Dealer eingebuchtet. Und nun hatten zwei Brüder von dem einen vor, durch eine Entführung zwei Fliegen mit einer Klappe zu schlagen. Einerseits deiner Frauke eins auszuwischen, und andererseits an schnelles Geld zu kommen. Allerdings brennt bei den beiden nur ein schwaches Licht im Oberstübchen, und so konnten wir sie bei der Geldübergabe festnehmen". Riemers Blick wurde sehr, sehr nachdenklich, und er vollführte eine verwirrte Handbewegung, als wolle er eine unsichtbare Fliege von seinem Gesicht verscheuchen: „Fange ich jetzt an zu spinnen, oder bist du nicht mehr ganz richtig im Kopf? Die Geldübergabe hat doch gar nicht stattgefunden!" Schimmler wich etwas zurück: „Na ja, weißt du, weil du doch emotional involviert warst und ich dich kenne, hatte ich Angst, du könntest bei der Übergabe ein klein wenig aufbrausen und vielleicht alles versauen. Deshalb habe ich entschieden, dich mit einer Tasche voll Zeitungspapier in den Park zu schicken, während die tatsächliche Übergabe im Stadion stattgefunden hat". Riemer sprang auf, griff blitzartig nach dem zurückweichenden Schimmler, und erwischte ihn gerade noch so am Kragen: „Du, du elender Drecksack! Ich breche dir alle Knochen im Leib, und anschließend steche ich dir mit einem stumpfen Messer beide Augen aus!" Worauf sein Freund einigermaßen gelassen entgegnete: „Wenn du das tust, dann würdige ich dich keines Blickes mehr!"

Octonium

Ron Clark war nicht gerade groß, weder körperlich noch gesellschaftlich. Seine Kindheit verbrachte er nach dem Tod der Eltern in einer durchschnittlichen Pflegefamilie, zeigte in der Schule stets mittelmäßige Leistungen, und sagte von sich selbst, er wäre ein langweiliges Gesicht mit Beinen. Nach dem Abitur hatte er keine rechte Lust zum Studieren, fand aber lange Zeit keine Arbeit. Zu guter Letzt wurde er in der Poststelle eines großen Konzerns angenommen. Briefe und Pakete zu verteilen, sowie die Ausgangspost in den Computer einzutragen, war jedoch nicht unbedingt das, was er sich für den Rest seines Lebens vorgestellt hatte. Er entwickelte unerwartet Ehrgeiz, ging in die Abendschule, arbeitete sich hoch bis in die Buchhaltung, und verdiente nicht schlecht. Mit zweiundzwanzig Jahren heiratete er eine asiatisch anmutende, recht hübsche Frau, und war mit seinem Leben zum ersten Mal zufrieden. Doch dieser Zustand dauerte nicht lange. Seine Frau hatte ein Herzleiden, brach eines Tages zusammen, musste operiert werden, und starb bei dem Eingriff. Ron war am Boden zerstört. Künftig fristete er sein Leben als trauernder Single.

Nach knapp vierundzwanzig Jahren Betriebszugehörig-
keit setzte man ihn auf die Straße. Die Firmenzentrale
nannte es lakonisch ‚Gesundschrumpfung'. Alle Entlas-
senen bekamen zwar eine Abfindung, aber die war wohl
kaum groß genug, um damit bis zum Erreichen des Ren-
tenalters den Lebensunterhalt zu bestreiten. Ron verfiel
in eine Art Lethargie, kümmerte sich nicht um eine neue
Arbeitsstelle, und verbrachte die Tage häufig vor seinem
Fernsehgerät. Das ging eine ganze Weile so, bis er in der
Fußgängerzone zufällig und auch rein aus Versehen mit
Ruth zusammenprallte. Sie hatte in der einen Hand einen
Becher Kaffee, und in der anderen ein Handy, auf welchem ihre Augen regelrecht zu kleben schienen. Als sie
in Ron hineinrannte, schwappte der Kaffee auf dessen Jacke. Nachdem sie sich verdattert entschuldigt hatte, sicherte sie dem Geschädigten die Übernahme der Reini-
gung zu. Ron meinte, man müsse dann ja wohl auch ihren
verschütteten Kaffee ersetzen, und lud sie für den nächsten Tag in ein kleines Straßencafé ein. Wider jeglichen
Erwartens nahm sie an.

Ruth Niehmhaus war in einer wissenschaftlich geprägten
Familie aufgewachsen. Ihr leider sehr früh verstorbener
Onkel hatte eine Professur für Biologie inne gehabt, ihre
Mutter war Chemikerin und ihr Vater Physiker. Da Ruths
Zeugnisse in den naturwissenschaftlichen Fächern stets
eine Eins vorwiesen, schien ihr Berufsweg schon beizei-
ten fest zu stehen. Der Vater versuchte ihre Interessen für
die Physik zu verstärken, ihre Mutter die Leidenschaft
für Chemie. Ruth studierte beides. Ihre Leistungen waren

in jeder der Disziplinen nahezu brillant. Das bahnte ihr den Lebensweg in eine große Forschungseinrichtung. Es dauerte keine vier Jahre, da leitete sie ihre Abteilung. Von nun an war sie es gewohnt knallharte Anweisungen zu geben. Ihr Ehrgeiz und ihre Beharrlichkeit brachte zwar bei der Arbeit jede Menge messbare Erfolge, jedoch leider nicht im Umgang mit den Männern. Keiner hielt es lange bei ihr aus. Spätestens nach vierzehn Tagen suchten ihre Partner gedemütigt das Weite. Ruth war darüber zutiefst unglücklich, schaffte es aber trotz aller Anstrengungen nicht, ihre Hegemonie zu entschärfen und ihre Ansprüche herunter zu schrauben. Verzweifelt nahm sie sich vor, zukünftig jeden Annäherungsversuch wahrzunehmen, ob ihr das Aussehen des Mannes nun gefallen möge oder auch nicht, nur um nicht mehr einsam zu sein. Da traf sie, im wahrsten Sinne des Wortes, auf Ron.

Wenn zwei, die beide absolut nicht mehr alleine sein wollen, sich zufällig treffen, dann kann es schon mal vorkommen, dass sie tatsächlich zusammenbleiben, und dafür jedem Kompromiss zustimmen. Ruth wollte in Ruhe forschen, Ron hatte keine Lust mehr, sich um Arbeit zu bemühen. Also übernahm Ron die Hausarbeit, und Ruth blieb manchmal tagelang in ihrem Institut. Es war so etwas wie eine Zweckehe. Trotzdem hatten beide des Nachts Freude am Körper des anderen. Und wenn das der Zweck ihres Zusammenbleibens war, dann bedeutete die Verbindung der beiden eben eine ganz spezielle Zweckgemeinschaft. Nun läuft es bei den meisten Eheleuten, die über einen langen Zeitraum zusammen sind, fast immer so, dass sie sich entweder stundenlang anschweigen, oder krampfhaft nach einem Gesprächsstoff suchen. Ron suchte und fand. Nämlich eines der Arbeitsgebiete seiner Angetrauten. Er kramte über einen längeren Zeitraum sein ganzes Schulwissen zusammen, und stellte eines Abends seiner Frau eine Frage, die sie nie von ihm erwartet hätte: „Sag mal, im Periodensystem der Elemente ist doch Wasserstoff das erste Element in der ersten Periode, sowie in der ersten Gruppe. Aber das zweite Element, Helium, steht in der achtzehnten Gruppe. Dazwischen klafft doch eine riesige Lücke, nicht wahr? Nun habe ich ja gelernt, dass es von Wasserstoff auch Isotope gibt. Beispielsweise Deuterium und Tritium. In jüngerer Zeit hat man meines Wissens nach auch Nuklide mit 4 bis 7 Neutronen gefunden. Allerdings haben die alle wohl nur eine äußerst kurze Lebensdauer von weniger als 10^{-21} Sekunden. Aber ich frage mich, gibt es denn nicht auch Wasserstoffatome mit acht Neutronen? Ich nenne das mal Octonium? Vielleicht solltest du auf diesem Gebiet mal forschen! Bestimmt ist da bei der Entdeckung ein Nobelpreis drin". Ruth lächelte milde: „Falls so etwas wirklich existieren würde, hätten es andere Wissenschaftler bestimmt schon längst entdeckt". Doch Ron ließ nicht locker: „Wenn Marie Curie so gedacht hätte, wäre die Radioaktivität bis heute noch nicht erforscht worden". Und so kam es, dass Ruth tatsächlich ihre Ressourcen im Labor dazu benutzte, um dem Atomkern von Wasserstoff ein Neutron nach dem anderen anzuheften. Dass man über ihre angeblich sinnlosen Aktivitäten unter der Hand lächelte, spornte sie nur noch mehr an. Und dann, nach reichlich drei Jahren, hatte sie endlich ihr Verfahren entwickelt, mit dem sie größere Mengen Octonium akkumulieren konnte. Das Beste daran war, der Stoff blieb stabil und zerfiel nicht das kleinste bisschen. Nach Anmeldung des Patentes interessierten sich sofort Wissenschaftler dafür, die auf dem Gebiet der Kernfusion forschten, um mit dieser Technik den Energiehunger der Menschen endgültig stillen zu können. Es stellte sich dann auch fürwahr heraus, dass Octonium in Plasmaform ideal für Fusionsreaktoren war, insbesondere für Stellaratoren, von denen einer mit diesem neuen Stoff bereits seit zehn Tagen eine Testfase im Dauerbetrieb verbrachte. Also hatte Ron ein ungeheuer wichtiges Verfahren ins Rollen gebracht, ohne dazu seinen Hintern vom Sofa heben zu müssen.

Nun könnte man ja annehmen, dass somit alle Energieprobleme der Menschheit endlich gelöst worden wären. Schön wär's. Leider habe ich mir den ganzen Quatsch nur ausgedacht.

Erna Singmann

Alle reden von der Klimaerwärmung, aber draußen sind es minus zwanzig Grad Celsius. Der alte, gusseiserne Heizkörper in meinem Büro schafft es mit Müh und Not gerade mal zwanzig Grad aufrecht zu erhalten. Ich glaube, ich muss unbedingt mit meinem Vermieter über eine Modernisierung reden. Oder über eine Mietminderung. Dafür würde es sich meiner Meinung nach lohnen, gelegentlich tagsüber ein wenig zu frösteln. Man kann sich ja auch von innen wärmen. Zum Beispiel mit einem ganz winzigen Tröpfchen Bourbon. Oder vielleicht mit zwei Tröpfchen. Meinetwegen auch mit drei richtig großen Tropfen. Wobei das Wort ‚Tropfen' bei mir stets relativ zu sehen ist. Also im Verhältnis zu meiner Laune. Und an diesem Tag war sie nicht besonders gut, die Laune.

Angefangen hatte alles wie immer beim Frühstück. Beim eingießen des Morgenkaffees hörte ich ein deutlich vernehmbares Knacken, und meine letzte Tasse mit Weinlaub-Dekor hatte das, was meist meiner Birne zugeschrieben wird; einen Sprung. Nachdem ich gewohnheitsgemäß auf den Teppich gekleckert hatte, stieß ich mir beim Reinigen desselben derart heftig den Kopf an der Tischkante, dass eine zierliche, aber deutlich wahrnehmbare Beule vom Rest meines sonstigen, nicht besonders attraktiven Gesichts ablenkte. Im weiteren Tagesverlauf zeigte mein Auto kein gesteigertes Interesse, mich zum Büro zu bringen. Zugegeben, ich als Batterie hätte mich bei dieser Kälte auch lieber ausgeruht. Aber zum Glück gab mir mein Nachbar elektrische Starthilfe mit seinem Überspielkabel. Der hat freilich einen dicken Akku in seiner Riesenkarre. Ich dagegen bin froh, dass in meinem kleinen Flitzer überhaupt Platz für eine Batterie ist. Als dann mein fahrbarer Untersatz endlich rollte, war aufgrund eines gewissen Aggregatzustandes von Wasser, genannt Eis, mein Bremsvorgang an der nächsten roten Ampel nicht unbedingt als vollendet zu bezeichnen. Das stationäre Blitzgerät an dieser Kreuzung bemerkte es mit einem, eine gewisse Zufriedenheit ausstrahlendem Lichtblitz. Ich konnte mir also wieder einmal den Weg zum Fotografen sparen. Am Büro angekommen, musste ich feststellen, dass das Schloss an dem Türchen von meinem offiziellen Geschäfts-Briefkasten eingefroren war. Nach mehreren Rüttelversuchen brach der kleine Schlüssel ab. Was soll's, bestimmt war sowieso nur wieder irgendwelche Werbung in dem blöden Kasten. So begann also dieser Tag.

Es war kurz nach Zehn, ich stand noch an der Bürotür und hatte soeben mit dem Drehen des Schlüssels mein Büro für den Publikumsverkehr freigegeben, als ein Mann eintrat, den ich im Stillen ‚Mister Durchschnitt‘ titulierte. Allerweltsgesicht, weder groß noch klein, weder dick noch dünn, unbestimmte Haarfarbe, Hose und Jacke von mittlerer Qualität. Nachdem ich ihm Platz angeboten hatte, setzte ich mich ebenfalls hinter meinen Schreibtisch: „Was darf ich für Sie tun?“ Sein Gesicht verzog sich zu einer Miene, die man als übertriebenes Lächeln oder auch als gedämpftes Lachen interpretieren konnte: „Haben Sie Humor?“ Ausweichend antwortete ich: „Das kommt auf die Situation an“. Seine Hand griff in die Innenseite der Jacke, und kam zu meinem Entsetzen mit einer Pistole wieder zum Vorschein. Als er die Waffe auf meinen Kopf richtete, überschlugen sich meine Gedanken. Meine Pistole steckte in einem kleinen Fach unter der Sitzfläche meines Stuhls. Ich brauchte also nur ganz nebenbei die Hände herunterhängen zu lassen, und konnte somit die Waffe ergreifen. Wenn ich dann schnell genug reagierte, wäre es bestimmt möglich, dem Kerl ein Loch in die Brust zu pusten, bevor er zu einer Gegenreaktion fähig wäre. Meine Überwachungskamera würde eindeutig belegen, dass es sich dabei um Notwehr gehandelt hätte. Doch dann drehte der Mensch überraschend seine Waffe von mir weg, und drückte ab. Am Lauf der Pistole erschien eine kleine Flamme. Es war ein Feuerzeug. Mit seiner anderen Hand zog er eine Zigarette aus der Jackentasche und schickte sich an, den Glimmstängel zu entzünden. Ich protestierte: „Hier drin wird nicht geraucht!" und zeigte auf das Nichtrauchersymbol an der Bürowand. Trotzdem hielt er seine Feuerzeugpistole an die Zigarette, welche sich daraufhin mit einem kleinen Blitz in eine winzige Rauchwolke auflöste. Ich verzog einigermaßen verärgert das Gesicht: „Hätten Sie vielleicht gern, dass ich jetzt auch noch einen Faschingstusch spiele?" Sein schiefes Grinsen weitete sich aus: „Nein, aber Sie könnten mir eine Frage beantworten! Warum tragen Hütehunde keine Hüte?" Ich holte tief Luft, stand auf und beugte mich zu ihm vor: „Da hätte ich auch eine Frage. Wissen Sie, wo der Zimmermann das Loch gelassen hat?" Sein ausgelassener Gemütszustand schien unzerstörbar zu sein: „Gut, mein Freund, dann komme ich eben heute Nachmittag noch einmal her. Ich habe jetzt sowieso keine Zeit mehr". Er steckte sein blödes Feuerzeug ein, zog dafür einen Zettel aus der Tasche und legte ihn vor mich hin. Dann verschwand er, ohne sich noch einmal umzudrehen, und ohne sich in irgendeiner Form zu verabschieden. Ich nahm den Zettel widerstrebend in die Hand. Darauf stand: „Kommt ein prall gefüllter Luftballon zum Psychiater. Sagt der Psychiater: Ich weiß schon, Sie haben Platzangst". Wollte mir dieser Mensch mit dem verkackten Sinnspruch etwas sagen? Wohl kaum. Nachdem ich den Zettel in den Papierkorb geschnippt hatte, beschloss ich, mich ganz ruhig in die Gaststätte im Erdgeschoss zu begeben, um mir etwas Hochprozentiges in den Kopf zu schütten, weil ich das alles sonst nicht mehr ausgehalten hätte.

Eines steht wohl einigermaßen fest, ich bin nicht der einzigste Tollpatsch auf dieser Welt. Als ich gerade mein Glas ansetzten wollte, stolperte hinter mir eine Frau über ihre eigenen Füße, und knallte mir galant in den Rücken. Das tunkte mir leider die Nase so gewaltig tief in mein Glas, dass mir der obere Glasrand den Nasenrücken aufschnitt. Als dann mein Taschentuch nach zehn Minuten komplett mit meinem kostbaren Blut durchtränkt war, hatte der wieselflinke Barkeeper tatsächlich schon ein Wundpflaster gefunden. Ein Kinderpflaster. Mit dem bunten Heilmittel auf meiner Nase sah ich aus wie der Bruder von Pippi Langstrumpf auf Droge. Derart verarztet spazierte ich leicht deprimiert die Treppe zu meinem Büro nach oben. Wahrscheinlich ist es für mich doch besser, mutterseelenallein meinen Bourbon zu trinken. Es reichte schon, dass mir gelegentlich meine Klienten in den Rücken fielen. Dazu bedurfte es nicht auch noch irgendwelcher ungeschickter Frauen.

Etwa gegen 15 Uhr öffnete sich meine Bürotür, und die Nervensäge vom Vormittag trat ein. Als er mein bunt bepflastertes Gesicht sah, brach er in schallendes Gelächter aus: „Ihre Beule hat sich wohl einsam gefühlt?" Ich stand ausgesprochen langsam auf, und zischelte mit verkniffenem Gesicht: „Falls Sie gelenkig sind, dann sollten Sie sich noch einmal schnell umdrehen, um Ihren Arsch zu betrachten! Den werde ich Ihnen nämlich gleich gewaltig aufreißen". Er war nicht im Geringsten beeindruckt, und setzte sich provokant grinsend auf den Besucherstuhl: „Sie haben keinen Humor. Das macht es schwierig. Letzter Versuch! Gut zuhören! Ein Privatdetektiv berichtet seiner Klientin, dass er ihren Ehemann einen ganzen Tag lang beschattet habe. Der Mann hätte sich in sieben Bars und in einem Stundenhotel herumgetrieben. Worauf die Dame fragt, was er denn dort gemacht hätte. Der Detektiv antwortete: Gnädige Frau, er hat sie heimlich beobachtet!" Ich konnte immer noch nicht lachen, und setzte mich entkräftet wieder hin: „Können Sie diesen Quatsch nicht lassen, und endlich zu Ihrem Anliegen kommen?" Er schien ein wenig traurig zu werden: „Sie sind nicht nur humorlos, Sie haben auch keine Geduld. Sie sollten sich immer vor Augen führen, dass beispielsweise ein Diamant auch nur Kohlenstoff mit sehr viel Geduld ist!" Ich war kurz davor, wie eine Landmine zu explodieren: „Entweder sagen Sie jetzt, was Sie eigentlich von mir wollen, oder Sie verlassen augenblicklich dieses Büro! Und hören Sie auf, Ihre blöden Witze zum Besten zu geben!" Jetzt wurde er in der Tat richtig bekümmert: „Es tut mir leid, aber ich kann nicht anders! Ich habe schon mehrmals Ärger wegen meines Humors bekommen, aber Witze sind nun mal mein absolutes Hobby. Und ich spiele auch anderen Leuten hin und wieder leidenschaftlich gern ein paar Streiche. Vielleicht ist das ja der Grund, warum mich jemand umbringen will". Jetzt war ich nun doch baff: „Umbringen? Sie? Warum gehen Sie dann nicht einfach zur Polizei?" Er zuckte mit den Schultern: „War ich doch. Aber wenn alle Polizisten flach auf dem Bauch liegen, hat keiner mehr Lust mich ernst zu nehmen. Dabei habe ich bloß ein paar Knallfrösche gezündet. Wenn die daraufhin denken, jemand würde auf sie schießen, kann ich doch nichts dafür. Könnten Sie mir nicht helfen? Hier, das ist der Drohbrief, den ich erhalten habe". Er zog ein DIN-A4-Blatt aus der Tasche. Es war mit ausgeschnittenen Buchstaben beklebt. Der kunterbunte Text lautete sinngemäß, dass ihn jemand innerhalb der nächsten drei Tage ermorden würde.

Wissen Sie, meine Wohnung ist nicht besonders groß, und damit nicht unbedingt geeignet einen Gast aufzunehmen. Dazu noch einen völlig nervenden Fremden, der nachts auf der Wohnzimmercouch so laut schnarcht, dass dieses Geräusch immer noch mit 70 Dezibel im Schlafzimmer ankommt. Aber ich wusste einfach nicht, wie ich den Fall ohne irgendwelche Ansatzpunkte lösen sollte. Also bestand meine Taktik fürs Erste darin, den Kerl für die nächsten drei Tage bei mir campieren zu lassen, was sich jedoch im Nachhinein nicht gerade als gute Idee für mein armes Nervenkostüm herausstellte. Eigentlich hatte das Ganze ja auch mein Klient unter Ankündigung einer größeren Summe selbst vorgeschlagen. Und ich dreimal dämliches Rindvieh hatte aus reiner Habgier eingewilligt. Es war die Hölle! Anstelle eines Morgengrußes ließ mein Gast bereits den ersten Spruch des Tages los. Beispielsweise: „Was ist der Unterschied zwischen einer Hebamme und einem Chemiker? Der Chemiker sagt ‚H_2O‘ und die Hebamme sagt ‚Oha zwei‘. Der blödeste Spruch von ihm aber lautete: „Was sitzt auf einem Baum, hat Federn und winkt? Ein Huhu!" Darüber konnte er sich selbst eine gefühlte Viertelstunde lang ausschütten. Ich spielte mit dem Gedanken, dass ich persönlich es sein würde, der ihn in den nächsten Tagen umbringt. Doch dann zeigte sich ein Silberstreif am Horizont, in Form von Erna Singmann. Dass ich das einmal sagen würde, hätte ich wohl vorher nie und nimmer gedacht. Erna war nämlich ebenfalls eine fürchterliche Nervensäge. Sie war aus irgendeinem rätselhaften Grund scharf auf mich. Auf mich! Entweder hatte man ihr schon als Kind den Geschmack abtrainiert, oder die Synapsen in ihrem Kopf waren nicht richtig verdrahtet. Nicht nur, dass sie ständig mit mir ausgehen wollte, sie versuchte auch, mir irgendwelche Fälle zu beschaffen, und spielte mir seltsame Aprilscherze. Als sie an jenem Tag bei mir klingelte, war ich rein gar nicht begeistert: „Nicht du auch noch! Ich habe jetzt wirklich keine Nerven für dich. Bei mir tummelt sich nämlich ein Logiergast, der mir mit seinem dummen Gesülze gewaltig auf den Docht geht. Außerdem ist meine Wohnung viel zu klein für zwei Personen". Über Ernas Gesicht huschte ein kaum wahrnehmbares Lächeln: „Vielleicht kann ich dir da helfen. Ich habe eine große Wohnung, und ein Gästezimmer mit separater Toilette. Lass doch deinen Freund umziehen!" Dieses verlockende Angebot verzeichnete mein Gemütszustand auf der Stelle als eine sehr, sehr gute Idee. Ich wäre den Kerl los, und ausgerechnet bei Erna würde ihn garantiert keiner suchen. Aber etwas sagte mir, dass an der Sache ein Haken sein musste. Also fragte ich vorsichtig: „Und das würdest du so ganz selbstlos auf dich nehmen?" Sie schmunzelte ziemlich hinterhältig: „Dafür gehst du morgen Abend mit mir Essen! Ins Belvedere! Einverstanden?" Verdammt, das war ein heimtückischer Anschlag auf meinen Charakter. Damit hätte Erna durch die Hintertür endlich erreicht, dass ich tatsächlich einmal mit ihr ausgehen würde. Aber meinen Sprücheklopfer auf diese Art aus der Wohnung zu bekommen, war wohl das Opfer wert. Also ging ich Dummbatz auf den Handel ein.

Der Abend wurde gar nicht so schlecht, wie ich befürchtet hatte. Wir fuhren mit dem Taxi ins Belvedere, weil sich die Batterie meines Autos wegen der Kälte wieder mal hartnäckig weigerte, den Anlasser zum Durchdrehen zu bewegen. Der Umstand, dass ich nicht selbst fahren musste, erlaubte es mir, meinem gestressten Körper etwas Alkohol zuzuführen. Das Essen war im Übrigen wirklich ausgezeichnet, was mich in meinem feuchtfröhlichen Zustand dazu bewog, der Kellnerin ein Trinkgeld zu geben, welches mein Bankkonto zu einem Schrei des Entsetzens veranlasste. Zu Hause angekommen, gelang es Erna wirklich und wahrhaftig, einen Abschiedskuss von mir zu erbetteln. Das Allerschönste an diesem Abend aber war, dass ich mich in eine leere und absolut ruhige Wohnung begeben konnte.

Ich hatte ausgiebig und bei guter Laune gefrühstückt. Diesmal war allerdings ein Teil der Erdbeer-Marmelade nicht auf den Teppich, sondern ausnahmsweise auf mein Oberhemd gehopst. Nach dem Kleiderwechsel rief ich bei der Autowerkstatt an, und verabredete mit dem Monteur meines Vertrauens, dass er mir eine neue Batterie in mein Auto basteln sollte. Alles schien bestens zu sein, bis es klingelte. Vor der Tür stand Erna zusammen mit dem Sprüche klopfenden Todeskandidaten. Ich vermutete, dass der Mensch auch Erna die Nerven geraubt hatte, und nun wollte sie ihn mir zurückbringen. Aber es kam anders. Erna blickte mich fragend an: „Dürfen wir reinkommen? Wir drei müssen nämlich mal miteinander reden!" Nun bin ich ja nicht unhöflich, und so saßen wir dann an meinem Wohnzimmertisch. Obwohl ich fast vor Neugier platzte, bot ich zunächst den beiden etwas zu trinken an. Sie lehnten ab. Erna räusperte sich mehrmals, und zeigte dann auf meinen Klienten: „Darf ich vorstellen, das ist mein Bruder! Er hatte die Idee". Mir schwante Fürchterliches: „Welche Idee?" Worauf dieser grässliche Mensch allen Ernstes sagte: „Nun, die Idee, dass ich Sie solange nerven würde, bis meine Schwester Sie erpressen konnte, mit ihr auszugehen". Ahnungsschwanger und restlos am Boden zerstört fragte ich noch ganz zaghaft: „Und die Morddrohung?" Er grinste: „Die einzige Person, die mich hätte umbringen wollen, wäre meine Schwester gewesen, wenn der Plan nicht funktioniert hätte".

Ja sicher, ich muss zugeben, dass ich an diesem Tag ziemlich dumm aus der Wäsche geguckt habe. Erna hatte mein schlichtes Gemüt erbarmungslos ausgenutzt, und mich armes Würstchen komplett reingelegt. Die Naivität, mit der ich ihr auf den Leim gegangen war, stellte für einen Privatdetektiv nicht unbedingt ein Glanzstück dar. Was mich aber tröstete, war die Tatsache, dass die zwei wesentlich blöder guckten, als ich den beiden meine Rechnung präsentierte. Schließlich hatte mich ja Ernas Bruder offiziell engagiert. Leider befürchte ich, dass Erna trotzdem weitere Versuche unternehmen wird, um mit mir auszugehen. Vielleicht lasse ich mir ja von ihrem Bruder ein paar dieser dummen Sprüche sagen. Damit könnte ich dann Erna dermaßen nerven, bis sie endlich aufgibt. Allerdings bin ich mir nicht ganz so sicher, dass das auch bei ihr klappt. Aber wie sagt man so schön: Die Hoffnung stirbt zuletzt!

Alles Corona, oder was?

Na komm, du wirst das überleben! Was heißt hier, du willst nicht? Als ich in deinem Alter war, hat mich auch keiner gefragt, was ich wollte. Und solange du deine Beine unter meinen Tisch steckst, machst du gefälligst das, was ich dir sage! Moment, es spielt überhaupt keine Rolle, dass deine Mutter den Tisch gekauft hat! Mein Chef hat mich schließlich auch zum Homeoffice verdonnert, da wird dich das bisschen Homeschooling nicht umhauen. Ich kann doch auch nichts dafür, dass dieses Corolla oder Cordula oder Carola hier sesshaft geworden ist. Bitte was? Corona? Von mir aus. Da findet sich doch sowieso keine Sau mehr zurecht. Die einen sagen Corona, die anderen sagen Covid 19, und wieder andere nennen es Sars-Cov-2. Ich sage Corolla, das kann ich wenigstens aussprechen. Und dann behaupten die auch noch, das Zeug sei ein Virus. Dagegen habe ich in der Zeitung gelesen, es handelt sich angeblich um extrazelluläre Virionen. Kommst du da noch mit? Was soll das heißen, alles ist das Gleiche? Du zum Beispiel heißt doch Leon. Sage ich da vielleicht Fritz oder Egon zu dir, obwohl du immer der Gleiche bist? Nein! Siehst du, so einfach ist das. Also lass uns anfangen! Was grinst du da so dämlich? Ja sicher, zu Anfang kannte ich den Unterschied zwischen einem Computertablet und einem Serviertablett nicht. Für mich ist eben Tablet gleich Tablett. Aber im Gegensatz zu dir lerne ich halt immer noch dazu. Jetzt schalte das Ding schon ein! Du willst doch den Anfang nicht verpassen, sonst weißt du wieder nicht, worum es geht. Wenn ich sage einschalten, dann meine ich auch einschalten. Motz hier nicht rum! Ich kann doch auch nichts für diese blöde Epidemie. Klugscheißer! Von mir aus auch Pandemie. Mein Gott, ob Endemie, Epidemie oder Pandemie, du hast doch vorhin selber gesagt, alles wäre das Gleiche. Hör auf, mir zu widersprechen. Das alles sind Infektionskrankheiten, und damit Basta! Wer ist hier rechthaberisch? Ich glaube, einer von uns beiden ist klüger als du. Na und? Da habe ich eben den Spruch aus dem Fernsehen. Der ist trotzdem gut. Und nun schalte endlich dein Tablet ein, sonst spielts hier gleich Granada! Ich weiß doch auch nicht, was das bedeutet. Hört sich aber cool an. Und was ist jetzt? Wieso keine Verbindung? Das ist doch kein Telefon. Und wenn nur einfach der Stecker aus deinem Tablet gerutscht ist? Kein Stecker? WLAN? Was ist das denn nun wieder? Ja klar, Wireless LAN. Jetzt weiß ich genauso viel wie vorher. Echt? Ohne Kabel? Da kannst du mal sehen, was meine Generation alles zu Stande gebracht hat. Wenn du da mithalten willst, musst du aber noch eine gehörige Portion dazulernen. Versuch doch nochmal diese komische Verbindung zu installieren! Überlastet? Mist! Und jetzt? Du lügst doch! Das hat euer Lehrer nie und nimmer gesagt. Weißt du, deine Mutter ist viel besser in Mathe als ich. Lass dir doch den Unterrichtsstoff lieber von ihr erklären. Sie weigert sich? Die spinnt doch, ich drücke mich niemals vor einer Verantwortung. Niemals! Also, worum geht es? Aha, zwei Größen sind proportional oder antiproportional zueinander. Alles klar. Warte mal, wieso proportional oder antiproportional? Das sind doch zwei verschiedene Schuhe. Das soll man auf die gleiche Art lösen können? Dreisatz? Ich kenne nur Dreisprung. Ich war gut in Leichtathletik. Über 12 Meter bin ich gejumpt. Aber davon hast du keine Ahnung. Sport ist nun mal nicht dein Ding. Du solltest nicht so viel vor deiner Spielekonsole sitzen. Ehrlich? Frauen springen da über 15 Meter? Woher willst du denn das wissen? Außerdem geht es hier um Mathematik. Lenke doch bitte nicht immer mit deinem blöden Sport ab! Also Dreisatz. Na gut. Warte, da hatte ich doch auch mal was in der Schule. Ich muss kurz überlegen. Wie war das doch? Jetzt weiß ich! Das ist ein mathematisches Verfahren, um aus drei gegebenen Werten eines bestimmten Verhältnisses den unbekannten vierten Wert zu berechnen. So, jetzt weißt du es. Und nun lass mich in Ruhe! Beispiel? Was für ein Beispiel? Steht da nichts dazu in deinem Schulbuch? Ja, dann such gefälligst mal! Dir muss man doch wirklich alles vorbeten. Aha! Und wie lautet die Aufgabe? So, so, ein PKW verbraucht auf 100 km 8,2 Liter Benzin. Mit seiner Tankfüllung kommt er 620 km weit. Wie viel Liter waren im Tank des Autos? Na, ist doch ganz einfach. Die Aufgabe ist nicht lösbar, weil das alles nur gesponnen ist. Hast du schon mal gehört, dass jemand ganz genau 620 km weit fährt? Wenn es sich um 621,5 km gehandelt hätte, oder vielleicht auch nur um 619,3 km, dann könnte man sich die Mühe machen, das zu berechnen. Und außerdem verbraucht unser PKW im Drittelmix nur 7,1 Liter. Ja, da staunst du, was ich alles weiß. Also schreib hin: Unlösbar. Und jetzt die nächste Aufgabe! Was heißt hier sinnlos? Glaubst du, du kannst dich hier rausreden? Nun weiter! Pythagoras? Weißt du was, ich habe zufällig gute Laune, und lass dir das heute nochmal durchgehen. Also setzt dich schon vor deine Spielekonsole. Aber falls mal Sport im Homeschooling dran ist, dann kannst du davon ausgehen, dass ich nicht mehr so nachgiebig bin!

Die Feier

Während Kommissar Riemer Teller und Löffel auf den Tisch zauberte, nahm Frauke Wiegand den Suppentopf vom Herd: „Was hältst du davon, wenn wir alle mal miteinander so ein bisschen feiern würden?" Riemer blickte auf: „Wen meinst du denn mit ‚alle'?" Frauke setzte sich und schöpfte die Abendsuppe aus dem Edelstahltopf in die beiden schmucklosen Teller: „Na eben alle. Dich, mich, deine Tochter Claudia mit ihrem Jens Mehlmann und dem kleinen Peter, und natürlich meine Carla mit ihrem Dennis und der süßen Ulrike. Wir könnten sogar ein paar gute Freunde dazu bitten. Zum Beispiel meine alte Schulfreundin, die du schon immer mal kennenlernen wolltest". Riemer nahm bedächtig seinen Löffel auf, und tunkte ihn langsam in den Teller: „Glaubst du nicht, dass die Kinder noch recht klein für so eine Familienfeier sind? Außerdem bezweifle ich, dass wir rein zeitlich alle unter einen Hut bekommen. Und übrigens, wie du weißt, halte ich nicht sehr viel von solchen Feiern". Frauke wollte jedoch nicht von ihrer Idee abrücken: „Andere Familien schaffen das doch auch. Warum sollten gerade wir das nicht hinbekommen?" Aber der Kommissar antwortete nicht. Er hatte sich soeben mit der Suppe die Zunge verbrüht.

Hauptkommissar Hohlbach strich sich verlegen mit der linken Hand über sein ausgesprochen flaches Kinn: „Hören Sie, Kollegin Wiegand, da nun mal eine Frau die Hauptverdächtige ist, übertrage ich Ihnen hiermit die

Leitung des Falles! Sie können dafür einen Mitarbeiter Ihrer Wahl rekrutieren. Hauptsache es kommt zu einer schnellen Aufklärung. Mir sitzt nämlich unser Bürgermeister im Nacken. Sie wissen ja, es steht demnächst eine Kommunalwahl an, und da will er unter anderem mit einer hohen Aufklärungsrate in Sachen Kriminalität in seinem Wahlkreis punkten. Außerdem sind wir beide, also er und ich, Mitglied im Lions Club. Das erhöht den Druck auf unsere Dienststelle beträchtlich. Sie verstehen?" Kommissarin Wiegand verstand nicht: „Der Druck lastet wohl kaum auf unserer Dienststelle, sondern ausschließlich auf Ihnen. Außerdem haben doch bisher auch männliche Vertreter unserer Dienststelle Frauen verhört. Was soll das Ganze also?" Hohlbach drückste eine geraume Weile herum, bevor er damit herausrückte: „Der eigentliche Grund ist, dass bisher, mit einer einzigen Ausnahme, immer nur Männer eine eigenverantwortliche Leitung übertragen bekommen haben. Man hat mich gestern ausdrücklich daran erinnert, dass auch bei uns eine gewisse Frauenquote eingeführt wurde". Kommissarin Wiegand stemmte beide Hände in die Hüften und fragte aufgebracht: „Ich bin hier also nur die Quotenfrau?" Hohlbach wehrte etwas eingeschüchtert ab: „Nein, nein! Sicher nicht. Das sehen Sie auch daran, dass ich Ihnen freie Hand lasse, mit wem Sie in diesem Fall zusammenarbeiten wollen". Die Kommissarin peilte ihren Chef mit einem prüfenden Blick an: „Und was, wenn ich nun Sie persönlich auswählen würde?"

Kommissar Schimmler konnte sich vor Lachen kaum auf seinem Stuhl halten: „Das Gesicht des Alten hätte ich sehen wollen. Der hat doch seit Jahren an keinem Fall mehr mitgearbeitet. Aber ich könnte mir denken, dass er dankend abgelehnt hat". Frauke Wiegand schmunzelte: „Hat er auch. Aber ich hatte das ja sowieso nicht ernst gemeint. Ich habe dann dich ausgewählt". Reiner Schimmler verschluckte sich: „Bitte? Wieso mich? Was ist denn mit deinem angebeteten Riemer?" Frauke antwortete unschuldig: „Dem will ich bloß mal unterjubeln, wie wichtig der Zusammenhalt innerhalb von Familien und Freunden ist. Das merkt der nämlich erst, wenn er mal ausgeschlossen wird". Zwar fühlte sich Kommissar Schimmler bei der Sache nicht unbedingt ganz wohl, aber wenn er schon mitarbeiten sollte, dann wollte er auch informiert sein: „Muss ich jetzt die komplette Akte durchkauen, oder klärst du mich freundlicherweise auf?" Frauke Wiegand blickte auf ihr Tablet: „Eine gewisse Akilah Khaleel, inzwischen verehelichte Lüdicke, hat am Tag nach ihrer Hochzeit ihre Mutter umgebracht. Jedenfalls beteuert das ein Zeuge, der angeblich die junge Frau blutverschmiert aus der Tür des mütterlichen Hotelzimmers herauskommen sah. Der frischgebackene Ehemann bestreitet das aber, und gibt seiner Gemahlin ein Alibi mit der Behauptung, sie wäre die meiste Zeit des Tages bei ihm gewesen, und hätte das Zimmer nur kurz für ganz wenige Minuten verlassen. Allerdings verstricken sich der Zeuge als auch die jungen Eheleute in Widersprüche, was den zeitlichen Ablauf angeht. Die Tatwaffe, die vermutlich ein Messer war, wurde bisher noch nicht gefunden. Deine und meine Aufgabe ist es nun, alle Hochzeitsgäste zu befragen, um auf diese Weise ein denkbares Motiv herauszufinden, oder vielleicht im günstigsten Fall das Tatwerkzeug aufzuspüren. Und das alles muss möglichst sofort geschehen, noch bevor einige von den Gästen abreisen. Also kommst du?"

Kommissar Riemer goss vorsichtig etwas Rotwein in die Gläser, und blickte seine Frauke fragend an: „Du bist heute so nachdenklich. Was ist denn los?" Kommissarin Wiegand wendete sich ihm leicht abwesend zu: „Ich muss nachdenken!" Werner Riemer setzte die Flasche ab: „Und worüber?" Frauke Wiegand antwortete gedankenverloren: „Über eine Familienfeier". Diese Antwort reizte Kommissar Riemer zu einem energischen Protest: „Ich habe dir gestern schon gesagt, dass ich derartige Feiern nicht mag". Die Kommissarin schaute mitleidig zu ihm auf: „Ach Werner, es dreht sich doch nicht alles auf dieser Welt nur um dich. Es geht um ein Tötungsdelikt bei einer Hochzeitsfeier. Die Braut wird der Tat verdächtigt, und sitzt in Untersuchungshaft. Mehr brauchst du dazu nicht zu wissen, denn nur Schimmler und ich sind mit dem Fall betraut!" Riemers Laune verfinsterte sich: „Du und Schimmler? Wieso arbeitest du nicht mit mir?" Worauf Frauke geduldig wiederholte: „Es dreht sich doch nicht alles auf dieser Welt nur um dich!"

Man konnte deutlich sehen, dass Kommissar Riemer fürchterlich nervös war. Er hatte schon zweimal den Telefonhörer vom Apparat genommen, aber sofort wieder aufgelegt. Nach einer qualvoll durchlebten Viertelstunde überwog dann doch die Neugier. Er rief seinen Kollegen Schimmler an: „Hey, Schimmelchen, sag mal, ihr beiden, also du und Frauke, ihr bearbeitet doch gerade zusammen einen Fall. Kannst du mir was darüber sagen?" Kommissar Schimmler überlegte nicht lange: „Na ja, theoretisch könnte ich das schon, aber praktisch werde ich es nicht tun!" Riemer bettelte weiter: „Komm, wir sind doch Kollegen! Und auch Freunde! Also gib dir einen Ruck!" Schimmler lehnte ab: „Erstens: Wenn du deinerseits einen Fall bearbeitest, dann frage ich dir ja auch keine Löcher in den Bauch. Zweitens: Ich habe keine Lust, mir von deiner Frauke den Kopf abreißen zu lassen. Und drittens: Du könntest es nicht lassen dich in unseren Fall einzumischen, und würdest uns dann garantiert die Show stehlen. Außerdem haben wir sowieso noch nichts herausgefunden. Aber aus purer Freundschaft könnte ich dir einen kleinen Tipp zukommen lassen, wenn wir etwas Näheres wissen. Du darfst mich aber unter keinen Umständen bei unserer Kollegin verpetzen!" Kommissar Riemer lächelte in sich hinein: „Aus ozeantiefer und unzerstörbarer Freundschaft zu dir werde ich Frauke nie etwas davon erzählen. Versprochen!"

Als Frauke Wiegand pünktlich zum vereinbarten Zeitpunkt Riemers Wohnung betrat, sog sie genüsslich die Luft ein: „Oha! Mein Starkoch bereitet seine weltberühmten Buletten zu, von denen er sich strickt weigert, mir das Rezept zu verraten". Der Kommissar rief aus der Küche: „Die sind eigentlich schon fertig. Ich lasse nur noch schnell das Fett auf dem Küchenkrepp abtropfen. Du kannst dich schon mal setzen. Ich komme gleich!" Kurz darauf erschien Riemer mit einem Teller, auf dem sich eine kleine Pyramide aus knusprig braunen Buletten stapelte: „Warte, ich hole schnell noch den Wein!" Frauke entgegnete: „Eigentlich will ich nur deine Buletten genießen. Ich mag gar keinen Wein". Aber der Kommissar wehrte vergnügt ab: „Manchmal muss man auch was trinken, bevor der Körper Durst bekommt!" Er holte beschwingt eine Flasche Rotwein aus der Küche, um welche er diesmal sogar eine Schleife aus rotem Vliesstoff geknotet hatte. Frauke wurde misstrauisch: „Was wird hier gespielt?" Riemer goss den Wein ein, und setzte sich lächelnd neben seine Angebetete: „Ich habe vor, dir heute das Geheimnis meiner Buletten zu verraten!" Frauke Wiegand ahnte, was er vorhatte: „Aha, und dafür soll ich dir bestimmt etwas über den Fall verraten. Mache ich aber nicht!" Riemer gab noch nicht auf: „Komm schon! Das ist ein fairer Handel. Du kennst doch den Spruch aus dem Film ‚Das Schweigen der Lämmer': Quid pro quo! Du sagst mir etwas von den Ermittlungen, und ich verrate dir mein Buletten-Rezept. Also?" Frauke schien sich überreden zu lassen: „Du zuerst!" Werner Riemer richtete seinen Oberkörper auf, als wäre er Julius Cäsar: „Drei Dinge! Erstens: Kein Öl und keine Margarine. Du nimmst ausschließlich Butterschmalz. Zweitens: Du legst deine Buletten erst in die Pfanne, wenn das Fett richtig heiß ist. Drittens, und das ist das Allerwichtigste: Du gibst in die Rohmasse einen gestrichenen Teelöffel Natron. Das war's! So, jetzt du!" Frauke schmunzelte:

„Danke für den Tipp! Was den Fall betrifft, kann ich dir lediglich nur sagen, dass wir die Mordwaffe noch nicht aufgespürt haben, und dass alle Befragungen zu keinem verwertbaren Ergebnis führten". Riemer war stocksauer: „Was? Und dafür habe ich dir mein Geheimrezept verraten? Du bist sowas von hinterhältig!" Er drehte sich beleidigt zur Seite, worauf sich Frauke Wiegand Mühe gab, die Wellen wieder ein wenig zu glätten: „Ach komm, morgenfrüh werde ich Akilah noch einmal verhören. Vielleicht kann ich dir ja dann noch etwas mehr mitteilen". Riemers Kopf flog schlagartig herum: „Akilah? Heißt deine Verdächtige Akilah? Und stammt die vielleicht von der Arabischen Halbinsel?" Frauke Wiegand war nicht ganz klar, worauf Riemers Frage abzielte: „Ja, aus der Jemenitischen Republik. Aber sie lebt schon seit ihrer Kindheit mit ihren Eltern in Deutschland. Was soll eigentlich diese Frage?" Riemer nahm ihre Hand: „Du solltest umgehend feststellen, ob vielleicht der junge Ehemann einer abrahamitischen Religion angehört!" Frauke Wiegand begriff immer noch nicht, worauf Riemer hinaus wollte: „Kannst du mir vielleicht gnädiger Weise verraten, woran du denkst?" Über das Gesicht des Kommissars huschte ein kleines Lächeln: „Nur wenn du mir im Gegenzug auch etwas zu bieten hast! Quid pro quo!" Frauke Wiegand schmiegte sich fest an ihren Werner: „Und wenn ich nun heute Nacht besonders lieb zu dir bin?"

Riemer saß an seinem Schreibtisch und tippte auf der Computertastatur herum, als plötzlich die Tür aufflog, und Kommissar Schimmler ins Zimmer gestürmt kam: „Ich hab's genau gewusst! Du konntest dich wieder mal nicht bremsen, und hast so ganz nebenbei unseren Fall gelöst. Schöner Freund!" Werner Riemer protestierte: „Ich habe lediglich Frauke gegenüber eine Idee geäußert. Ansonsten habe ich keinem anderen etwas davon gesagt. Ihr zwei könnt also die Lorbeeren ganz alleine einstreichen. Außerdem hätte meine Theorie ja auch falsch sein können". Schimmler ließ sich auf einen Stuhl fallen: „War sie aber nicht. Das Brautpaar hat tatsächlich aus religiösen Gründen auf Sex vor der Ehe verzichtet. Und in der Hochzeitsnacht hat der Mann festgestellt, dass seine Frau verstümmelte Genitalien besaß. Sie hat ihm dann gebeichtet, dass ihr das im Alter von neun Jahren von ihre eigenen Mutter mit einer Rasierklinge angetan worden ist. Er wollte deshalb am nächsten Tag seine Schwiegermutter zur Rede stellen, wobei die Situation eskalierte. Während er wütend mit einem herumliegenden Messer auf die Frau einstach, hat seine junge Gattin nur versucht, ihre Mutter zu beschützen. Das Messer trug der Mann übrigens immer noch bei sich, als wir ihn verhafteten. Er wusste einfach nicht, wohin damit. Und ich bin jetzt komplett sauer, weil du dich in unsere Ermittlungen eingeschaltet hast. Das kostet dich was! Ich denke mal, dass du demnächst ein paar kleine Biere ausgeben wirst!" Riemers Augen blitzten auf: „Du, da habe ich eine hervorragende Idee. Frauke und ich, wir richten bald eine Feier aus. So mit Familie und Freunden. Du bist hiermit herzlich eingeladen. Da kannst du dann auf meine Kosten den ganzen Abend schlemmen. Also, was sagst du?"

Schimmler grinste über das ganze Gesicht: „Du Fuchs, ich habe dich durchschaut! Du lädst mich doch bloß ein, damit du die ganze Zeit mit mir saufen kannst, und dich nicht mit den anderen Gästen unterhalten musst. Weißt du, aus Rache sollte ich das vielleicht deiner Guten mal so ganz nebenbei oktroyieren. Mache ich aber nicht. Aus ozeantiefer und unzerstörbarer Freundschaft zu dir werde ich Frauke nie etwas davon erzählen. Versprochen!"

Viviana Paule

Keine Ahnung, ob das Einhalten von Vorsätzen bei Ihnen funktioniert. Wenn man den Psychologen glauben kann, dann klappt das bei den meisten Leuten eher selten. So auch bei Viviana Paule Beerbold-Mantsch. Sie erblickte an einem stürmischen Novembermorgen in Form einer Hausgeburt fristgerecht das Licht der Welt. Während draußen vor den Fenstern der Wind heulte, schrie drinnen die Neugeborene ihren Protest gegen die Aussiedlung aus dem Mutterleib ohrenbetäubend der Hebamme in die Ohren. Der Vater, Eduard Beerbold-Mantsch, ging nervös im Nebenzimmer auf und ab. Er war ein kleiner, schüchterner Mann, der im Alter von zweiunddreißig Jahren das erste Mal Vater wurde. Meist ging er etwas gebückt, war unmodern gekleidet und konnte seit zwei Jahren eine speckige Halbglatze vorweisen. Er verfügte über nicht gerade viel Selbstvertrauen, jedoch die Tatsache, dass er Vater wurde, erfüllte ihn mit gewaltigem

Stolz. Zu seinem Glück und Seelenfrieden war es sein Lebtag nicht vonnöten, die Blutgruppe von Viviana mit der eigenen zu vergleichen. Die Mutter Gerda war gut einen Kopf größer als ihr Ehemann, und als äußerst resolut bekannt. Das sprichwörtliche Nudelholz gehörte in der Familie standesgemäß zu den Möbeln, und wurde meist einmal im Jahr von der Hausherrin am Rücken des Gatten ausprobiert. Sie schlug ihn aber niemals auf den Kopf. Da hätten nämlich verräterische Spuren auf der Glatze zurückbleiben können, die natürlich niemand sehen sollte. Dass sich aber die gesamte Nachbarschaft sowieso seit langer Zeit schon über die Familie lustig machte, war der schlagkräftigen Frau bisher entgangen.

Als Viviana in die Schule kam, wurde sie von einigen Mitschülerinnen verspottet, weil ihr zweiter Vorname Paule lautete. Sie wandte sich verbittert an ihre Mutter, um den Grund für diese ungewöhnliche Namensgebung zu erfahren. Die Frau antwortete nur kurz und trocken, dass man ja in diesem Land auch für Jungen einen weiblichen Zweitnamen eintragen lassen konnte, wie beispielsweise Karl Maria. Und da Frauen um die Gleichberechtigung kämpfen müssten, sollte man Mädchen eben auch männliche Namen geben können. Viviana war zwar mit dieser Erklärung nicht unbedingt zufrieden, aber die Mutter ließ sich auf keine weitere Diskussion ein. Sie hätte nämlich sonst zugeben müssen, dass es sich um einen Schreibfehler der Hebamme handelte, die aus Paula versehentlich Paule gemacht hatte. Dem Vater war das damals zwar aufgefallen, er hatte sich jedoch nicht getraut, etwas dagegen zu sagen. Da aber seltsamerweise die meisten Menschen sowieso einen Spitznamen verpasst bekommen, war es nicht weiter verwunderlich, dass Viviana ab der dritten Klasse nur noch Paul gerufen wurde. Und mit der Zeit hörte sie dann, wenn auch widerwillig, auf diesen Namen.

Wie sich in der Oberstufe herausstellte, hatte Viviana ein Faible für ihre Muttersprache. Die Rechtschreibung schien regelrecht für sie erfunden worden zu sein, und die Grammatik machte ihr, im Gegensatz zu vielen anderen Schülern, auch keinerlei Kopfzerbrechen. Während in ihrer Klasse bei einem Diktat teilweise sehr verzweifelte Gesichter zu erkennen waren, strahlte Vivianas Antlitz sogar eine gewisse Freude aus. Ihre Hausaufsätze zierten nach der Korrektur durch den Lehrer immer fette Einsen. Auch in anderen Fächern wusste sie zu glänzen. Chemie war zwar nicht unbedingt ihre starke Seite, das konnte sie aber durch gute Leistungen in Englisch und Französisch wieder ausgleichen. Der Numerus clausus für das angestrebte Journalismusstudium stellte nach dem erfolgreich abgeschlossenen Abitur keine Hürde dar, da ihr Zensurendurchschnitt bei 1,3 lag. Während ihres Studiums fand Viviana eine Gleichgesinnte, von der sie sagte, sie wäre die beste Freundin überhaupt. Nur mit ihren männlichen Kommilitonen hatte die angehende Journalistin so ihre Schwierigkeiten. In ihren Augen waren die meisten Männer einfach nur Waschlappen, was möglicherweise in der Persönlichkeit ihres Vaters seinen Ursprung hatte. Nach sieben Semestern, eingeschlossen eines Auslandsaufenthaltes in London, hatte sie den Bachelor of Arts in der Tasche.

Nach dem Studium bekam sie, trotz zahlreicher Bewerbungsschreiben, nicht gleich einen Arbeitsplatz. Um die Zeit totzuschlagen, ging sie gelegentlich in den einen oder den anderen Club. Sie konnte es sich leisten, da sie von ihrer Mutter finanziell unterstützt wurde. Ihrem Vater war dies im Grunde genommen nicht so ganz Recht, aber er traute sich wie immer nicht, etwas dagegen einzuwenden. Eines Abends lernte Viviana dann Damian kennen. Er verpasste ihr den Kosenamen Dolly. Endlich einer, der sie nicht Paul nannte. Da sich Viviana körperlich recht gut entwickelt hatte, dachte sie, dass Damian dabei vielleicht an die Oberweite der Country-Sängerin Dolly Parton oder möglicherweise auch an die tschechisch-deutsche Pornodarstellerin Dolly Buster gedacht hätte. Wie sich aber herausstellte, war das bedauerlicherweise ein Irrtum. Als Damian einmal angetrunken war, verplapperte er sich. Er hatte ihr nämlich den Namen verpasst, weil er der Meinung war, sie würde genauso dümmlich gucken, wie das 1996 geborene Klonschaf Dolly. Das hatte zur Folge, dass sich ihr zukünftiger Exfreund mit blauen Flecken am Ende der Treppe wiederfand. Er zeigte Viviana zwar wegen vorsätzlicher Körperverletzung an, konnte aber nichts beweisen. Schließlich hätte es ja auch wegen seiner Trunkenheit zu einem ungewollten Treppensturz kommen können. Viviana nahm sich fest vor, fortan nie wieder eine Beziehung einzugehen. Ein Vorhaben, das für eine gesunde Frau nicht immer ganz einfach einzuhalten ist.

Nach einiger Zeit war eine ihrer Bewerbungen von Erfolg gekrönt, und sie bekam eine Anstellung bei einer bekannten Zeitung. Ihre guten Sprachkenntnisse verhalfen ihr dabei zu einigen interessanten Auslandseinsetzen. Das wiederum ermutigte sie, weitere Sprachen zu erlernen. Ihr ehrgeizigstes Projekt war, die Sprache Thailands in Angriff zu nehmen. Möglicherweise auch deshalb, weil ihre Freundin inzwischen einen Thailänder geheiratet hatte. Vivian tat sich anfänglich damit recht schwer, weil im Gegensatz zu ihren bisher erlernten Sprachen Thai eine sogenannte Tonsprache war. Die oft einsilbigen Wörter dieser Sprache wiesen nämlich durch verschiedene Tonhöhen und Tonverläufe meistens gänzlich unterschiedliche Bedeutungen auf. Dazu kam auch noch, dass es in Thailand mindestens fünf Sprachplattformen gibt. Amtssprache, gehobene Sprache, Umgangssprache, Hofsprache, sowie eine Mönchssprache mit eigenen Höflichkeitsfloskeln. Außerdem gab es noch jede Menge Dialekte. Nun hat man ja mehrere Möglichkeiten, eine Sprache zu erlernen. Man kann zum Beispiel einen Sprachkurs in der Volkshochschule belegen, man kann die Sprache direkt im jeweiligen Land lernen, man kann es mit sogenannten Online-Kursen versuchen, oder man findet einen Sprachpartner, welcher die gewählte Sprache von Haus aus beherrscht. Da Viviana wusste, dass es in ihrer Stadt ein thailändisches Restaurant gab, erkor sie dieses als ihr Stammlokal, denn angeblich stammten die

Kellner dort allesamt aus Thailand. Nach mehreren abendlichen Besuchen in dieser Gaststätte kannte sie zumindest einige Redewendungen, wie beispielsweise Sawàt di khráb (guten Tag), Kop khun khráb (vielen Dank), Kho thot (Entschuldigung), oder auch Rakha thao-raï (wieviel kostet es). Das war natürlich beileibe nicht genug, um sich mit einem Thailänder unterhalten zu können. Also freundete sich Vivian mit einem der Kellner an. Und das führte im Endeffekt leider dazu, dass ihre Meinung über die Männer endgültig in den Keller rutschte. Sie hatte nämlich mitbekommen, dass manche über ihren neuen Bekannten heimlich lächelten, und dass in diesem Zusammenhang mehrmals der seltsame Ausdruck »Nok Kao Mai Khan« auftauchte. Da sie im Moment einfach noch nicht wusste, was die Übersetzung bedeutete, kontaktierte sie ihre Freundin. Diese teilte ihr dann mit, dass die Formulierung im Deutschen »Taube, die nicht krähen will« hieß. Vivian konnte sich zunächst darunter nichts vorstellen. Also recherchierte sie im Internet, und musste feststellen, dass dies die thailändische Umschreibung für Erektionsstörung ist. Das bereitete ihr sonderbarerweise eine derart große Enttäuschung, dass sie nun endgültig als alte Jungfer sterben wollte.

Eigentlich ist der menschliche Körper ein Chemiewerk; Stichwort Hormone. Dagegen ist kein Kraut gewachsen. Hormone sind einfach nur chemische Botenstoffe, die Informationen transportieren und viele Körpervorgänge wie Stoffwechsel, Atmung, Blutdruck, Wasserhaushalt, oder Sexualfunktionen regeln. Das Witzige daran ist, dass nicht nur beispielsweise Cortisol, Serotonin, Insulin oder Leptin in der Blutbahn kreisen, nein, es gibt da auch noch ein ganz heimtückisches Hormon, nämlich Dopamin. Wer schon mal richtig verliebt war, der wird mir beipflichten. Dieser boshafte, biochemische Transmitter hatte Schuld daran, dass Vivian ab einem gewissen Zeitpunkt Reisen ins Ausland tunlichst vermied, und nur noch im Inland arbeitete. Und das auch nie länger als zwei Tage am Stück. Schließlich musste sie sich abwechselnd mit ihrem Ehemann um die fünf gemeinsamen Kinder kümmern. Und daraus kann man ja wohl ziemlich leicht erkennen, dass das Einhalten von Vorsätzen im Normalfall eben nicht funktioniert.

Powidl

Wissen Sie, als männlicher Privatdetektiv hat man in der Regel nicht gerade viele Möglichkeiten, sich dem weiblichen Geschlecht zu nähern. Ehrlich! Entweder hat man einen Fall, dann ist man 24 Stunden am Tag mit dessen Lösung beschäftigt, oder man hat keinen Fall, dann ist man 24 Stunden am Tag wegen dieses Umstandes dermaßen frustriert, dass man zu gar nichts Lust hat. Nun ist es ja in unserem Kulturkreis immer noch an der Tagesordnung, dass der Mann zwecks Kennenlernen die Initiative ergreift. Allerdings ist es ein Irrtum, dass er dann auch das Ziel seiner Begierde erobert. Nein, die Weibchen sind bei uns die Bestimmer, die entscheiden, wer ran darf. Ja, ich habe »die Bestimmer« gesagt, und nicht etwa »die Bestimmenden«. Im Moment ist ja die Correctness unserer Sprache anscheinend das Wichtigste auf dieser Welt. Nicht etwa, dass Menschen verhungern, oder dass 2 Milliarden von uns über keinen Zugang zu trinkbarem Wasser verfügen, oder dass Frauen und Messdiener vergewaltigt werden. I wo, die politisch korrekte Redensweise steht über Allem und Jedem. Auch dass man sich in der fünften Jahreszeit als Indianer verkleidet, ist neuerdings scheinbar schlimmer, als seinen Ehegatten zu ermorden. Aber ich schweife ab. Ich wollte nur darauf hinweisen, dass ich nicht dazu kam, beziehungsweise keine Lust hatte, eine Frau anzusprechen. Also kam es mir deshalb irgendwie recht, dass eine junge Frau förmlich aus dem Nichts heraus auf mich zu kam, und mit mir einen Kaffee trinken wollte. Sie war nicht gerade hässlich, modern gekleidet, und ihre hellbraunen, fast roten Haare waren auch nach meinem Geschmack. Ich gebe gern zu, dass ich mich aufgrund angelernter Klischees etwas seltsam fühlte von einer Frau angebaggert zu werden, aber es weckte auch ein wenig Stolz in mir. Scheinbar war ich doch nicht ganz so unattraktiv, wie ich es stets vermutet hatte. Und wie sich herausstellte, war Ulla, so hieß sie nämlich, auch noch recht gescheit. Ich weiß nicht genau worauf andere Männer bei Frauen achten, ich jedenfalls gehe meist nach dem Gesicht. Als zweites interessiert mich dann der Intelligenzquotient. Meine Meinung ist nämlich, wenigstens einer von beiden sollte etwas auf dem Kasten haben. Also ließ ich mich willig von ihr in ein Restaurant führen, welches sie mir als ihr Stammlokal vorstellte. Das Personal dort schien sie auch wirklich gut zu kennen, denn sie wurde freundlich mit ihrem Vornamen begrüßt. Als sich am Nebentisch ein Mann eine Zigarette anzünden wollte, sagte sie vernehmlich: „Ich persönlich habe nichts dagegen, wenn jemand raucht. Vorausgesetzt, er atmet nicht aus!" Es kam auch gleich ein Kellner herbeigeeilt, der den Gast auf das herrschende Rauchverbot aufmerksam machte. Während der Mann zornig das Lokal verließ, sagte meine Begleiterin: „Wusstest du, warum man den Wirkstoff der Tabakpflanze gemeinhin Nikotin nennt? Nein? Weil der französische Diplomat Jean Nicot im Jahr 1561 den Tabak als Heilpflanze in Frankreich eingeführt hat". Ich war begeistert. Klug und schön, was will man mehr. Wir plauderten eine ganze Weile über Gott und die Welt, und verabredeten uns für den nächsten Tag auf einen weiteren Kaffee.

Weder vor noch im Lokal war etwas von meiner Bekannten zu sehen. Also setzte ich mich an einen freien Tisch, um zu warten. Als der Kellner herantrat, äußerte er beiläufig: „Na, heute nicht mit ihrem Freund da?" Ich verstand die Bemerkung nicht so recht: „Was für ein Freund? Ich war doch gestern mit einer Dame hier". Er lächelte: „Nun, diese Dame ist uns ziemlich gut bekannt, und sie ist leider nur oben herum eine Dame. Darf ich Ihnen wieder einen Kaffee bringen?" Ich nickte wortlos. Zwei Minuten später betrat meine Bekannte das Restaurant und kam frohgelaunt zu mir an den Tisch: „Wartest du schon lange? Ich hoffe mal, dir ist inzwischen nicht langweilig geworden!" Ich blickte sie von unten herauf an: „Nein, ist mir nicht. Mir hat nämlich inzwischen ein Vögelchen gezwitschert, dass du keine komplette Frau bist". Sie ließ sich verdrossen auf ihren Stuhl sinken: „Na warte, wenn ich diesen Vogel erwische, dem stutze ich die Federn. Soll das heißen, dass wir nun keinen Kaffee mehr miteinander trinken?" Ich schüttelte den Kopf: „Weit gefehlt, ich mag nämlich kluge Menschen. Aber ich habe auch ein paar spezielle Gedanken aus meinem Kopf verbannt. Ich hoffe, du verstehst das!" Sie blickte mich traurig an: „Tut mir leid. Aber nächste Woche habe ich die Operation, die mich endgültig zur kompletten Frau macht. Vielleicht könntest du dann noch einmal darüber nachdenken?" Nervös versuchte ich auszuweichen: „Ich möchte jetzt eine Kleinigkeit essen. Du kennst dich doch hier aus. Könntest du mir vielleicht eine Spezialität empfehlen?" Ihr Gesicht entspannte sich: „Zum Kaffee passen meiner Meinung nach am besten Powidltatschkerln. Die haben hier nämlich das allerbeste Pflaumenmus der ganzen Umgebung. Mit Zimt und Rum". Es war das letzte Mal, dass ich Ulla sah.

Wenn ich morgens um Zehn meine Bürotür aufschließe, bin ich meist in guter Stimmung, weil ich vorher schon das eine oder das andere Schlückchen Bourbon zu mir genommen habe. An diesem Tag aber verhagelte mir ein junger Mann die Laune, der grußlos in mein Refugium gestürmt kam: „Ich warne Sie! Ich habe Euch genau beobachtet! Lassen Sie gefälligst ihre Pfoten von meinem Bruder Ullrich! Er ist schon genug durcheinander". Aus unerfindlichen Gründen blieb ich völlig gelassen: „Was für ein Ullrich? Ich kenne keinen Ullrich". Er griff nach mir, aber ich konnte im letzten Moment ausweichen. Das machte ihn noch wütender: „Tun Sie doch nicht so! Ich habe euch deutlich gesehen. Beim Kaffeetrinken in seinem Lieblingslokal". Jetzt verstand ich: „Ach, Sie meinen Ulla. Mit der habe ich mich nur etwas unterhalten. Ich unterhalte mich möglichst oft mit schlauen Leuten". Er blaffte: „Aber Leute wie Sie haben ihn auf die schiefe Bahn gebracht. Wegen euch Blödmännern hat er seine Promotion sausen lassen. Und jetzt lässt er sich auch noch umoperieren. Das ist krank!" Reichlich aufgebracht entgegnete ich: „Es gibt Menschen, die haben einen geistigen Horizont mit dem Radius Null, und das ist dann ihr Standpunkt. Sie gehören offensichtlich auch zu dieser Gruppe". Er merkte wohl, dass im Moment mit mir nicht gut Kirschenessen war. Ungehalten stürmte er wortlos aus meinem Büro. Dass ich ihn in absehbarer Zeit wiedersehen würde, konnte ich da noch nicht ahnen.

Wieder einmal hatte ich einen untreuen Ehemann beschatten müssen, ein Dutzend Fotos geschossen, und wollte noch schnell in den Supermarkt fahren, um danach in aller Ruhe zu Hause einen Drink zu nehmen. Da entdeckte ich auf der anderen Straßenseite den Bruder von Ulla. Er hatte mich auch gesehen, kam zielstrebig auf mich zu und blieb dicht vor mir stehen: „Haben Sie etwas Zeit, oder sind Sie im Dienst? Oder heißt das bei Ihnen anders?" Ich schob ihn etwas von mir weg: „Eigentlich wollte ich jetzt nach Hause fahren, aber nachdem ich Sie gesehen habe, fahre ich dann doch lieber gegen den nächsten Baum". Er war nicht im Geringsten beleidigt: „Ich brauche Ihre Hilfe. Sie sind doch ein Detektiv, oder? Ist es vielleicht möglich, irgendwo hinzugehen, wo wir in Ruhe reden können?" Das Honorarzentrum in meinem Hirn witterte den nächsten Auftrag: „Kommen Sie! Da vorn steht mein Auto. Ich nehme Sie mit!"

Diesmal betrat er lammfromm und mit hängendem Kopf mein Büro. Zu mir nach Hause hätte ich ihn nicht mitnehmen wollen. Als wir saßen, begann er leise zu sprechen: „Ullrich ist tot. Multiresistente Krankenhauskeime. Es kam kurz nach der Operation zu einer Sepsis. Er hat sich zwei Wochen lang gequält". Ich war richtig geschockt: „Aber wie soll ich da helfen können?" Er holte ein Zellstofftaschentuch aus der Hose, und schnäuzte sich geräuschvoll: „Komischerweise starben in diesem Krankenhaus Patienten ausschließlich bei einer Geschlechtsumwandlung. Soweit ich erfahren konnte, gab es im vergangenen Jahr schon drei Fälle. Aber die Polizei hat angeblich keinen Hinweis für eine vorsätzliche Verabreichung von Keimen gefunden. Von denen erwarte ich nichts mehr. Aber vielleicht finden Sie ja einen Beweis, dass mein Bruder absichtlich getötet wurde!" Ich hatte zwar keine Ahnung wie ich in dieser Sache vorgehen sollte, aber ich nahm den Auftrag an. Ulla zuliebe. „Also sagen Sie mir alles, was Sie über das Krankenhaus und über Ihren Bruder wissen!" Er überlegte kurz: „Wie mir scheint, kennen Sie Ullrich sogar besser als ich. Er hat übrigens mit Leidenschaft Pflaumenmus gekocht, das

Zeug in Marmeladengläser abgefüllt, und mit »Powidl« etikettiert. Dann hat er die Gläser an den Koch seines Lieblingsrestaurants verkauft". Ich unterbrach ihn: „Das Mus war erste Klasse. Wir haben nämlich zusammen Powidltatschkerln gegessen". Mein Klient nickte traurig und fuhr fort: „Aber vom Krankenhaus weiß ich nur das, was ich Ihnen bereits gesagt habe. Finden Sie es nicht auch merkwürdig, dass diese resistenten Keime immer nur bei Geschlechtsumwandlungen auftreten?"

Gelegentlich kann ich ganz schön fies sein. Ich mache das nicht gern, aber manchmal heiligt eben der Zweck die Mittel. Es dauerte nicht lange, und ich hatte mein Opfer gefunden. Eine graue Maus, die selten jemand eines Blickes würdigte. Aber sie war Krankenschwester in dem Krankenhaus meiner Sehnsucht. Schon nach dem zweiten Date wusste ich, dass immer der gleiche Krankenpfleger den frisch Operierten zugeordnet gewesen war. Also beobachtete ich ab diesem Zeitpunkt den Burschen mit ausgesuchter Gründlichkeit. Immer freitags ging er in die selbe Kneipe, um sich die Kante zu geben. Sich beim Alkohol mit jemanden anzufreunden, ist eine der leichtesten Übungen. Denjenigen nach einer gewissen Anzahl von Gläsern zum Plappern zu bringen, war schon etwas anstrengender, weil ich leider immer mittrinken musste. Er sollte ja nicht misstrauisch werden. Als mir nach mehreren Trinksprüchen die Kneipe wie ein Karussell erschien, war ich mir oft nicht mehr so ganz sicher, ob ich das Mikrofon überhaupt eingeschaltet hatte. Aber am Morgen eines schönen Samstags, nachdem ich meine

Kopfschmerzen erfolgreich medikamentiert hatte, fand ich auf meinem Speicherstick das erwartete Geständnis. Dieser Pfleger empfand unüberwindlichen Hass gegenüber Menschen, die ihr Geschlecht gewechselt hatten. Ich schickte eine Kopie an die Polizei, und bat meinen Klienten zu mir ins Büro. Als ich ihm die Aufzeichnung vorspielte, heulte er wie ein Schlosshund. Selbst nachdem er meine Bürotür beim Weggehen geschlossen hatte, hörte ich ihn noch eine ganze Weile weinen. Tags darauf stand dann ein Karton vor meiner Bürotür. Nachdem ich ihn geöffnet hatte, fand ich darin zehn Marmeladengläser. Sie hatten ein buntes Etikett mit der Aufschrift »Powidl«.

Corona-Update 2020

„Guten Abend meine sehr verehrten Damen und Herren! Hallo Leute! Hier ist wieder Radio MX2, die Radiostation ihres Vertrauens mit den wichtigsten Meldungen aus ihrer Region! Ich bin Ernst-Wilhelm Schall, und es ist auf die Sekunde genau zwanzig Uhr. Wie immer um diese Uhrzeit bekommen sie exklusiv von uns das tägliche Pandemie-Update. Und natürlich sind wir auch heute wieder mit Herrn Doktor Gotthilf Rauch verbunden, dem maßgebendsten Virologen unseres Sendegebiets. Herr Doktor Rauch, die Pandemie dauert jetzt ja schon einige Zeit an, der Virus mutiert und die Sieben-Tages-Inzidenz ist auch wieder angestiegen. Was können Sie uns darüber sagen?"

„Nun ja, Herr Schall, wir mussten feststellen, dass der Inzidenzwert in den letzten Tagen wieder deutlich angestiegen ist. Es wurden auch einige Mutationen von Covid-19 gefunden, was aber zu erwarten war, da die Pandemie schon seit einiger Zeit anhält".

„Herr Doktor Rauch, inzwischen sind ja einige Impfstoffe auf dem Markt. Aber angeblich sollen nicht alle die gleiche Wirksamkeit aufweisen".

„Herr Schall, man muss das objektiv betrachten. Wie Sie selbst wissen, geistern zurzeit einige Meldungen durch die Medien, dass nicht alle Vakzine in gleicher Weise wirken. Auch Ihr eigener Sender hat das wohl schon mehrfach gemeldet. Allerdings konnten wir in der Tat feststellen, dass der Wirkungsgrad der verschiedenen Impfstoffe unterschiedlich ist".

„Herr Doktor Rauch, wie sieht es denn in unseren Sendegebiet überhaupt mit der Versorgung von Impfstoff aus? Man hört einerseits, dass die Impfzentren nicht ausgelastet sind, andererseits, dass ein bestimmter Impfstoff übrig ist. Wie sehen Sie das?"

„Lieber Herr Schall, Sie werden verstehen, dass ich logischerweise nicht überall sein kann, aber so viel ich für meine Person mit einiger Gewissheit sagen möchte, stehen einige Impfzentren buchstäblich leer, während ein ganz bestimmtes Vakzin seltsamerweise überschüssig ist, aber zu meiner Verwunderung nicht verimpft wird".

„Herr Doktor Rauch, man hört auch von einem sogenannten Impftourismus. Unternehmer bieten angeblich Impfungen bei Flugreisen an. Was sagt man in Ihrer Branche dazu?"

„Nun, wir Virologen halten es für besser, derzeit nicht zu fliegen, aber bestimmte Leute wollen angeblich bei Pauschalreisen die Passagiere während des Fluges gegen SARS-CoV-2 impfen. Dafür hat sich letztlich die Bezeichnung Impftourismus durchgesetzt".

„Letzte Frage, Herr Doktor Rauch, es soll auch sogenannte Impfdrängler geben, die ihre Position ausnutzen, um sich impfen zu lassen, obwohl sie noch gar nicht an der Reihe wären. Was ist Ihre fachgerechte Meinung dazu?"

„Werter Herr Schall, wie Sie vielleicht wissen, gibt es hierzulande einen Impfplan. Erst Menschen ab 80, dann ab 70 und dann immer so weiter. Einige andere glauben aber, ihre gesellschaftliche Stellung ausnützen zu können, um vorzeitig an eine Impfung zu kommen. Dafür fällt mir nur das Wort Impfdrängler ein".

„Vielen Dank, Herr Doktor Rauch, und viele Grüße auch an Ihre Mitarbeiter!"

„Immer wieder gern!"

„Ja, werte Zuhörer und Zuhörerinnen, das waren abermals die täglichen, umfassenden Einschätzungen unseres Pandemie-Experten. Wieder einmal hat er uns freundlicherweise Informationen zukommen lassen, die wir alle so noch nicht wissen konnten. Und jetzt Musik!"

PFAS

Kommissar Werner Riemer hatte die linke, wohlgefüllte Schublade seines Schreibtisches weit herausgezogen, und blickte angespannt auf eine Tafel Vollmilch-Schokolade. Er kämpfte lange mit seinem inneren Schweinehund, doch schlussendlich gewann das hinterhältige Vieh. Vor einiger Zeit hatte Riemer die Schublade geleert und alle Süßigkeiten entsorgt. Er hatte leichtsinnigerweise seiner Frauke versprochen, ein paar Kilo abzunehmen. Aber der tägliche Arbeitsstress bewog ihn dann etwas später, die Lade wieder aufzufüllen. Er riss das Papier der Schokoladentafel auf und biss beherzt in die süße, braune Masse. Da klingelte das Telefon. Ausgerechnet jetzt. Der Kommissar schlang krampfhaft den Schokoladenbrei hinunter, und nahm mißmutig den Hörer auf: „Ja bitte, was gibt's?" Die gellende Stimme in der Hörmuschel gehörte Hauptkommissar Hohlbach: „Verdammt Riemer, Sie wissen doch, dass Sie sich mit Name und Dienstgrad melden sollen!" Riemer schluckte noch einen kleinen Rest seines süßlichen Speichels herunter und antwortete lässig: „Na und? Ich soll auch nach zweiundzwanzig Uhr den Fernseher leiser drehen und mache es trotzdem nicht. Sie können mich ja deshalb verhaften lassen! Oder ich könnte mich auch selbst verhaften, denn ich bin schließlich der brillanteste Kriminalkommissar in dieser Dienststelle". Sein Vorgesetzter tobte: „Derartige Insubordinationen könnten Sie die nächste Beförderung kosten!" Riemer lachte: „Solange ein gewisser Herr Hauptkommissar hier der Bestimmer ist, solange werde ich sowieso nicht befördert. Das hat doch die Vergangenheit bereits deutlich gezeigt, oder etwa nicht?" Diese bissige Bemerkung veranlasste Hohlbach ohne ein weiteres Wort die Verbindung zu unterbrechen. Fünf Minuten später trat Kommissar Schimmler in Riemers Büro: „Wusstest du schon, dass ich nun auch offiziell der Stellvertreter vom Alten bin? Zum Glück mit dem entsprechenden Gehalt. Ich weiß das übrigens auch erst seit zwei Minuten. Aber ich möchte dir hiermit meinen Dank aussprechen! Du bist nämlich daran schuld. Er wollte dir eigentlich einen Fall übergeben, verzichtet aber mit Rücksicht auf seine mentale Gesundheit darauf, und schickt mich dafür vor. Eigentlich ist es ja ein Fall von Bohrmann, aber der hat sich heute Morgen krank gemeldet. Grippe. Ich habe hier die Akte Kassmann mit dem Protokoll der Streife. Den Rest findest du im Computer. Die haben nämlich gestern Abend eine Schnapsleiche vor der Kneipe ‚Zur grünen Linde' aufgefunden". Kommissar Riemer blickte seinen Freund spöttisch aus den Augenwinkeln an: „So, so! Nun Herr Stellvertreter, da weht jetzt wohl ein ganz anderer Wind in dieser Dienststelle. Das merkt man schon daran, dass sich ab heute die Mordkommission um Betrunkene kümmert". Schimmler setzte sich pathetisch auf den gepolsterten Stuhl vor Riemers Schreibtisch und warf schwungvoll die Akte auf die Tischplatte: „Schön wär's! Der Kerl war nicht nur betrunken, er war zusätzlich auch noch mausetot. Und jetzt kommt's! Seine Frau macht einen riesen Wirbel, weil man angeblich ihren Mann umgebracht hat, nur um ihr Angst einzuflößen, was möglicherweise durch die Aussage des Wirts gestützt wird. Der Tote hatte lediglich zwei kleine Biere und einen Obstler zu sich genommen. Soviel ich auf der Polizeischule gelernt habe, stirbt keiner an dieser geringen Menge Alkohol. Trotzdem ist der Kerl gleich nach dem Verlassen der Kneipe gegen zwanzig Uhr zusammengebrochen. Der herbeigerufene Notarzt konnte nur noch den Tod feststellen. Jetzt liegt der Gute in der Gerichtsmedizin".

Dr. Martina Mertens war höchstwahrscheinlich die schlankeste Gerichtsmedizinerin, die jemals unser Planet gesehen hat. Nachdem Kommissar Riemer die Pathologie betreten hatte, ergab sich ein Bild, als würde ein unterernährter Grashalm neben einem Riesenkürbis wachsen. Die Pathologin war gerade dabei, den Y-Schnitt auf der Brust der Leiche zu vernähen: „Riemer, was wollen Sie denn hier? Ich denke, das ist ein Fall von Bohrmann?" Riemer antwortete gelassen: „Freut mich auch Sie zu sehen! Leider liegt Kollege Bohrmann mit einem todbringenden Männerschnupfen im Bett. Sie müssen also mit mir vorlieb nehmen. Könnten Sie sich dennoch überwinden, mir den Todeszeitpunkt und vor allem die Todesursache mitzuteilen?" Dr. Mertens nickte: „Kann ich! Der Todeszeitpunkt stimmt mit dem Auffinden des Toten überein, und liegt ziemlich genau bei zwanzig Uhr. Die Todesursache ist Gift. Genauer gesagt Tetrodotoxin". Riemer kratzte sich ausgiebig an seiner fleischigen Nase. Dann sagte er bittend: „Sie könnten einen alten, dicken Mann sehr glücklich machen, wenn Sie nun noch verraten, was genau dieses Tetradingsbums ist". Doktor Mertens schien ihre Antwort zu genießen: „Bei Tetrodotoxin, kurz TTX, handelt es sich um ein zwitterionisches Alkaloid aus der Imidazolin- und Pyrimidingruppe mit einer Guanidin-Teilstruktur". Riemer zog die Brauen nach oben: „Ich kann Sie auch erschießen!" Die Pathologin konnte ihr Lachen nur schwach unterdrücken: „Es ist ein farb- und geruchloses Nervengift, auch bekannt unter den Namen Maculotoxin oder Tarichatoxin. Es kommt in der Natur bei verschiedenen Tieren vor. Beispielsweise bei der Blaugeringelten Krake oder dem Kugelfisch. Zufrieden?" Riemer nickte, und schickte sich gedankenvoll an, die Pathologie zu verlassen, aber die Gerichtsmedizinerin hielt ihn zurück: „Da wäre noch was! Ich habe in seiner Leber auch PFAS gefunden". Riemers Blick verfinsterte sich: „Und was bitte ist das genau für ein Zeug?" Die Pathologin platzte fast vor unterdrücktem Lachen: „PFAS sind Per- und polyfluorierte Alkylverbindungen. Also organische Substanzen, bei denen mindestens an einem Kohlenstoffatom die Wasserstoffatome vollständig durch Fluoratome ersetzt worden sind". Jetzt musste sogar Kommissar Riemer etwas lächeln: „Schon gut, ich habe verstanden, dass Sie mich für unterbelichtet halten. Geht's etwas ausführlicher?" Dr. Mertens griente immer noch: „PFAS werden ausschließlich industriell hergestellt. Man verwendet sie beispielsweise in der Textil- und Papierindustrie zur Herstellung von schmutz-, fett- und wasserabweisenden Materialien. Das Zeug reichert sich für alle Zeit in der Umwelt sowie im menschlichen Gewebe an, und wird durch nichts und niemanden abgebaut. Die Konzentration in der Leiche war jedoch ungewöhnlich hoch".

Der Wirt, ein großer Mann mit dichtem, weißen Haar, war gerade dabei ein paar Gläser zu polieren: „Wir haben noch geschlossen!" Kommissar Riemer hielt ihm seinen Dienstausweis unter die Nase: „Kriminalpolizei. Es geht um den Toten, der sich neulich vor ihrer Tür schlafen gelegt hat". Der Gaststättenbesitzer stellte ziemlich hart das Glas ab, das er gerade gewienert hatte, und warf sich das Geschirrtuch über die Schulter: „Dazu kann ich nicht viel sagen. Er hat hier mit seinem Kumpel etwas getrunken. Als er meine Gaststätte verlassen hat, war er noch quicklebendig". Riemer stutzte: „Mit einem Kumpel? Was war das denn für ein Kumpel?" Der Wirt hob bedauernd die Schultern: „Keine Ahnung. Der war das erste Mal hier. Asiatischer Typ, mittelgroß, schwarzhaarig, Jeansjacke. Die beiden schienen sich zu kennen. Mehr weiß ich wirklich nicht!"

Frau Kassmann bot Riemer höflich Platz an: „Möchten Sie etwas trinken? Saft? Wasser? Bier dürfen Sie ja im Dienst bestimmt nicht!" Sie schien den Tod ihres Mannes ziemlich gut verkraftet zu haben. Riemer zog Notizbuch und Kugelschreiber aus der Tasche: „Ich bin nicht durstig. Aber trotzdem vielen Dank! Und jetzt sagen Sie mir bitte, wieso Sie dachten, dass ihr Mann nur deshalb umgebracht wurde, um Ihnen Angst einzujagen!" Die Frau setzte sich in einen der ausladenden Sessel und schlug die Beine übereinander: „Vor einiger Zeit bekam ich einen Anruf, in welchem mir ein Unbekannter drohte, wenn ich ihm nicht die Ergebnisse meiner beruflichen Arbeit überlassen würde, dann träte etwas Schmerzhaftes ein. Ich habe das natürlich meinem Chef gemeldet, und der hat das an die Polizei weitergegeben. Eigentlich sollten Sie als Polizeibeamter das wissen". Riemer kritzelte etwas auf seinen Notizblock: „Tut mir leid, aber Erpressung und Mord werden bei uns in verschiedenen Abteilungen geregelt. Können Sie mir etwas Genaueres über Ihre Arbeit sagen?" Frau Kassmann blickte Riemer indigniert an: „Das ist eigentlich geheim. Ich kann nur so viel verraten, dass wir uns damit beschäftigen, wie man digitale Daten in einem organischen DNA-Strang speichern kann. In einem Tropfen Glas eingeschlossen wären dann die Daten über mehrere Jahrtausende haltbar. Allerdings kostet das Speichern von zwei Megabyte zurzeit noch reichlich zehntausend Euro. Mehr darf ich dazu wirklich nicht verraten!" Riemer hatte sich alles notiert: „Was genau war eigentlich Ihr Mann von Beruf? Hat er mit Ihnen zusammengearbeitet?" „Nein, der hat als

Näher in so einer kleinen Textilfabrik gejobbt. Die haben Wetterschutzkleidung produziert. Zum Beispiel solche Softshell-Jacken und Ähnliches. Ist das wichtig?"

Kommissar Schimmler blickte seinen Freund fragend an: „Willst du jetzt etwa zur Umweltpolizei wechseln?" Riemer verneinte: „Wohl kaum! Ich habe lediglich den Kollegen, aufgrund eines erklecklichen Gesprächs mit unserer Gerichtsmedizinerin, meine Vermutungen mitgeteilt. Die haben dann diese komische Textilhütte geschlossen, weil dort schluderhaft mit den PFAS umgegangen wurde, und sich die Hälfte der Belegschaft verseucht hatte". „Und was macht der Mord?", fragte Schimmler ungeduldig. Riemer zückte sein Notizbuch: „Kugelfischgift. Das wirkt ungefähr 45 Minuten nach der Verabreichung. Der Verblichene war vor seinem Dahinscheiden annähernd eine Stunde in der Gaststätte. Also muss ihm das Zeug dort verabreicht worden sein. Wahrscheinlich von einem anderen Mann, von dem wir außer einer oberflächlichen Beschreibung, die uns der Wirt gegeben hat, nichts weiter wissen. Wahrscheinlich ist aber der Hintergrund des Ganzen Industriespionage. Die Frau des Toten forscht nämlich an einer geheimen Sache". Kommissar Schimmler legte nachdenklich die Hand an sein Kinn: „Dann bring doch mal den Gastwirt mit unserem Polizeizeichner zusammen! Und lass eine Fangschaltung in der Wohnung der Frau installieren!" Riemer zog geräuschvoll die Nase hoch: „Seit wann gibst du denn hier die Befehle?" Sein Freund antwortete lammfromm: „Seitdem ich durch deine Schuld der zweite Chef in diesem Laden hier geworden bin".

Hauptkommissar Hohlbach schien sehr zufrieden zu sein: „Ja, mein lieber Schimmler, ich wusste, dass ich ein gutes Händchen hatte, als ich Sie zu meinem Stellvertreter gemacht habe. Schließlich sollen Sie ja auch mal die Amtsgeschäfte übernehmen, wenn ich irgendwann von hier weggehe! Nun erzählen Sie doch mal, wie Sie so schnell diesen Fall aufklären konnten. Ich habe nämlich vor, Sie dafür schriftlich zu belobigen". Kommissar Schimmler antwortete unbeeindruckt: „Der Fall wurde nicht von mir, sondern von Kollegen Riemer aufgeklärt, der als Dienstältester wohl eher Ihre Nachfolge antreten sollte". Hohlbachs Laune befand sich schlagartig unterhalb des Kellergeschosses: „Dann erwarte ich jetzt zumindest eine kurze Zusammenfassung von Ihnen!" Also berichtete Schimmler pflichtgemäß: „Es war eindeutig Industriespionage. Der Mörder des Mannes, der ja auch gleichzeitig der Erpresser der Frau war, konnte bei seinem zweiten Anruf rückverfolgt werden, und eine Streife hat ihn in seiner Wohnung aufgrund der Phantomzeichnung identifiziert und dann auch sofort festgenommen. In seinem Aquarium schwammen mehrere Kugelfische. Das ist alles. Ach so, und vergessen Sie nicht den Kollegen Riemer wegen der schnellen Aufklärung des Falles zu belobigen!" Dann verließ er das Zimmer seines Chefs ohne dessen Tür zu schließen, weil er wusste, dass das den Alten zusätzlich in den Wahnsinn treiben würde.

Röhrchen

Es hatte von der ersten Konstruktionszeichnung bis zum derzeitigen Stand einhundert Jahre gedauert. Die benötigten Einzelteile, Baugruppen, Kabelstränge und der gigantische Bordcomputer wurden zum Teil von der Erde herbeigeholt, zum Teil aber auch auf dem guten, alten Mars angefertigt. Das Raumschiff wurde dann auch im Orbit des vierten Planeten montiert. Es hätte keinen Schönheitspreis gewonnen, denn es sah einfach nur wie eine riesige, zylindrische Walze aus. Sein Durchmesser betrug dreihundertneunzehn Meter, von denen vier Meter auf die Wandstärke entfielen, und mit seiner Länge von 2,7 Kilometern mutete es von Weitem wie eine riesige, metallene Zigarre an. Als wohl ehrgeizigstes Projekt der Menschheit sollte es siebzigtausend Jahre das All durchqueren, um dann unbeschadet auf dem Erdenzwilling Proxima Centauri B zu landen. Man hatte es in einem offiziellen Akt auf den nicht besonders einfallsreichen Namen „Thousands of years" getauft, aber der Volksmund nannte es wegen seiner Form schlicht und einfach „Röhrchen". Allerdings rankte sich ein Mysterium um das ganze Projekt, und das war die Auswahl der Anfangsmannschaft. Man ging allgemein davon aus, dass es jeweils zur Hälfte Frauen und Männer sein würden, denn auf einer derart langen Reise mussten sich die Menschen logischerweise fortpflanzen, sonst käme ja wohl ein mannschaftsloses Schiff am Ziel an. Wichtige Statistiker brüsteten sich mit der einfachen Schulmädchenrechnung, dass bei dem zurzeit geltenden Durchschnittsalter von 75

Jahren, am Ende der Reise die 934. Generation im Raumschiff leben würde. Viele Kritiker, darunter führende Psychologen, waren jedoch der Meinung, dass Menschen in so einem begrenzten Habitat zu Eifersucht, Machtkämpfen oder gar zu Kriegen neigten, und sich irgendwann gegenseitig umbringen würden. Man solle das ganze Vorhaben stoppen, und das Geld lieber für soziale Projekte einsetzen. Aber die ganze Sache war schon viel zu weit fortgeschritten und hatte sich irgendwie verselbständigt.

Takahashi Minako, die Frau an der Spitze des ehrgeizigen Projekts, blieb knallhart: „Ich kann derartige Informationen nur an Personen mit der Sicherheitsstufe zehn weitergeben!" Raimund Jensen bettelte weiter: „Mein Antrag ist doch schon so gut wie genehmigt. Nächste Woche bekomme ich offiziell die Stufe zehn. Jetzt will ich doch lediglich nur wissen, ob die Mannschaft komplett ist!" Die Projektleiterin ließ sich nicht erweichen: „Dann komm einfach nächste Woche wieder. Der Start ist doch erst in acht Monaten. Da bleibt dir genügend Zeit, um dich noch für einen leer gewordenen Platz zu bewerben. Übrigens solltest du nicht vergessen, du teilst dir dieses Schicksal mit einer beträchtlichen Anzahl andere Bewerber. Also mach dir nicht allzu viel Hoffnung!"

Minako gab Raimund Jensen den kleinen Quantenstick zurück: „Schau an, schau an! Da hast du jetzt ebenfalls die höchste Sicherheitsfreigabe. Jetzt kann ich dich natürlich auch briefen. Aber über eine Sache solltest du dir im Vorhinein klar sein, du wirst niemals zu der Besatzung gehören, auch wenn du unser Chefkonstrukteur bist!" Der Ingenieur blickte finster: „Ach so? Und warum nicht? Gefällt dir meine Nase nicht? Oder woran liegt es sonst?" Minako legte ihm die Hand auf die Schulter: „Weißt du was, du kommst morgen früh zu der großen Besprechung des Bodenpersonals! Dort unterschreibst du dann die obligatorische Schweigeverpflichtung, und hörst danach gut zu! Dann erfährst du alles, was wichtig ist. Auch, warum du nicht mitfliegen kannst".

Der Saal war, wie man so schön sagt, gerammelt voll. Frau Takahashi stand an dem digitalen Rednerpult, und begrüßte orgiastisch alle Mitarbeiter. Über ihr hing ein überdimensionaler Bildschirm, der ihr Gesicht bis zur letzten Pore zeigte. Nachdem sie sich ausführlich über technische Details ausgelassen hatte, trank sie einen Schluck Wasser, räusperte sich und sagte: „Und jetzt zu dem, was ihnen von Beginn an auf den Nägeln brennt. Es geht um unsere Besatzung. Ich muss in diesem Zusammenhang darauf bestehen, dass nicht ein einziges Wort darüber dieses abhörsichere Gebäude verlässt! Sie haben alle die Schweigepflichtserklärung unterschrieben, und hoffentlich auch gewissenhaft durchgelesen! Somit kennen Sie die Klausel, dass bei Geheimnisverrat eine Einweisung in ein Straflager droht, und zwar nicht unter zwanzig Jahren. Ich übergebe nun das Wort an unseren renommierten Biochemiker Professor Noah Lefebvre. Bitte hören Sie wirklich gut zu, auch wenn sich Ihnen die

Bedeutung seines Vortrages zunächst noch nicht erschließt! Bitte Herr Professor!" Ein älterer Herr, im geschätzten Alter von neunzig Jahren, stand auf, und kam in gebückter Körperhaltung nach vorn geschlurft. Auf dem Bildschirm über dem Pult war die Abbildung eines seltsamen Geschöpfs mit relativ plumpen, zylindrisch geformten Körper zu sehen. Oberflächlich betrachtet bestand das Ding aus vier Körpersegmenten mit jeweils einem Beinpaar, sowie einem Kopfsegment. Der Professor tippte mit seinem knochigen Zeigefinger auf das kleine Display des Rednerpults, um seine persönlichen Aufzeichnungen abzurufen: „Was Sie hier oben sehen können, ist ein Ecdysozoa, also ein Häutungstier. Die Größe, oder besser gesagt die Kleinheit dieser Wesen, liegt in der Regel zwischen 100 und 500 Mikrometern, weshalb diese Tierchen allgemein zu der am Boden lebenden Mesofauna gezählt werden. Sie kennen die Geschöpfe wahrscheinlich unter den Namen Bärtierchen oder auch Wasserbären. Ihre absolute Besonderheit besteht in den einzigartigen Anpassungen an Trockenheitsperioden, Kälteeinbrüche, starke Schwankungen im Salzgehalt des Wassers, oder auch Sauerstoffmangel. Außerdem ist ihre DNA von einem ganz speziellen Protein namens Dsup umhüllt. Daraus folgt eine erstaunlich hohe Strahlenresistenz. Besonders erwähnenswert ist auch die sogenannte Kryptobiose, bei der die Tiere in einen todesähnlichen Zustand übergehen, in welchem sich bei ihnen keinerlei Stoffwechselaktivität mehr nachweisen lässt. Bei 160 Grad Celsius eingefrorene Tiere, können Jahrzehnte später wieder aufgetaut werden, und setzen ihr Leben danach fort, als wäre nichts gewesen. Außerdem konnte es experimentell nachgewiesen werden, dass diese Tiere in der Lage sind, ohne besondere Schutzmaßnahmen frei im Weltall zu überleben. Ich danke für Ihre Aufmerksamkeit!" Der Professor tappte mit Mühe zurück auf seinen Platz, währen die Projektleiterin wieder ans Pult trat: „Meine sehr verehrten Damen und Herren, werte Mitarbeiter! Dem Team von Professor Lefebvre ist es gelungen, DNA der Bärtierchen in menschliche Eizellen einzupflanzen, die anschließend mit einem Elektroschock zur Teilung angeregt wurden. Das geschah vor genau zwanzig Jahren. Nach einigen Fehlschlägen haben wir jetzt einhundert genetisch verbesserte Menschen, welche die gleichen besonderen Eigenschaften wie diese Bärtierchen besitzen. Fünfzig Männer und fünfzig Frauen. Diese fantastischen Klone werden unsere Mannschaft bilden". Kaum war das letzte Wort der Projektleiterin verklungen, brach ein riesiger Tumult im Saal aus. Buh-Rufe und obszöne Schmähungen wurden laut. Die meisten Zuhörer verließen unter Protest das Meeting.

Alvaro Vazquez, der stellvertretende Projektleiter, kam erregt in Minakos Büro gestürmt: „So ein Mist! Ich möchte bloß wissen, wer den dicksten Geheimnisverrat des Jahrhunderts zu verantworten hat. Das Ganze ist ein riesengroßer Haufen dampfender Kacke. Nicht genug, dass Tausende wegen der Erbgutanpassung der Besatzung von einer Protestkundgebung zur anderen rennen, jetzt hat auch noch ein Arbeiter der Ausbaukolonne eine Bombe an Bord von Röhrchen geschmuggelt, um ein

Loch in die Außenwand zu sprengen. Die hat natürlich standgehalten, aber ein paar Zwischenwände hat es erwischt. Du bist doch gut mit dem Chefkonstrukteur befreundet. Der muss sofort ein paar Leute nehmen, und den Schaden begutachten!" Minako winkte ab: „Das kannst du nun alles ganz alleine regeln. Ich habe gerade meine Rücktrittserklärung abgeschickt. Jetzt bist du der Chef!"

Der Saal war wieder brechend voll, auch weil dieses Mal Journalisten zugelassen waren. Der Projektleiter Alvaro Vazquez stand hoch aufgerichtet hinter dem Pult: „Wie Sie wahrscheinlich schon wissen, wurde Frau Takahashi wegen unverantwortlicher Aktivitäten ihres Postens enthoben. Ich kann ihnen hier und heute mitteilen, dass die zukünftige Mannschaft unseres Raumschiffes aus ganz normalen Menschen, wie Sie und ich es sind, bestehen wird. Natürlich wurden alle hundert Personen auf Herz und Nieren geprüft. Sie sind außerordentlich gesund und logischerweise auch besonders fit. Jeder dieser Helden ist sich der Tatsache bewusst, dass keiner von ihnen jemals wieder die Erde oder seine Lieben wiedersehen wird. Je weiter sie sich von uns entfernen, desto schwieriger wird auch die gegenseitige Kommunikation werden, bis diese dann gänzlich abreißt. Aber wir Menschen werden damit ein Signal in das unendliche Weltall geschickt haben. Ein unüberhörbares Signal, dass anderen, dort draußen lebenden Spezies sagen wird: Wir sind da! Wir Menschen sind da! Ich danke Ihnen für Ihre Aufmerksamkeit!"

Der Start wurde von einem riesigen Medienrummel begleitet. Schließlich wurde noch nie zuvor so viel Geld in das schwarze Nichts des Weltalls geschossen. Ingenieur Jensen verfolgte das Ganze zusammen mit der ehemaligen Projektleiterin am Bildschirm in seinem Büro: „Der ist schon ein eiskalter Hund, dieser Vazquez. Haut dich in die Pfanne und bescheißt danach die ganze Menschheit. Wenn irgendwann einmal herauskommen sollte, dass doch diese Bärtier-Klone in der Rakete sitzen, wird man ihn allerdings lynchen". Minako blickte ihn spöttisch von der Seite an: „Die verschiedensten Regierungen haben schon Leute verarscht, und es ist bisher nicht einmal ein Zehntel davon ruchbar geworden. Und wenn doch, dann ist halt irgendjemand zurückgetreten, und hat künftig sorgenfrei von seinen zusammengerafften Geldern gelebt. Ich könnte wetten, auf anderen Planeten läuft das ganz genauso!"

Ursache und Wirkung

Der Mann trat behutsam in mein Büro und fragte: „Sind Sie Herr Baer oder Herr Behr? Da draußen stehen nämlich zwei Namen dran". Er war mir sofort sympathisch. Schon als er meine Hand schüttelte, hatte ich das Gefühl, dass wir Freunde werden könnten. Das lag wohl weniger an seinem Aussehen, sondern eher an der Art wie er sich bewegte, beziehungsweise wie er sprach. Manche Leute halten sich an den Spruch »Kleider machen Leute«, entsprechend dem Titel der gleichnamigen Novelle des Schweizer Dichters Gottfried Keller. Ich jedoch war inzwischen anderer Meinung, nachdem ich mich schon ein paar Mal von Äußerlichkeiten hatte täuschen lassen. Also war ich fest davon überzeugt, dass mein Besucher bestimmt nicht zur Gilde der Holzfäller gehörte, obwohl er ein Holzfällerhemd trug. Als er mir später seine Daten gab, stellte sich heraus, dass er allerdings doch Holzfäller war. Zu meiner Ehrenrettung möchte ich aber feststellen, dass er Waldarbeiter sagte, und nicht etwa Holzfäller. Aber das war alles erst später. Zunächst fragte ich ihn nach dem Grund seines Hierseins. Er holte tief Luft und sagte: „Ich bin tot". Es gibt Scherze, die kann man machen, muss man aber nicht. Ich ging trotzdem darauf ein: „Dafür sehen Sie jedenfalls noch ganz gut aus". Ihm schien der Sinn jedoch nicht nach Humor zu stehen: „Warten Sie ab, bis Sie mal in der Zeitung ihre eigene Todesanzeige lesen müssen! Das ist nicht lustig. Ich war im Krankenhaus mit einer Blinddarmentzündung und habe das erst gar nicht mitbekommen. Meine Frau zu Hause hätte um ein Haar einen Herzinfarkt erlitten". Obwohl es ihm ziemlich ernst zu sein schien, musste ich doch ein klein wenig schmunzeln: „Ich schätze, dieses Missverständnis hat sich doch inzwischen bestimmt aufgeklärt, oder?" Er winkte apathisch ab: „Bei meiner Frau schon. Leider aber nicht in den amtlichen Computern. Was glauben Sie, was sich da für ein Rattenschwanz von Bürokratie hinterher zieht. Ich kämpfe jetzt schon Monate verzweifelt darum, mich wieder für lebendig erklären zu lassen. Mein Bankkonto ist gesperrt, und bei der ersten Verkehrskontrolle nach meiner Genesung hat man mir den Führerschein weggenommen und den Personalausweis für ungültig erklärt. Als ich gerichtlich dagegen vorgehen wollte, hat man mir doch allen Ernstes gesagt, dass ich immer noch juristisch als tot gelte, und ein Toter könne niemanden verklagen. Ich kann nur hoffen, dass ich zukünftig gesund bleibe, denn meine Krankenversicherung ist auch futsch. Mein Arbeitgeber hat mich einfach dort abgemeldet, und außerdem noch die Stelle mit einem anderen Arbeiter besetzt. Jetzt kämpft ein Anwalt für mich, den ich davon überzeugen konnte, dass er sein Honorar erst dann bekommen kann, wenn mich das Gericht wieder für lebendig erklärt hat. Solange aber das Verfahren läuft, gelte ich weder als tot, noch als lebend. Ich habe im Moment keinerlei Rechte mehr. Theoretisch dürfte ich mir nicht einmal eine Bockwurst an der nächsten Bude kaufen. Glauben Sie mir, das ist wirklich nicht lustig!" Mein Schmunzeln verflog. Das so etwas derart ausuferte, wäre mir vorher nie in den Sinn gekommen. Allerdings war mir nicht ganz klar, welche Rolle ich in diesem Spiel einnehmen sollte. Um etwas Zeit zum Nachdenken zu haben, fragte ich erstmal: „Wie wär's mit einem Drink?" Er zögerte ein wenig, bevor er verlegen antwortete: „Ich möchte nicht unbescheiden erscheinen, aber neben Wasser trinke ich ausschließlich nur Bourbon". Ha! Ich wusste doch, dass es sich hier um einen sympathischen Menschen handelte. Also zauberte ich die versteckte Flasche aus dem Bücherregal hervor, angelte zwei Gläser aus meinem Schreibtisch, und goss jeweils zwei Fingerbreit ein. Nachdem wir getrunken hatten, fragte er: „Gibt's hier eine Toilette?" Etwas beschämt antwortete ich: „Ja schon. Aber die befindet sich im Erdgeschoss in der Gaststätte. Auch zum Händewaschen muss ich immer da runter. Wissen Sie, ein Büro mit integrierter Toilette wurde mir nämlich strengstens verboten. Von meinem Bankkonto". Wie es schien, hatte ich ihn mit diesem Bekenntnis ein wenig erheitert. Zumindest entfernte er sich mit einem Lächeln. Als er dann wieder vor mir saß, fragte ich gerade heraus: „Was erwarten Sie nun eigentlich von mir?" Er zeigte mit dem rechten Zeigefinger kurz auf meine Brust: „Sie sollen herausfinden, wer mir das angetan hat. Von allein passiert ja so etwas kaum. Irgendwer muss die Computer manipuliert haben. Aber ich kann Sie leider erst bezahlen, wenn …" Ich ergänzte den Satz: „Wenn Sie wieder als lebendig gelten. Schon klar! Aber möglicherweise ist das alles gar nicht mit Vorsatz geschehen. Was glauben Sie, wie viel Menschen schon fälschlicherweise als tot erklärt worden sind. Sie brauchen nur mal im Internet nachzuschauen. Auch in anderen Ländern scheint das gang und gäbe zu sein. Was, wenn ich für viel Geld recherchiere, und dann war es vielleicht nur ein Softwarefehler? Oder einfach menschliches Versagen. Wie schnell hat man sich mal vertippt! Schließlich macht doch jeder von uns Fehler". An seinen Augen war zu erkennen, dass er intensiv nachdachte. Dann stand er auf: „Ich werde es mir noch einmal überlegen!" Ich stimmte ihm erleichtert zu: „Das ist auch besser so. Wenn man an gewissen Stellen gewisse Nachforschungen anstellen will, braucht man auch gewisse Rechte. Selbst wenn Sie mir jetzt eine Generalvollmacht ausstellen würden, wäre die im juristischen Sinne wertlos. Am besten, Sie kommen später noch einmal her, wenn sie wieder unter den Lebenden weilen! Im Moment würde ich Ihnen nur Geld abknöpfen, ohne wirklich etwas unternehmen zu können". Er nickte, verabschiedete sich höflich, und schloss behutsam die Tür hinter sich. Und ich fauler Sack musste mich jetzt eine Treppe tiefer begeben, um zwei Gläser abzuspülen.

Eine Sache steht meiner Meinung nach fest, und zwar, dass ich wahrscheinlich nicht ganz dicht in der Birne bin. Wenn zum Beispiel im Winter draußen Minusgrade herrschen, dann sitze ich in meinem Büro mit voll aufgedrehter Heizung bei plus 20 Grad Celsius und friere. Sind es aber draußen 18 und drinnen 20 Grad, dann ist es mir zu warm, und ich reiße das Fenster auf, wobei ich leider immer vergesse, dass ein unangenehmer Durchzug entsteht, falls zu diesem Zeitpunkt jemand die Tür öffnet. So auch dieses Mal. Ich hatte mir vorgenommen, meine Ramschschublade endlich einmal aufzuräumen, und gerade das vollgemüllte Fach aus meinem Schreibtisch herausgezogen, als sich die Tür öffnete und mein Waldarbeiter eintrat. Der Windstoß wehte ein Blatt Papier von meinem Schreibtisch herunter, was mich reflexartig danach greifen ließ. Dummerweise befand sich nun aber im Schwenkradius meines Unterarmes ein aufgezogenes Schubfach. Ich konnte im Moment des lauten Knackens nicht genau beurteilen, ob es vom Holz der Lade oder von den Knochen meines Armes stammte. Gemäß der

Weisheit »Wer den Schaden hat, braucht für den Spott nicht zu sorgen« lachte sich der Holzfäller scheckig. Er schlug mir ein ganz bestimmtes, schmerzstillendes Mittel vor. Ich war einverstanden, und so tranken wir zunächst ein paar Schlucke Bourbon. Danach legte er mir ein mehrere Seiten umfassendes Schreiben vor die Nase: „Ich bin wieder lebendig. Hier ist das Gerichtsurteil. Allerdings geht die ganze Bürokratie für mich immer noch weiter. Ich muss einen neuen Ausweis beantragen, eine neue Fahrerlaubnis, einen neuen Pass, und all sowas". Ich klappte meinen Laptop auf: „Aus reiner Neugier habe ich ein bisschen nachgeforscht, wie es bei anderen Leuten zu fälschlichen Todeserklärungen kommen konnte. In den meisten Fällen war da eine Bank involviert. Ich schlage vor, mit unseren Ermittlungen dort anzusetzen! Bei welcher Einrichtung haben Sie ihr persönliches Konto?"

Der Holzfäller überließ lieber mir das Wort. Die Bankangestellte wollte sich zunächst auf den Datenschutz herausreden. Das bewog mich dazu, meinen Tonfall um einige Stufen hochzuschrauben, was alle Leute, die sich in dem Schalterraum aufhielten, dazu veranlasste, mich recht böse zu mustern. Ich schnaubte: „Das ist das Konto dieses Herrn, und er hat somit das Recht, über alle Aktivitäten, die damit in Verbindung stehen, informiert zu werden. Oder wäre es Ihnen lieber, wenn ich einen Artikel über die himmelschreiende Unhöflichkeit der Mitarbeiter dieser Filiale in der Zeitung veröffentliche?" Ich weiß nicht ob meine Drohung oder meine Lautstärke den Ausschlag gab, jedenfalls klimperte die Dame auf ihrem

Computer herum, um einen Ausdruck anzufertigen, welchen sie mir mit dem Gebaren höchster Verachtung aushändigte. Ich warf einen Blick darauf, und noch bevor ich das Blatt meinem neugierigen Begleiter überreichen konnte, entfuhr meinem vorlauten Mund: „Cherchez la femme!" Der Holzfäller riss mir das Papier aus der Hand, und las es hektisch durch. Dann ein zweites und ein drittes Mal. Sein Gesicht wurde aschfahl. Ich zog ihn am Ärmel nach draußen und verfrachtete ihn in mein Auto. Auf der Fahrt zum Büro sagte er kein einziges Wort mehr.

Was soll ich noch groß erzählen. Der Holzfäller hat mich pünktlich bezahlt, hatte mir aber von Anfang an verschwiegen, dass er gelegentlich gern fremdging. Seine Frau wollte ihm deshalb einen Denkzettel verpassen, und hatte ihn in einem Anfall von blinder Wut bei verschiedenen Institutionen schriftlich als verstorben gemeldet. Inzwischen hat mein Klient die Frau wegen arglistiger Täuschung verklagt und die Scheidung eingereicht. Das Ganze erinnerte mich doch sehr an den Lieblingsspruch meines ehemaligen Klassenlehrers: „Alles in unserer kleinen Welt unterliegt dem Prinzip von Ursache und Wirkung. Für eine bestimmte Wirkung muss es auch immer eine bestimmte Ursache geben!" Hätte also mein Klient bei fremden Frauen seine Hose zugelassen, hätte es nicht zu diesem unerfreulichen Verlauf kommen können. Oder wie es ein deutscher Politiker im April 2013 in einer Fernsehdiskussion recht treffend zusammenfasste: „Hätte, hätte, Fahrradkette".

Die MM

Manche nannten sie Surrogates. Andere hingegen bezeichneten sie als Avatare, als Doubles oder als falsche Zwillinge. Einige titulierten sie auch nur abfällig als Attrappen. Die meisten Sterblichen aber sagten MM zu ihnen; Maschinen-Menschen. Wer über genügend Geldmittel verfügte, ließ sich einen MM de luxe nach seinem Ebenbild herstellen. Die Vertreter der Mittelschicht hingegen nannten in der Regel nur ein Standardmodell ihr Eigen, und arme Leute waren natürlich wie immer in den Arsch gekniffen, und besaßen keinen MM. Dann gab es da noch ein paar Leute dazwischen. Die hatten sich einen ausrangierten MM unter der Hand besorgt, und diesen notdürftig repariert. Wer auch immer einen MM besaß, hatte ihn garantiert nur zu einem ganz bestimmten Zweck; man ließ ihn anstelle seiner selbst arbeiten. Ob es das wöchentliche Einkaufen von Lebensmitteln war, das Verrichten der täglichen Hausarbeit, oder die ständige Arbeit in der Fabrik, alles ließ man von seinem MM bewerkstelligen. Währenddessen saß man entspannt vor einem der häuslichen Bildschirme und schlürfte genüsslich einen Cocktail. Oder man nutzte die Kommunikationstechnik, um aufgeregt mit seinen Freunden darüber zu diskutieren, ob man Bettlern nicht gerechterweise von Staats wegen einen MM zuweisen sollte, damit sie nicht mehr selbst am Straßenrand sitzen mussten. Aber wo viel Licht ist, ist bekanntermaßen auch viel Schatten. Diese Worte hatte bereits vor langer Zeit ein deutscher Dichterfürst niedergeschrieben, und auch heute besaß der Spruch immer noch seine Gültigkeit. Es gab da nämlich eine gefürchtete Untergrundorganisation, die sich auf die Fahne geschrieben hatte, die MM zu vernichten, damit sich die Menschen wieder auf sich selbst besinnen sollten, um wie früher die anstehenden Arbeiten eigenhändig zu erledigen. Diese militante Gruppe nannte sich SV; Surrogat-Vernichter. Allerdings hatte die Organisation ein mächtiges Problem, und das waren die Luxus-Modelle. Man konnte sie nicht von richtigen Menschen unterscheiden. Bedauerlicherweise kam es dadurch in mehreren Fällen dazu, dass übereifrige Mitglieder der SV einen echten Menschen töteten, und erst danach ihren folgenschweren Irrtum erkannten. Das veranlasste den globalen Geheimdienst dazu, eine schnelle Eingreiftruppe zu formieren, deren vorrangige Aufgabe es war, Mitglieder der SV aufzuspüren und zu eliminieren, egal ob diese den Tod eines richtigen Menschen oder auch nur die Zerstörung eines MM zu verantworten hatten. Genannt wurde diese Einheit RF; Response Force.

Adrian kam aufgeregt in den Unterschlupf gestürmt: „Sie kommen! Die RF! Sie laufen direkt auf uns zu! Jemand muss uns verraten haben. Alle nach hinten! Zwängt euch durch den Notausstieg, aber versucht Ruhe zu bewahren!" Seine Blicke kreisten unruhig, bis er Anettes Rotschopf erspäht hatte. Gottseidank, sie war ziemlich weit vorn auf dem Weg zur Ausstiegsluke! Sie würde es auf jeden Fall schaffen.

Das sogenannte Standgericht setzte sich aus drei Personen zusammen. Der Uniformierte in der Mitte spielte den Richter: „Laut der von der globalen Regierung erteilten Sonderbefugnisse, werden Sie hiermit von der RF zum Tode verurteilt. Sollte innerhalb der nächsten drei Tage keine Begnadigung erfolgen, wird ein Erschießungskommando das Urteil vollstrecken". Adrian rief aus vollem Hals: „Das ist Willkür! Ich habe nicht einmal die Möglichkeit bekommen, mich zu verteidigen!" Einer der drei Männer, den man als Gerichtsdiener bezeichnet hatte, stieß ihm einen elektrischen Schockstab in die Rippen: „Hier wird nicht geschrien! Das ist eine Missachtung des Gerichts!" Dann zerrte er den Zusammengekrümmten mitleidslos aus dem Raum.

Anette blickte mit sprühenden Augen in die Runde: „Da Adrian nicht hier sein kann, habe ich jetzt das Kommando. Und ich sage, wir müssen Adrian befreien, und zwar sofort!" Gunnar widersprach lautstark: „Er wusste genau wie wir alle, worauf er sich eingelassen hat. Natürlich sollten wir ihn innerhalb der nächsten drei Tage befreien, aber die Vernichtung der Surrogates hat Priorität. Keine Surrogates, kein versehentliches Töten der menschlichen Besitzer mehr! Alina hat nämlich endlich die Schwachstelle der MM herausgefunden. Sie werden alle aus dem Hauptquartier der Herstellerfirma gesteuert. Wenn wir den dortigen Hauptrechner lahmlegen können, dann schalten sich alle Avatare automatisch ab. In der auftretenden Verwirrung wird es dann auch ein Leichtes sein, Adrian zu befreien". Anette nickte: „Also gut. Du bist unser Taktiker. Dementsprechend arbeitest du den Plan aus, wie wir möglichst unbemerkt in das Hauptquartier gelangen können! Und du legst mir das Ganze spätestens bis morgen Abend vor! Ich besitze den nötigen Sprengstoff und werde persönlich mit dir und Alina zusammen dort einbrechen. Wenn es Alina nicht gelingen sollte den Computer softwareseitig kaltzustellen, werde ich alternativ diesen blöden Rechner in die Luft jagen. Wenn alle damit einverstanden sind, dann gehen wir jetzt nach Hause!"

Gunnar breitete einen ziemlich großen Bauplan auf dem kleinen Tisch aus: „Schaut her! Das ist der Grundriss des Gebäudes. Den hat Emilio besorgt. Von ihm stammen auch die gefälschten Ausweise. Das Nervengas und die Atemmasken hat Vera beigesteuert. Hier ist das Haupttor. Wir drei parken ganz frech davor, steigen aus und präsentieren unsere Ausweise. Andy hat uns nämlich telefonisch avisiert. Wir kommen angeblich von einem Unternehmen, das eine größere Stückzahl von Standart-MM kaufen will. Kurz vor dem Chefbüro holen wir die Masken heraus und setzen mit dem Gas die Wachen auf dem Gang außer Gefecht. Von einem der Ohnmächtigen nehmen wir uns dann die Schlüsselkarte, und gelangen durch diese Tür hier in den Rechnerraum. Prägt euch den Weg gut ein!" Anette zog die Brauen zusammen: „Bei dir hört sich das alles sehr leicht an. Glaubst du wirklich, dass das so funktioniert?" Gunnar nickte: „Es wird deshalb alles so einfach ablaufen, weil keiner dort mit so einem primitiven Plan rechnet".

Anette und Alina hatten jeweils ein schwarzes Kostüm mit tiefem Ausschnitt angezogen, während Gunnar mit einem nachtblauen Businessanzug daher kam. Alle drei trugen Diplomatenkoffer aus Aluminium in der Hand, in welchen sie Sprengstoff, Masken und Nervengas versteckt hatten. Würde auch nur ein einziger Mitarbeiter der Firma misstrauisch werden, und den Inhalt der Koffer sehen wollen, würde das ganze Unternehmen den Bach runter gehen. Alina stand vor Angst kalter Schweiß auf der Stirn, und Gunnar zitterten kaum merklich die Knie. Nur Anette ging forsch auf den Posten vor dem Haupttor zu. Ihre Ausweise wurden begutachtet, und schon waren sie im Gebäude. Ein Wachmann begleitete die Besucher nach oben. Auf der Chefetage gab es außer dem Büro des Geschäftsführers nur noch eine einzige, gläserne Tür. Der Security-Mann davor machte einen gelangweilten Eindruck. Er sackte auch sofort zusammen, als Anette das Gas freigab. Aber der Wachmann, der sie begleitete, schien durchaus mehr zu vertragen. Er hustete zwar wie wild, konnte aber Anette die Gaskartusche entreißen. Alina bereinigte beherzt die Situation, indem sie dem Menschen von hinten ihren Koffer mit aller Gewalt auf den Kopf schlug. Mit der Schlüsselkarte des Security-Mannes gelangten sie in den Rechnerraum. An dem riesigen Computer war weder eine Öffnung noch irgendein Terminal zu sehen. Als Alina danach zu suchen begann, schob Anette sie zur Seite: „Wir haben keine Zeit. Jeden Moment können wir auffliegen. Ich sprenge das Ding jetzt!" Nachdem die Ladung gezielt angebracht und die Zeitschaltuhr gestellt war, zogen sich die drei in den Flur zurück. Es würde keine große Explosion geben, aber der Computer wäre trotzdem für lange Zeit nicht mehr zu gebrauchen. In der Hoffnung, dass nicht gerade jetzt jemand aufkreuzte, kauerten sie sich auf den Boden und warteten. Der Knall war das letzte, was sie zu hören bekamen.

Es dauerte sehr lange, bis die Aufräumarbeiten endlich begannen. Schließlich gab es zurzeit keine MM mehr, welche die nötigen Tätigkeiten hätten erledigen können. Die Menschen selbst hatten ja inzwischen das Arbeiten verlernt. Wahrscheinlich würde es auch niemanden mehr geben, der in der Lage wäre, den zerstörten Computer zu reparieren. Was die Arbeiter der Aufräumkolonne allerdings äußerst merkwürdig fanden, war der Umstand, dass vor der zerborstenen Tür des Computerraums starr und steif drei abgeschaltete MM de luxe auf dem Boden lagen, die sich die Finger in die Ohren gestopft hatten.

Handlos

Kommissar Riemer tippte diensteifrig den Bericht der letzten Ermittlung in den Computer, als sich seine Bürotür öffnete, und Kommissarin Wiegand eintrat: „Werner, ich muss mit dir reden!" Riemer stellte das Schreiben ein und lehnte sich zurück: „Falls ich mich richtig erinnere, dann reden wir beide doch ständig mit einander. Tagsüber hier in der Dienststelle, nachmittags in einer unserer

Wohnungen, und nachts im Bett. Also, was ist los?" Frauke Wiegand setzte sich: „Ich muss es einfach sagen, sonst platze ich noch! Schatz, du musst unbedingt abnehmen!" Kommissar Riemer bekam große Augen: „Und das hätte nicht Zeit bis heute Abend gehabt? Darf ich dich vielleicht daran erinnern, dass ich jetzt vier Kilo weniger auf den Rippen habe, als bei unserem ersten Kennenlernen!" Frauke Wiegand hob die Hände: „Schon gut, schon gut! Aber vielleicht könntest du ja mal joggen gehen, anstatt jeden Abend nur auf der Couch zu sitzen. Müßiggang hat nichts mit gehen zu tun, auch wenn das Wort Gang darin vorkommt". Riemer stieß deutlich hörbar die Luft aus: „Willst du mir vielleicht auf diese freundliche Art und Weise sagen, dass du mich nicht mehr magst?" Die Kommissarin wehrte ab: „Natürlich nicht. Aber glaubst du, ich weiß nicht, dass du wieder Süßigkeiten in deinem Schreibtisch bunkerst? Die hattest du schon mal aus deiner Schublade verbannt. Vielleicht könntest du das wieder tun! Du weißt doch: Mens sana in corpore sano. Sprich: In einem gesunden Körper wohnt auch ein gesunder Geist". Riemer verlieh seinem Blick einen spöttischen Ausdruck: „Quark! Auch ein Säugling kann durchaus einen gesunden Körper haben. Willst du etwa, dass ich wie ein Säugling brabbele und sabbere?" Das Klingeln des Telefons befreite Riemer von der leidigen Diskussion. Er drückte den Hörer ans Ohr: „Was ist? Ach Gott, das haben Sie schon oft gesagt. Wer? Ja, die ist hier. Gut, ich sage es ihr. Bitte was? Wo? Ich bin schon unterwegs!" Er sprang auf: „Ich muss los.

Ein Leichenfund. Eine Frau ohne Hände. Und du sollst übrigens sofort zum Alten kommen!"

Die Tote lag an der Böschung eines Bahndamms und war notdürftig mit Ästen und Blättern abgedeckt worden. Der Polizeifotograf malträtierte Apparat und Blitzlicht bis an die Grenze der Belastbarkeit, um auch wirklich jede kleinste Kleinigkeit zu dokumentieren. Rolf König begrüßte Kommissar Riemer mit den Worten: „Du siehst so gut aus. Hast du abgenommen?" Riemer holte spielerisch mit der Rechten aus, als wolle er dem Leiter der Spurensicherung eine schallende Ohrfeige verpassen: „Verarschen kann ich mich alleine. Heb dir lieber den Spruch für deine Frau auf! Die könnte sich sogar darüber freuen. Also, was kannst du mir zum Tatort sagen?" Der Kriminaltechniker antwortete bedauernd: „Leider nicht viel. Das ist hier nämlich nicht der Tatort. Die Frau wurde woanders getötet, und dann nur hier abgelegt. Das siehst du unter anderem auch daran, dass dort, wo ihre Armstümpfe enden, kein Blut auf dem Boden zu finden ist. Sie ist schätzungsweise dreißig Jahre alt. Wir haben keine Hinweise auf ihre Identität gefunden; keinen Ausweis, keinen Führerschein, keine Krankenversicherungskarte, keine EC-Karte, nichts. Der Täter wollte wohl auch durch das Abtrennen der Hände verhindern, dass sein Opfer mittels der Fingerabdrücke identifiziert werden kann. Ihre Handtasche hat er aber trotzdem nicht mitgenommen, obwohl die einiges Wert sein sollte. Das ist eine Pochette Métis von Louis Vuitton. Der Inhalt ist allerdings eher nichtssagend. Nur was viele Frauen im

Allgemeinen so mit sich führen. Angefangen vom Taschentuch über den Lippenstift bis hin zum Hygieneartikel, sowie Bonbons und Kekskrümel. Auch ihr Mantel war bestimmt nicht gerade billig. Ein Trenchcoat aus Baumwollpopeline, natürlich auch von Louis Vuitton. Das Ding dürfte so um die dreitausend Euro kosten. Das war's von mir. Den Rest kann dir dann unsere Gerichtsmedizinerin erzählen, wenn sie die Leiche auf ihrem Tisch hatte".

Direkt nachdem Frauke Wiegand die Tür öffnete, sprudelte Kommissar Riemer sofort los: „Was wollte denn der Alte heute von dir?" Die Kommissarin entgegnete in aller Seelenruhe: „Komm erstmal rein und zieh deinen Mantel aus! Ich mache inzwischen Abendbrot". Sie verschwand in der Küche, während Riemer auf dem Sofa Platz nahm. Er rief durch die geöffnete Küchentür: „Wie geht es übrigens Carla und der Kleinen?" Frauke rief zurück: „Nun warte es doch mal ab. Ich komme ja gleich!" Als dann das Abendessen auf dem Tisch stand, hielt es Riemer nicht mehr aus: „Nun sag schon endlich, was die Affenfresse heute von dir wollte!" Frauke Wiegand grinste: „Er wollte mich abmahnen, weil ich angeblich meine Arbeit vernachlässige, und immer bei dir im Dienstzimmer hocken würde. Merkst du was? Weil der Schiss vor dir hat, will er jetzt über mich an dich herankommen. Ich habe ihm daraufhin mit einer Verleumdungsklage gedroht. Das hat ihn ein ganz kleines bisschen aus dem Anzug gestoßen. Und wie war's heute bei dir?" Riemer sagte abfällig: „Dieser affengesichtige

Blödmann biegt sich doch alles hin, wie er es gerade braucht. Vor Kurzem hat er dich noch über den grünen Klee gelobt. Na ja, was soll's! Ich hatte heute eine Frauenleiche ohne Hände. Wir wissen noch nicht, wer sie ist. Keinerlei Papiere, und eine Dreißigjährige ist auch nicht als vermisst gemeldet. Jedenfalls gibt es keinen Eintrag in der Datenbank. Ich denke mal, nach der Obduktion werde ich ein paar Hinweise mehr in der Hand haben".

Frau Dr. Martina Mertens deutete auf die Arme der vor ihr auf dem Seziertisch liegenden Toten: „Schau gut hin, Kommissar! Ligaturen an den Handgelenken und deutliche Spuren einer Folterung an den Extremitäten. Hämatome und Verbrennungen. Die Gute hat wohl etwas gewusst, was sie nicht mit anderen teilen wollte". Kommissar Riemer beugte sich über die Tote: „Gibt es Anzeichen von Vergewaltigung? Oder vielleicht irgendwelche Implantate mit nachverfolgbaren Seriennummern?" Die Pathologin schüttelte den Kopf: „Keine Anzeichen, keine Seriennummern. Was ich aber sagen kann, das ist, dass die Hände stümperhaft entfernt worden sind. Das war bestimmt kein Chirurg. Und es passierte post mortem". Der Kommissar deutete auf die Lippen der Toten: „Sehe ich da Petechien?" Dr. Mertens bejahte: „Richtig! Und schauen Sie sich ihre Augen an! Auch in der Sklera sind petechiale Blutungen zu sehen. In ihren Haaren habe ich übrigens ein kleines Stück Klarsichtfolie gefunden. Das alles lässt die Schlussfolgerung zu, dass sie mit einer Art durchsichtiger Mülltüte erstickt wurde". Riemer steckte sich den Zeigefinger in den Hemdkragen: „Und kein

Hinweis auf ihre Identität?" Die Antwort der Pathologin kam bedauernd: „Nicht der kleinste".

Kommissar Riemer setzte das Weinglas ab: „Sag mal, kennst du dich mit Louis Vuitton aus?" Seine Frauke blickte ihn fragend an: „Nicht bei meinem Gehalt. Ich gebe doch keinen Monatslohn für eine Handtasche aus. Oder willst du mir vielleicht eine schenken?" Riemer imitierte die Kommissarin: „Nicht bei meinem Gehalt. Ich gebe doch keinen Monatslohn für eine Handtasche aus. Aber mal im Ernst, gibt es da vielleicht irgendwelche Hinweise ob die Tasche echt oder eventuell eine Fälschung ist?" Frauke blickte etwas ungläubig: „Ehrlich? Das weiß so ein erfahrener Kriminalist wie du nicht? Jede Vuitton-Tasche besitzt einen Datacode an einer versteckten Stelle. Der gibt Auskunft darüber, wann und wo die Tasche hergestellt wurde. Wieso fragst du?" Der Kommissar nahm sein Weinglas wieder auf: „Weil meine Tote so eine Tasche besaß, und wenn das Ding tatsächlich echt sein sollte, dann kann ich mit dem Foto der Toten eine landesweite Nachforschung in den entsprechenden Vuitton-Läden von Hamburg bis nach München ins Rollen bringen".

Während Rolf König zusammen mit Kommissar Riemer die Wohnung betrat, deklamierte der Kriminaltechniker lauthals: „Warum in die Ferne schweifen? Sieh, das Gute liegt so nah! Das hätte auch keiner gedacht, dass die Tote tatsächlich aus unserer Stadt stammt". Riemer korrigierte ihn: „Bei Goethe heißt es nicht: Warum in die Ferne

schweifen, sondern: Willst du immer weiter schweifen".
Der Leiter der Spurensicherung kommentierte Riemers
Worte ziemlich bissig: „Alter dicker Klugscheißer! Aber
fällt dir was auf? Unser Mädel scheint ein Doppelleben
geführt zu haben. Die hat schweineteure Kleider, aber einen spottbilligen Laptop. Mal sehen, was da drauf ist!"
Kommissar Riemer schaute seinem Kollegen neugierig
über die Schulter. Nach einer Weile sagte er: „Wie ich
sehe, ist da nichts drauf". Rolf König entgegnete schul-
meisternd: „Oh doch! Auf dem Fingersensor ist Blut. Da
hat irgendjemand mit der abgehackten Hand der Toten
eine Datei entsperrt und im Anschluss daran gelöscht.
Das Ding geht sofort in unser Labor".

Der Uniformierte, der an der grauen Wand des Verhör-
raums lehnte, hatte seine Hand demonstrativ an die
Waffe gelegt. Das Gesicht des Mannes am Tisch zeigte
eine ungesunde Röte. Er war an Händen und Füßen ge-
fesselt, gebärdete sich aber trotzdem wie ein wildes Tier.
Seine Augen waren von Hass erfüllt, als er Riemer anschrie: „Diese Schlampe hat es verdient! Sie hat mir
meine Idee gestohlen. Das mit dem spottbilligen Flug-
zeugtreibstoff, das war eigentlich meine Erfindung. Zuerst zerrt sie mich in ihr Bett, dann klaut sie mir meinen
Laptop, danach sperrt sie die entsprechende Datei auch
noch mit ihren eigenen Fingerabdrücken, und zum
Schluss verkauft das Miststück meinen Geistesblitz für
eine volle Million an die Konkurrenz. Die hat mein geistiges Eigentum eiskalt als ihr eigenes ausgegeben! In der
Hölle hat man sicher Hurra gerufen, nachdem sie dort

unten angekommen ist. Und was ihre Hände angeht, die brauchte ich wirklich dringend. Ich habe sie mit ihrem Brotmesser mühevoll abgeschnitten, weil ich doch nicht wusste, welchen Finger sie zur Sperrung der Datei benutzt hat. Das war Notwehr. Wie sonst hätte ich beweisen können, dass die Idee nicht von ihr, sondern von mir stammt. Ich war eindeutig in der Notlage, dass ich ohne ihre Finger die Datei nicht öffnen konnte. Das Backup in der Firma hatte sie ja auch schon gelöscht. Also war das wirklich reine Notwehr. Sie selber wollte das Ding einfach nicht freiwillig entsperren. Hat sich gewehrt, die Schlampe. Aber dieser Nutte hab ich's gezeigt. Solche Leute müsstet ihr verhaften, und nicht mich! Ich wollte mir nur wiederholen, was mir gesetzlich zusteht. Das nennt sich Gerechtigkeit. Oder wie sehen Sie das?" Riemer antwortete gelassen: „Ich sehe das folgendermaßen: Das nächste Mal würde ich an Ihrer Stelle nicht in der ganzen Firma herumschreien, dass Sie sich an einer Kollegin rächen wollen, und ich würde außerdem abgetrennte Hände lieber nicht zu Hause aufbewahren. Abführen!"

Werner Riemer hielt seiner geliebten Kommissarin einen bunt eingepackten, mit einer Schleife verzierten Karton entgegen: „Mach auf!" Frauke Wiegand entfernte neugierig das Verpackungsmaterial und hob den Deckel ab: „Ich werde verrückt! Eine Tasche von Louis Vuitton. Nein, Schatz das geht nicht. Die ist viel zu teuer. Soviel darfst du nicht für mich ausgeben. Mit dieser Handtasche werde ich es genauso machen, wie damals mit den teuren

Ohrringen. Ich tausche sie gleich morgen wieder um".
Kommissar Riemer setzte einen gespielt finsteren Blick
auf und fletschte scherzhaft die Zähne: „Wage es, und ich
säble dir beide Hände ab! Ich weiß nämlich jetzt, wie das
geht".

Das Sternchen

Natürlich kann ich nicht wissen, wie Sie das empfinden,
aber ich finde es zum Kotzen, das Sternchen. Da bietet
eine Firma eine Dienstleistung an, und wirbt in großen
Lettern mit „Nur 5,20 €* im Monat". Falls man das Sternchen überhaupt bemerkt hat, steht dann im besonders
klein gedruckten Kleingedruckten: „*Nach Ablauf von 30
Tagen erhöht sich der Monatsbeitrag auf 12,50 €". Subjektiv gesehen fühle ich mich da verarscht. Oder auch bei solchen
Sachen: „Täglich kündbar*". Und ganz unten steht dann:
„*bei Kündigung vor Ablauf eines Jahres müssen wir Ihnen leider
eine Bearbeitungsgebühr von 250 € berechnen!" Ich sage nur:
„Honi soit qui mal y pense!" Frei übersetzt: „Ein Schelm,
wer Arges dabei denkt!" Und ich denke Arges. Ich denke
nämlich, wir sollen auf diese hinterhältige Art und Weise
an der Nase herumgeführt werden. Zwar legal, aber
höchst verachtungswürdig. Und das Schlimmste ist, das
alles wird von unserer Regierung billigend in Kauf genommen. Wie wäre es da mal mit einem Gesetz, das so
etwas Unmoralisches verbietet? Schließlich gibt es doch
in unserem Land für jeden Furz ein entsprechendes

Gesetz. Auch dann, wenn es ziemlich sinnlos ist. Nehmen wir bloß einmal § 1314 BGB Abs. 2: „Eine Ehe kann ferner aufgehoben werden, wenn ein Ehegatte sich bei der Eheschließung im Zustand der Bewusstlosigkeit oder vorübergehender Störung der Geistestätigkeit befand". Hallo? Jeder, der freiwillig eine Ehe eingeht, ist doch wohl durch seinen Hormonspiegel vorübergehend geistesgestört. Aber ich habe noch nie gehört, dass man so ohne weiteres seine Ehe aufheben lassen kann. Nein, man muss sich für teuer Geld scheiden lassen. Am besten, man ließe hinter diesen Gesetzestext ein Sternchen setzen, und im Kleingedruckten würde dann stehen: „*Eine Ehe kann Spuren von Problemen enthalten. Nur wer sich eine Scheidung leisten kann, sollte auch eine Ehe eingehen". Die absolute Perversion dieser Sternchen-Manie habe ich am Ende einer Postwurfsendung entdeckt. Dort stand nämlich: „*Keine weiteren Informationen". Wie geil ist das denn? Jetzt warte ich nur noch auf den Moment, an dem man vorgeschrieben bekommt, dass kein einziger Satz mehr ohne ein Sternchen gedruckt werden darf.

Fast noch schlimmer finde ich die Gender-Sternchen. Warum, zum Kuckuck, muss man neuerdings solche Sachen wie zum Beispiel „Liebe Mitarbeiter*innen" schreiben? Kann man dafür nicht einfach wie bisher die Form „Liebe Mitarbeiter und liebe Mitarbeiterinnen" verwenden? Muss ich denn solche Formulierungen benutzen, nur weil sich ein paar profilgeile Leute so etwas ausgedacht haben? Natürlich ändert sich Sprache. Schließlich sprechen wir heute auch kein Mittelhochdeutsch mehr. Aber diese Änderungen sind gewachsen, und zwar aus dem Volk heraus. Nicht etwa, weil sich das einer im stillen Kämmerlein ausgedacht hat. Angeblich sollen diese Sternchen verwendet werden, um auch diverse Geschlechter mit einzubeziehen. Die Idee finde ich klasse, die Ausführung kaum. Nehmen wir mal das Beispiel, ein Fernsehmoderator spricht von „Wissenschaftler*innen". Dabei wird ja, wie Sie bestimmt wissen, das Sternchen als kleine Pause gesprochen. Man hört also „Wissenschaftler" und „innen". Von „divers" hört man rein gar nichts. Da frage ich mich doch, wo liegt hier der sozialrelevante Nährwert?

Nun werden Sie sich vielleicht fragen: „Warum ereifert sich der blöde Kerl hier so unqualifiziert?" Ich werde es Ihnen verraten. Liebe Männer*innen und Frau*innen, es ist wirklich tragisch. Als ich vor Tagen meinen neuen Arbeitsvertrag unterzeichnete, habe ich dummerweise so ein kleines Sternchen übersehen. Jetzt schufte ich tagsüber in der Firma meines Chefs, und nachts darf ich zusätzlich noch seine private Wäsche waschen, bügeln und zusammenlegen. Wissen Sie wie man so etwas wie mich nennt? Idiot*in!

Danke Mama!

Für den Fall, dass Sie noch nie etwas von mir gehört haben, was ich im Übrigen sehr bedauerlich fände, für diesen Fall also, möchte ich mich zunächst erst einmal vorstellen. Mein Name ist Levin Baer, ich bin ein kleiner

Tollpatsch, von Beruf Privatdetektiv, kleckere stets und ständig mit meinem Essen, kann kalte Füße nicht vertragen und habe deshalb in der Küche einen Flokati auf dem Fußboden ausgelegt. Und gestern hat einer die Stoßstange meines Autos geschrottet. Genau gesagt, den vorderen Stoßfänger meines kleinen, roten, schnuckeligen Flitzers. So ein kantiger Geländewagen hat sich einen feuchten Dreck um eine rote Ampel geschert, und seine konstruktionsbedingte Überlegenheit schamlos dafür ausgenutzt, mein geliebtes, wunderschönes, süßes Auto zu verbeulen. Aber ich habe diesen rücksichtslosen Rowdy mit dem Handy fotografieren können, und somit auch sein amtliches Kennzeichen in Erfahrung gebracht. Jungchen, das wird dir bestimmt noch leidtun! Fahrerflucht funktioniert nicht mit mir!

Kennen Sie das? Sie möchten gern der coolste Typ der Welt sein, rangieren aber immer nur unter ‚ferner liefen'. Bisher konnte ich mich stets über diese Tatsache damit hinwegtrösten, dass ich eigentlich richtig gut im Lösen der mir anvertrauten Fälle war. Aber in letzter Zeit hatte ich einfach keinen spektakulären Fall mehr vor die Flinte bekommen. Ein ganzes Jahr nur gelegentlich untreue Ehemänner bzw. fremdgehende Ehefrauen zu beschatten, geht mit der Zeit an die Substanz. Es ist einfach langweilig. Außerdem könnte das jeder. Dazu braucht man sicherlich keinen gut ausgebildeten Privatdetektiv mit einem amtlich anerkannten Waffenschein. Und wen wundert's, natürlich hatte mein nächster Klient das gleiche Anliegen. Der Mann war eher klein, hatte ein rundliches

Gesicht, eine Vollglatze, aber im Gegensatz dazu einen roten Bart wie König Barbarossa. Er trug einen zerknautschten Anzug und schien der Urtyp zu sein, den man als Frau einfach betrügen muss. Er erklärte mir, seine Gattin sei in letzter Zeit häufiger und ohne konkrete Begründung aushäusig. Aushäusig! Ich könnte vor Wonne verrecken! Welcher Arsch hat normalerweise so viel Zeit, um sich derart beschissene Wortkonstruktionen einfallen zu lassen? Aushäusig! Aber das Geldzentrum in meinem Hirn erinnerte mich nachdrücklich daran, dass ich gefälligst Schotter zu verdienen hätte. Also bat ich diesen Kerl scheißfreundlich um eine Liste aller verfügbaren Daten seiner Angetrauten. Name, Adresse, Beruf, Hobbys, Krankheiten, besondere Merkmale, sowie immer wiederkehrende Gepflogenheiten. Und natürlich sollte er auch Fotos von der Zielperson beilegen. Er versprach alles am nächsten Tag vorbeizubringen, mokierte sich noch kurz über die Höhe des von mir geforderten Honorars, und machte meine Bürotür temperamentvoll von außen zu. Alles wie gehabt. Ebendarum langweilig! Ich kam mir so nützlich vor, wie ein Igel in einer Kondomfabrik. Am liebsten würde ich jetzt eine SMS an eine völlig fremde Nummer verschicken: „Die Leiche ist vergraben, was jetzt?" Aber mit so einer Sache hatte ich früher schon einmal Ärger bekommen. Also fiel das ja wohl aus. Da mir aber ums Verrecken keine bessere Idee kam, schloss ich mein Büro ab, und begab mich ins Erdgeschoss, um mir in der dortigen Gaststube ein kleines, geistiges Getränk einzuverleiben. Sicherlich hätte ich auch in meinem Büro einen Schluck trinken können, schließlich war hinten im Bücherregal eine Flasche Bourbon gebunkert, aber manchmal braucht man einfach Leute um sich.

Erwartungsgemäß kam am nächsten Morgen der kleine Glatzkopf mit der geforderten Liste und mehreren Fotos in mein Büro geschneit. Er hatte den Bart gestutzt, was seinem Gesicht ein noch rundlicheres Aussehen gab, als tags zuvor. Nachdem ich mir gründlich alle mitgebrachten Dinge angesehen hatte, vereinbarten wir noch die entsprechenden Zahlungsmodalitäten, bevor mein Klient wieder verschwand. Seiner Liste entnahm ich, dass die Frau meist so gegen 18 Uhr die gemeinsame Wohnung verließ. Ich würde mich also 17:45 Uhr dort in Stellung bringen. Das ließ mir noch Zeit, ein wichtiges Telefonat zu führen: „Grüß dich Hartmut! Du musst mir wieder mal helfen! Diesmal aber rein privat. Es hat nichts mit einem Fall zu tun. Ich brauche den Halter eines bestimmten Geländefahrzeugs. Das Kennzeichen lautet … Was? Das ist doch jetzt wohl ein Witz! Du hast auch einen Verkehrsunfall gehabt? Nein, ich persönlich habe mir nichts gebrochen, nur an meinem Auto die Stoßstange. Ja, mir tut es erst recht leid, dass du mir im Moment nicht helfen kannst! Dann gute Besserung!" Das war Pech. Also würde ich wohl eine offizielle Anzeige machen müssen, oder einfach nur den ganzen Kram meiner Versicherung übergeben. Sollen sich die Leute dort doch um alles kümmern. Schließlich sägen die regelmäßig eine nicht ganz unbeträchtliche Lücke in mein Konto.

Irgendwann hatte ich zufällig mal einen amüsanten Satz im Radio gehört: „Unser aktuelles Wetter entspricht zurzeit nicht dem vorgeschriebenen Klima". Und genauso schien sich das Wetter hier und heute zu verhalten. Alle fünf Minuten wechselte sich ein fieser Sprühregen mit angenehmen Sonnenschein ab. Zum Glück brauchte ich nicht lange zu warten. Die Dame kam beschwingt aus ihrem Haus geflattert, bog um drei Ecken, und verschwand in einem kleinen Straßencafé. Na gut, dann würde ich eben halt mal einen Kaffee trinken gehen. Meine Zielperson hatte neben einem jungen Mann Platz genommen, der ihr Sohn sein konnte. Da der Nachbartisch noch nicht belegt war, fand ich eine gute Ausgangsposition, um ein paar kompromittierende Bilder zu schießen. Die Tante erschien mir ziemlich heißblütig, denn sie kroch förmlich in den Kerl hinein. Glauben Sie mir, es ist kein schönes Bild, wenn eine hippelige Frau in der Öffentlichkeit einen Gigolo abknutscht, und ihn dabei förmlich auffrisst. Als die Kellnerin kam, bestellte ich mir einen Cappuccino. Diesen saugte ich dann mit Genuss und in aller Ruhe in mich hinein, auch als die zwei Turteltauben die Gaststube verließen. Ich hatte genug Bildmaterial zusammen, und auf viel mehr war ich nun ganz und gar nicht scharf.

Der Glatzkopf rutschte nervös auf seinem Stuhl hin und her: „Und? Haben Sie meine Frau beobachtet?" Ich nickte kaum merklich: „Habe ich!" Er hielt es fast nicht mehr aus: „Und? Geht sie fremd?" Ich schob ihm meine Fotos über den Tisch: „Nein, ihre Gattin kümmert sich im Tierheim um Wühlmäuse mit Legasthenie! Mensch, was haben Sie denn gedacht? Natürlich geht sie fremd!" Ich ließ ihn eine ganze Weile flennen, bevor ich ihm meine Rechnung präsentierte. Unter Tränen betrachtete er die Beweisfotos, bis er plötzlich stockte: „Ist das hier das Auto von dem Kerl?" Ich stutzte. Eigentlich hatte ich die zwei doch nur im Café fotografiert. Dann erkannte ich die Aufnahme. Es war das Foto meines Verkehrsgegners. Ich hatte versäumt, es aus den anderen heraus zu fischen. Eilends entschuldigte ich mich: „Das ist ein Missverständnis. Das Foto gehört zu einem anderen Fall. Es ist nur aus Versehen zwischen Ihre Bilder geraten". Er wischte sich die Tränen ab: „Gottseidank! Ich kenne nämlich das Auto. Es gehört meinem Arbeitskollegen Hubert. Hubert Wemkow. Das Kennzeichen ist deutlich zu erkennen. Wenn der meine Hilde ... also ich hätte ihn umgebracht. Aber der Kerl auf den restlichen Fotos ist ja ein völlig anderer. Das kann nicht Hubert sein". Ich versuchte eine gewisse Belanglosigkeit in meine Stimme zu legen, als ich ganz nebenbei fragte: „Nur aus Interesse, wo wohnt denn dieser Herr Wemkow?" Er raffte die anderen Fotos zusammen, und stopfte sie in seine Jackentasche: „Im Nachbarhaus. Wir bilden öfters eine Fahrgemeinschaft, wenn wir zur Arbeit müssen. Aber zurzeit ist er im Urlaub. Und jetzt habe ich ein Wörtchen mit meiner Frau zu reden. Das Honorar überweise ich dann morgen!" Ich drängelte ihm schnell noch eine meiner Visitenkarten auf: „Rufen Sie mich doch bitte an, wenn ihr Kollege und Nachbar wieder aus dem Urlaub zurück ist!"

Vielleicht haben Sie auch schon mal den folgenden Spruch gehört: „Frühstücken wie ein Kaiser, Mittagessen wie ein König, und Abendessen wie ein Bettler". Das ist zwar nicht unbedingt meine vorrangige Lebenseinstellung, aber das Frühstück ist mir trotzdem heilig. Ich kann es einfach nicht leiden, wenn mich jemand bei der ersten Mahlzeit des Tages stört. Deshalb stelle ich dabei auch immer mein Smartphon ab. Es sei denn, ich Dussel habe das wieder einmal vergessen. Das Klingeln an jenem Morgen kam auch nicht von meinem Handy, sondern von meiner Wohnungstür. Wie sich das für einen versnobten Detektiv gehört, hatte ich selbstverständlich keine profane Hausklingel, sondern ein elektronisches Gerät, bei welchem man zwischen 99 verschiedenen Klängen in mehreren Lautstärken wechseln konnte. Ich hatte ‚Big Ben' eingestellt, weshalb jetzt die ersten acht Töne des sogenannten Westminsterschlages durch meine Wohnung dröhnten. Darauf war ich leider überhaupt nicht gefasst und derart erschrocken, dass mir ein halbzerkauter Bissen meines leckeren Marmeladenbrötchens aus dem Mund fiel. Wahrscheinlich würde ich demnächst mit mir selbst ausführlich über eine gewisse Lautstärkeanpassung reden müssen. Vor der Tür standen zwei Polizisten, von denen einer demonstrativ die Hand an seine Waffe gelegt hatte, während der andere mich streng beäugte: „Sind Sie Levin Baer?" Normalerweise antworte ich auf so eine Frage mit einem dummen Spruch. Zum Beispiel: „Als ich gestern in meinen Pass geschaut habe, war ich's noch!" Oder auch: „Ich kann nichts dafür, dass mich meine Eltern so getauft haben!" Diesmal sagte ich: „Falls ich es nicht sein sollte, dann habe ich einen gefälschten Ausweis!" Die beiden schien meine Antwort nicht unbedingt zu amüsieren. Während mich der eine höflich aber recht fest unterhakte, legte mir der andere zwei schmucklose Freundschaftsarmbänder aus Stahl an. Sie ignorierten, dass ich ihnen freundlich einen Morgenkaffee anbot, und schubsten mich in den wartenden Streifenwagen. Während der Fahrt verweigerten sie mir verbissen meinen sehnlichsten Wunsch, das Martinshorn einzuschalten.

Die Beamtin an der anderen Seite des Tisches hatte die körperliche Fülle ihres Oberkörpers mit beiden Ellenbogen auf dem Tisch abgestützt: „Geben Sie zu, den Mann umgebracht zu haben?" Ich verstand nur Bahnhof: „Umgebracht? Was für einen Mann?" Die Dame funkelte mich böse mit ihren tiefbraunen Augen an: „Klein, glatzköpfig, rundes Gesicht, roter Bart. Klingelt da was bei Ihnen? Sie können die Tat ruhig zugeben. Wir haben als Beweis Ihre Visitenkarte bei ihm gefunden!" Langsam aber sicher staute sich in meinem Körper der Ärger an, wie das Wasser an der Xiaowan-Talsperre am Mekong: „Glauben Sie wirklich, wenn ich die Absicht hätte jemanden umzubringen, würde ich ihm vorher schnell noch meine Visitenkarte in die Tasche stecken?" Sie entgegnete lässig von oben herab: „Derart blöde Verbrecher soll es ja schon gegeben haben". Das war nun endgültig der Punkt, an dem mein Gehirnelektriker die letzte Sicherung herausschraubte. Ich sprang auf und schrie Spucke versprühend: „Wenn ich tatsächlich dermaßen blöd wäre, dann wäre ich kein Privatdetektiv, sondern Polizist!"

Ich habe von einer Strafanzeige wegen Fahrerflucht großmütig abgesehen, nachdem ich dreimal so viel Geld bekommen hatte, wie die Reparatur meiner Stoßstange ursprünglich ausgemacht hat. Eigentlich hätte sich jetzt mein Bankkonto freuen müssen. Das Problem war nur, dass bei der Berechnung einer Strafe für Beamtenbeleidigung das monatliche Nettoeinkommen zu Grunde gelegt wird. Allerdings hatte ich im vergangenen Jahr nicht gerade viele Aufträge vorzuweisen, und mein toter Glatzkopf konnte mich ja nun leider auch nicht mehr bezahlen. Deshalb behielt sich das Gericht vor, laut § 40 Absatz 3 StGB mein Nettogehalt zu schätzen. Man soll es nicht glauben, aber amtliche Schätzungen können sich von persönlichen Bewertungen fulminant unterscheiden. Allerdings riet man mir, das ausstehende Honorar des Rotbärtigen von seiner Witwe einzuklagen, da diese juristisch gesehen auch die Schulden ihres Verblichenen erben würde. Viel Hoffnung habe ich aber nicht dabei, da ja die Gute eine wesentliche Zeit ihres Lebens in einer Strafvollzugsanstalt verbringen wird. Schließlich hatte sie einen jungen, labilen Menschen dazu angestiftet, ihren Mann umzubringen. Und entsprechend unseres Strafgesetzbuches § 25 Absatz 1 sowie § 26 wird ebenfalls als Täter bestraft, wer die Straftat durch einen anderen begehen lässt. Der arme Kerl hat alles bereits beim ersten Verhör ausgeplaudert, und denkt jetzt sicherlich für lange Zeit in seiner Gefängniszelle darüber nach, ob ihn seine

Bettgenossin wirklich geliebt, oder schlichtweg nur ausgenutzt hat. Wie dem auch sei, ich konnte letzten Endes den Tatverdacht meiner Person durch ein paar schlichte Fotos entkräften, und dafür das mörderische Liebespärchen ins Spiel bringen. Und das hat mich mit großer Ehrfurcht für meine Mutter erfüllt. Die hat mir nämlich das Fotografieren beigebracht. Danke Mama!

Meine Zeitreise

Du kannst dir sicher denken, wenn man sich beruflich mit vergangenen Zeiten beschäftigt, dann ist es recht günstig, wenn die eigene Zwillingsschwester ein hohes Tier in einer Zeitreisefirma ist, und dir unter der Hand einmal im Jahr eine verbilligte Reise beschaffen kann. Aber ist dir das auch schon passiert? Du gehst zum hundertsten Mal in so ein Zeitreiseportal und bist frohen Mutes, weil bisher nie etwas Schlimmes geschehen ist. Doch dann hängst du im Jahr 1950 fest, weil man dich wegen eines Defektes an der Anlage nicht gleich wieder zurückholen kann. Zunächst war ich darüber gar nicht böse, denn so konnte ich für eine längere Zeit forschen, als ich eigentlich bezahlt hatte. Doch dann kamen mir Bedenken. Was, wenn man mich durch den Fehler nicht an den Zeitpunkt zurückholen konnte, von welchem ich gestartet war? Wenn sich also die Verzögerungszeit zum Startzeitpunkt addieren würde? Dann käme ich unter Umständen viel zu spät zu meiner geplanten Verabredung mit Helmgard.

Und er wollte doch für mich original böhmische Buchteln zubereiten. Von Hand. Jede halbwegs gebildete Frau weiß, was es bedeutet, wenn ein Mann für einen eigenhändig den Herd bedient. In meinem speziellen Fall könnte das bedeuten, dass Helmgard freiwillig Samenzellen für mich spenden würde, und ich dann die Möglichkeit hätte, einen Fortpflanzungsantrag genehmigen zu lassen. Ich konnte also nur hoffen, dass die technische Unregelmäßigkeit am Ende keine Verzögerung im Rückholprozess auslösen würde. Verdursten und verhungern würde ich nicht, denn ich konnte ja, wie bei einigen vorangegangenen Reisen, als Hellseherin mein Geld verdienen. Dazu hatte mir die integrierte Datenbank in meinem Timecommunicator schon gute Dienste erwiesen, und außerdem lernte ich vor Antritt jeder Zeitreise alle wichtigen Ereignisse der jeweiligen Epoche auswendig. Bei persönlichen Dingen, die ich nicht wissen konnte, hielt ich es stets so, wie der österreichische Trickkünstler Erik Jan Hanussen aus dem ersten Jahrtausend, der auf die Frage nach dem Geschlecht eines zu erwartenden Kindes immer „weiblich" antwortete. Wenn er Recht hatte, sprach sich das in Windeseile herum. Lag er daneben, wurde es im Laufe der Zeit schlichtweg vergessen. Menschen sind so. Fragte mich also eine Frau, ob sie einen reichen Mann abbekommen würde, verneinte ich stets diese Frage. Schließlich gab es in der Vergangenheit mehr heiratswillige Frauen, als reiche Männer. Statistik war deshalb aus meiner Sicht etwas sehr Vernünftiges. Ich pflegte mithin immer zu sagen: „5 von 10 Leuten haben keine Ahnung von Statistik! Das sind immerhin mehr als 75 %!"

Durch puren Zufall erfuhr ich, dass bei einem Wanderzirkus die alte Hellseherin gestorben war, welche immer vor den Veranstaltungen den Besuchern die Zukunft vorausgesagt hatte. Ich kam mit dem Prinzipal ins Geschäft, und übernahm den winzigen Wohnwagen der Verstorbenen. Das kleine Gefährt war zwar alles andere als gemütlich, aber ich tröstete mich damit, dass es ja nur für sehr kurze Zeit sein würde. In jeder neuen Stadt musste ich von nun an vor dem großen Hauptzelt meinen unscheinbaren Tipi aufschlagen, in dem ich die wissbegierigen Besucher empfing. Die Fragen waren in der Regel stets die gleichen. „Werde ich beruflich weiterkommen?" oder „Wann finde ich endlich die Frau meines Lebens?" oder auch „Werde ich wieder gesund?" Ich gab meine Antworten immer im Brustton der Überzeugung. Nur als mich jemand nach den Lottozahlen fragte, antwortete ich ausweichend, dass eine derartige Vorhersage leider die Zukunft verfälscht, und deshalb später dann doch andere Zahlen gezogen werden würden. Das war auch tatsächlich richtig. Eine veränderte Vergangenheit führte auch immer zu einer veränderten Zukunft. Und es war mir strengstens verboten, in den angestammten Lauf der Geschichte einzugreifen. Allein schon meine Anwesenheit hier stellte ein minimales Risiko dar. Vor allem durfte ich nichts in Sachen des technischen Fortschritts oder der Medizin unternehmen. Aber leichtgläubigen Leuten dummes Zeug über ihre persönliche Zukunft zu erzählen, konnte da wohl kaum schaden. Nur einmal hatte ich mich verplappert. Um einen nervigen Skeptiker von meinen hellseherischen Fähigkeiten zu überzeugen, sagte ich das Ergebnis eines Fußballspiels voraus. Ansonsten streute ich sinnlose Aussagen unter die Leute. So ging das ganze acht Wochen lang, und langsam beschlich mich die Befürchtung, dass ich wohl noch längere Zeit hier festsitzen würde. So oft ich auch auf den Timecommunicator an meinem Handgelenk blickte, sah ich nur die pulsierende Meldung: No connection. Also würde ich mir etwas einfallen lassen müssen, wenn ich nicht in dieser Zeitperiode als unbekannte Hellsehtante versauern wollte. Da kam mir der Konkurs des kleinen Zirkus gerade recht. Wir hatten kurz vor der Pleite im Rheinland gastiert, und ich beschloss, mich irgendwo dort in der Gegend als Weissagerin niederzulassen. Zunächst musste ich mir einen zugkräftigen Namen ausdenken. Ich entschied mich für Pythia. Von einer vergangenen Zeitreise wusste ich noch, dass Pythia die weissagende Priesterin im Orakel von Delphi war. Nun fehlte nur noch ein einprägsamer Beiname mit Lokalkolorit. Also wählte ich „Pythia vom Rhein". Jetzt noch der entsprechende Draht zu den Medien, und ich konnte meine Weissagungen im großen Stil betreiben. Dass mir der auserkorene Name einmal Probleme einbringen würde, wusste ich zu diesem Zeitpunkt noch nicht.

Es war, glaube ich, an einem Donnerstag. Vor mir saß eine Kundin, die gebannt auf meine Kristallkugel starrte, als ein Mann ins Zimmer gestürmt kam. Er hielt eine

Pistole in der Hand und war drauf und dran, mich zu erschießen. Doch dann hielt er plötzlich inne: „Das sind Sie doch gar nicht!" Ich fragte etwas verängstigt: „Was bin ich nicht?" Er steckte die Pistole ein: „Na, die Pythia vom Rhein. Ich hab doch das Foto gesehen, und so sehen Sie doch gar nicht aus". Ich verstand immer noch nicht: „Wie wer sehe ich nicht aus?" Er winkte ab: „Na eben wie die Pythia vom Rhein, die meinen Bruder zu dieser Fehlspekulation verleitet und in den Ruin getrieben hat. Eben die!" Dann ging er wortlos davon. Nachdem ich meine vor Angst schlotternde Kundin verabschiedet hatte, begab ich mich sofort zu der ortsansässigen Bibliothek. Bibliothekare sind in der Regel ein Quell des Wissens. Und er wusste! Es gab bereits eine Hellseherin, der man die gleiche Bezeichnung verliehen hatte. Wenn ich die Rechtsprechung in dieser Zeiteinheit richtig interpretierte, dann könnte das richtig Ärger bedeuten. Wegen Urheberrechtsverletzung. Man nannte die Dame übrigens auch „Die Seherin von Bonn". Also beschloss ich, die Frau zu besuchen, um mich gütlich mit ihr zu einigen.

Es war nicht einfach, bei ihr vorgelassen zu werden. Die Leute rannten ihr die Bude ein. Als ich dann in ihrem Sprechzimmer vor ihr saß, war ich etwas ernüchtert. Sie war eine unscheinbare, kleine, zierliche Frau. Neben ihr saß ein Hund namens Morle. Aber weit seltsamer war ein Laufställchen, in welchem sich ein Affe befand. Der hieß übrigens Charly. Die Frau sagte freundlich: „Ich nehme keinen festen Preis. Jeder kann so viel geben, wie es ihm wert ist". Ich machte ihr deutlich, dass es mir nicht um das Hellsehen ihrerseits ging, sondern um das meinige. Und dass ich, ohne es zu wollen, die Bezeichnung Pythia vom Rhein geklaut hatte. Ihr schien das nichts auszumachen. Nachdem ich versprochen hatte, meinen Künstlernamen zu ändern, überließ ich ihr dann zum Dank für ihre Freundlichkeit noch eine Information. Ich hatte meiner Datenbank entnommen, dass entgegen aller Meinungsumfragen 1953 Konrad Adenauer die Wahl zum Kanzler gewinnen wird. Das hat sie dann auch als ihre eigene Weissagung verkauft, was ihr einen nicht unbeträchtlichen Ruhm einbrachte. Ich war jedoch inzwischen in meine Zeit zurückgeholt worden. Seitdem bin ich aber leider nicht bei meinem Helmgard, sondern im Gefängnis. Und ich bin meine Reise-Lizenz losgeworden. Das Time-Court nannte es „Unautorisierte Preisgabe von Zukunftsgeschehen". Und bloß, weil ich einem Fan das Ergebnis eines Fußballspiels verraten hatte. Hätte ich gewusst wie kleinlich man in meiner gegenwärtigen Zeit ist, wäre ich in der Vergangenheit geblieben. Schließlich finden sich in jeder Zeitperiode genügend Leute, die einem alles glauben. Auch wenn es noch so dümmlich ist.

Zwei Tote in einer Villa

Kommissar Riemer war erstaunt: „Carla? Was machst du denn hier?" Fraukes Tochter legte ihren Zeigefinger an die Lippen: „Pssst! Nicht so laut! Ulli schläft oben".

Werner Riemer rieb sich die Nase: „Gehe ich richtig in der Annahme, dass Ulli die Abkürzung von Ulrike ist?" Frauke Wiegand mischte sich ein: „Gehst du. Aber bitte leise!" Der Kommissar setzte sich: „Wenn mir jetzt einer noch erklärt, wieso diese Wiedersehensfreude zustande gekommen ist, und warum man mir im Vorfeld nichts gesagt hat, dann bin ich bestimmt auch ganz leise". Frauke schmunzelte: „Das musst du auch. Speziell heute Nacht. Besser gesagt, das müssen wir beide. Carla bleibt nämlich mit der Kleinen für drei Tage hier. Sie haben eine neue Wohnung gekriegt, und während Dennis mit seinen Kumpels dort renoviert, habe ich meiner Tochter angeboten, mit Ulli solange hier zu wohnen. Ist doch schön, dass wir die Kleine mal bei uns haben".

Kommissar Schimmler blickte seinen Freund einiger-maßen erstaunt an: „Oh Gott, wie siehst du denn aus? Hat dich eine Dampfwalze überfahren?" Er spreizte drei Fin-ger ab, und hielt sie grinsend vor Werner Riemers Augen: „Wieviel Finger siehst du?" Kommissar Riemer schlug die Hand von Schimmler weg: „Siebzehn. Und jetzt lass mich in Ruhe. Wenn bei dir die ganze Nacht ein Baby gebrüllt hätte, würdest du wahrscheinlich auch wie ein Eichhörnchen mit Durchfall aussehen. Kein Auge habe ich zugemacht". Er ließ seinen Freund links liegen, und verschwand grummelnd im Dienstzimmer.

Riemer hockte auf seinem Stuhl, als würde er jeden Mo-ment von der Sitzfläche rutschen. Die Augenlider knapp auf Halbmast, und eine Gähnattacke jagte die nächste.

Kommissarin Wiegand betrat mit besorgtem Gesicht und einer Thermoskanne das Zimmer: „Ich hab dir Kaffee mitgebracht, damit du nicht den ganzen Dienst verschläfst". Riemer schraubte die Kappe von der Kanne: „Bist du denn gar nicht müde?" Frauke Wiegand schüttelte den Kopf: „Nein, wir Frauen sind das gewöhnt". Werner Riemer goss sich bedächtig einen Schluck Kaffee in den Becher: „Ja sicher. Aber ich werde dir nicht widersprechen. Das braucht nämlich ein normaler Mann gar nicht, denn alle Frauen machen das früher oder später selbst". Das Klingeln des Telefons enthob Frauke ihres Protestes. Es war Kommissar Schimmler: „Falls du gerade wach sein solltest, dann komm bitte in mein Zimmer. Und wenn du Kollegin Wiegand siehst, dann bringe sie doch bitte auch mit!"

Als die zwei eintraten, konnte sich Reiner Schimmler das Lachen nicht verkneifen: „Mensch Werner, du siehst ja immer noch so aus, wie du aussiehst". Riemer konterte: „Und du solltest dir eine größere Unterhose kaufen, dann brauchst du dein Gesicht auch nicht mehr so zu verziehen! Ich möchte deine Visage mal sehen, wenn du unausgeschlafen bist!" Schimmler lehnte sich souverän zurück: „Ich habe jetzt schon mehrere Tage nicht mehr geschlafen". Frauke Wiegand blickte ungläubig: „Dafür siehst du aber noch recht frisch aus". Worauf Schimmler spöttisch antwortete: „Ich schlafe ja in den Nächten. Aber mal Spaß beiseite! Es wurde eben ein Doppelmord in der Villa Behlsägger gemeldet. Ihr beide solltet da gleich mal hin! Der hauseigene Gärtner hat das Ehepaar tot aufgefunden. Übrigens ist dieser Wurzelimperator gerade mit den Kollegen von der Streife hierher unterwegs". Kommissar Riemer hielt den Kopf schief: „Wieso teilst du uns jetzt ein, und nicht der Alte?" „Weil ich der Stellvertreter bin, und der Chef euch beide zurzeit anscheinend nicht mehr lieb hat".

Das Ehepaar Behlsägger lag mit durchschnittenen Kehlen im Wohnzimmer. Dem Chaos nach musste hier zuvor ein furchtbarer Kampf stattgefunden haben. Während Kommissar Riemer die Leichen unter die Lupe nahm, inspizierte Kommissarin Wiegand die restliche Wohnung. Überall waren Gegenstände umgestoßen worden, Schubladen aufgerissen, und Bücher aus den Regalen gezerrt. Frauke Wiegand kehrte ins Wohnzimmer zurück: „Es sieht ganz so aus, als hätten die Täter etwas gesucht. Bist du mit den Leichen weiter gekommen?" Kommissar Riemer stand auf: „Der Mann hat ziemlich zerschundene Knöchel an beiden Händen. Es sind auch Haare und Stofffasern daran. Er muss kräftig ausgeteilt haben. Hat ihm aber leider nichts genutzt. Ich schlage vor, dass wir das Feld jetzt der Spurensicherung überlassen".

Der Gärtner Jürgen Weihland saß zusammengesunken auf seinem Stuhl und hielt den Blick gesenkt. Er hatte links ein blau unterlaufenes Auge, sowie eine Platzwunde an der rechten Wange. Kommissarin Wiegand setzte sich ihm gegenüber: „Herr Weihland, würden Sie mir bitte ihre Hände zeigen?" Der Gärtner holte ganz vorsichtig seine Hände unter dem Tisch hervor. Seine

Handknöchel zeigten deutliche Spuren eines Kampfes. Er schien verzweifelt: „Ich habe sie nicht umgebracht. Ich habe sie nur gefunden. Ich sollte mir neue Instruktionen zur Umgestaltung des Gartens holen, aber auf mein Läuten hat keiner reagiert. Da bin ich nachschauen gegangen, ob vielleicht etwas passiert ist. Und es war ja auch etwas passiert. Die Verletzungen habe ich woanders her". Frauke Wiegands Blick drückte starke Skepsis aus: „Und woher, bitte schön?" Der Mann blickte wieder zu Boden: „Das möchte ich nicht sagen!" Die Kommissarin stand auf: „Sie sind sich hoffentlich im Klaren, dass Sie das äußerst stark belastet. Solange Sie sich nicht äußern, müssen wir Sie in Haft belassen!"

Kommissar Riemer fingerte auf dem Computer herum, als Frauke Wiegand eintrat: „Hast du was gefunden?" Riemer verneinte: „Ich habe mir die Aufzeichnungen beider Überwachungskameras immer wieder angesehen. Die vom Haupttor und auch die von der Rückseite. Nachdem die Behlsäggers die Villa quicklebendig durch den Haupteingang betreten haben, ist kein Schwein mehr ins Haus gegangen. Am nächsten Morgen sieht man dann den Gärtner an der Tür klingeln. Kurz darauf betritt er das Gebäude, kommt aber zwei Minuten später wieder herausgerannt, mit dem Handy am Ohr. Da war einfach keine Zeit jemanden umzubringen, geschweige denn, die ganze Wohnung zu verwüsten. Mein Scharfsinn sagt mir, der Mann ist unschuldig". Frauke legte ihm spottsüchtig die Hand auf den Kopf: „Könnte mir dein unheimlich starker Scharfsinn auch mal sagen, wie die Täter dann ins

Haus gekommen sind? Unsichtbar werden die wohl kaum gewesen sein". Riemer schob ihre Hand weg: „Ich werde die Techniker nochmal prüfen lassen, ob die Aufzeichnungen manipuliert wurden. Und dann werden wir die Baupläne der Villa anfordern. Vielleicht gibt es ja einen Kanal unter dem Gebäude oder etwas Vergleichbares".

Kommissar Schimmler kaute nervös auf einem Bleistift herum: „Heißt das wirklich, ihr zwei beiden habt nichts gefunden? Kein Kanal und auch kein toter Winkel, den die Kameras nicht einsehen konnten?" Riemer ergänzte: „Und auch keine Manipulation an den Aufzeichnungen. Das Ehepaar hat abends das Haus lebendig betreten, dann ist keiner mehr gekommen, und morgens war der Gärtner wirklich nur ganz kurz drin. Ein Ding der Unmöglichkeit". Schimmler warf den Bleistift auf den Tisch: „Und was ist mit den Verletzungen unseres Gärtners?" Worauf Kommissarin Wiegand lächelnd antwortete: „Er wollte es erst nicht verraten. Aber nach einer Nacht in der Zelle hat er gebeichtet, dass er an illegalen Straßenkämpfen teilnimmt, um sein Gehalt aufzubessern. Wir prüfen das noch nach". Kommissar Schimmler kratzte sich am Kopf: „Und was sage ich jetzt dem Chef?" Riemer erhob sich: „Vielleicht empfiehlst du der alten Affenfresse mal eine Schönheitsoperation!"

Riemer schaute seine Frauke verständnislos an: „Ist irgendwas? Du bist heute so komisch. Liegt es daran, dass ich nicht mehr bei dir schlafen will, solange die kleine

Ulli da ist?" Frauke Wiegand wandte sich zur Seite: „Es ist nichts!" Riemer zog sie zu sich heran: „So viel verstehe ich doch noch von Frauen, um zu wissen, dass ganz sicher etwas ist, wenn sie sagen, es wäre nichts. Also was ist los?" „Ich habe mich über deine Bemerkung geärgert, dass sich Frauen immer selbst widersprechen. Ist das wirklich das, was du von mir denkst?" Kommissar Riemer setzte sich und zerrte Frauke Wiegand auf seinen Schoß: „Aber das ist doch schon so lange her, dass ich mich gar nicht mehr daran ... Scheiße! Er schubste Frauke von seinem Schoß und sprang auf: „Ich hab's! Wir müssen das Ganze von vorn anfangen! Und zwar von ganz vorn".

Hauptkommissar Hohlbach war nicht besonders begeistert, dass ihm persönlich Bericht erstattet wurde. Er hatte keine gesteigerte Lust, Riemer gegenüber zu sitzen. Aber Kommissar Schimmler hatte darauf bestanden, denn er wollte sich nicht mit fremden Federn schmücken. Kommissar Riemer hatte nach alter Manier seinen Notizblock gezückt: „Unser anfänglicher Fehler bestand darin, dass wir etwas außer Acht gelassen haben. Nämlich, dass die Überwachungskameras nach dem Tod des Ehepaars abgeschaltet wurden. So konnten wir nicht sehen, dass etwas später ein Mann das Haus verlassen hat. Mir ist dann die Idee gekommen, dass der Kerl schon vor längerer Zeit das Anwesen betreten und sich im Inneren des Hauses versteckt hat. Besser gesagt, Kommissarin Wiegand hat mich auf die Idee gebracht. Also haben wir uns die älteren Aufzeichnungen der Kameras kommen lassen und durchgesehen. Darauf konnten wir deutlich den Bruder des Getöteten ausmachen. Und wie sich bei den weiteren Ermittlungen herausstellte, erleichterte dieser den Toten um mehrere Hunderttausend, indem er seine Unterschrift fälschte. Er hatte sich zum wiederholten Male vom Konto des Bruders bedient. Der war ihm auf die Schliche gekommen, und hat ihm ein Ultimatum gestellt. Entweder sollte er alles zurückzahlen, oder die Sache wäre zur Anzeige gekommen. Daraufhin versteckte sich unser Täter im Haus, und hat seinem Bruder nach einem längerem Kampf mit einem mitgebrachten Messer den Hals durchtrennt. Als die Frau dazu kam, musste sie auch noch dran glauben. Anschließend hat der Mörder noch alles nach Kontounterlagen durchsucht, damit ihm keiner auf die Schliche kommen sollte. Jetzt sitzt er in U-haft. Der Rest liegt bei der Staatsanwaltschaft".

Frauke Wiegand hatte sich auf Riemers Schoß gesetzt. Sie nahm einen Kartoffelchip aus der Schüssel, und schob ihn Riemer in den Mund: „Bist du nun zufrieden? Die ach so schreckliche Ulli ist mit ihrer Mutter in die neue Wohnung eingezogen. Ich soll dich übrigens schön grüßen! Und ich bin auch gar nicht mehr sauer wegen deiner blöden Bemerkung. Die war ja auch bestimmt nur so daher gesagt". Nachdem Riemer den zerkauten Chip heruntergeschluckt hatte, meinte er: „Solange mich deine unangebracht verzärtelten Anwandlungen auf die richtige Lösung eines Falles bringen, darf Madame ruhig weiterhin sauer sein!" Frauke rutschte von seinem Schoß herunter: „Das war jetzt schon wieder eine ziemlich dumme Bemerkung. Irgendwann drehe ich dir dafür noch mal den Hals um! Merk dir das!" Riemer grinste: „Ach was, das bisschen Sterben werde ich auch noch überleben!"

Telefonat mit Mami

In meiner Studiengruppe werde ich verspottet, nur weil mein Vorname Kevin ist. Was ist an Kevin auszusetzen? Das ist ein Name, wie jeder andere. Kevin ist ein anglisierter Vorname irischer Herkunft. Die Bedeutung lautet sinngemäß: „Liebes, schönes, edles Kind". Schließlich kann nicht jeder Alexander wie mein Nachbar heißen, was so viel bedeutet wie „Beschützer". Vielleicht liegt es an seinem Namen, dass er an jedem Finger eine Freundin hat. Ich hatte bisher noch keine. Weswegen sich Alexander auch stets über mich lustig macht. Wenn er mich sieht, ruft er immer: „Kevin allein zu Haus". Wegen des Films. Der hieß so. Also der Film. Allein zu sein hat aber auch seine Vorteile. Ich brauche meine Studentenbude zum Beispiel nie aufzuräumen. Zu Hause musste ich mein Zimmer immer in einem pikobello Zustand halten. Meine Mutter war da hinterher, wie der Teufel hinter einer armen Seele. Wobei wir bei meiner Mutter wären. Sie ist nicht die Allerschlauste, aber sie hat es geschafft, mich ohne Vater großzuziehen. Hut ab! Aber manchmal geht sie mir doch etwas auf die Nerven. Besonders wenn wir miteinander telefonieren. Und wir telefonieren oft.

Normalerweise würden wir sogar noch viel öfter telefonieren, aber ich nehme bei jedem zweiten Mal den Anruf gar nicht erst an. Wer wird schon gern achtmal am gleichen Abend von seiner Mutter angerufen? Damit Sie einigermaßen nachvollziehen können, was ich dabei empfinde, schildere ich Ihnen jetzt mal so ein typisches Telefonat.

Es ist genau 18 Uhr. Draußen ist mildes Wetter, und ich habe das Fenster geöffnet. Irgendwo plärrt ein Kind, weil es nicht den Spielplatz verlassen will. Eigentlich möchte ich gern den Fernseher einschalten, aber das lohnt sich nicht, weil ich genau weiß, dass gleich mein Handy klingeln wird. Und da klingelt es auch schon.

„Kevin, bist du das?"

„Ja, Mami. Wer sonst?"

„Man kann sich ja auch mal verwählen. Frau Siebert hat sich auch neulich verwählt. Frau Siebert ist unsere neue Nachbarin. Die ist erst vor Kurzem eingezogen. Du wirst sie nicht kennen. Die hat einen viel älteren Mann. Der arbeitet in einer Keksfabrik. Aber nicht mehr lange …"

Ich habe das Handy auf den Tisch gelegt, und hole mir eine Dose Bier aus meinem kleinen Kühlschrank. Als ich die Dose halb leer getrunken habe, nehme ich mein Handy wieder hoch.

„... dabei ist sie ja Erzieherin. Den ganzen Tag mit Kindern würde ich nicht aushalten. Mir hat schon das eine gereicht. Übrigens, räumst du auch immer dein mobilisiertes Zimmer auf?"

„Ja Mami. Und es heißt möbliertes Zimmer".

„In unserer Straße hat es neulich einen Zimmerbrand gegeben. Zwanzig Feuerwehrleute waren da, alle in voller Montage"

„Mami, das heißt Montur. Die waren in voller Montur da, und nicht in voller Montage"

„Das muss man sich mal vorstellen. Zwanzig Feuerwehrleute, was das kostet. In letzter Zeit wird sowieso alles teurer. Ich war gestern im Supermarkt. Da habe ich Frau Sander getroffen. Die kennst du ja noch. Die sagt auch, dass alles teurer wird. Neulich hat sie sich eine Tagesdecke ..."

Das Bier treibt. Ich lege das Handy aus der Hand und gehe pinkeln. Als ich zurück bin, putze ich mir noch die Nase. Dann nehme ich das Handy wieder auf.

„... und ihr Vater hat auch gesagt, dass das Benzin viel zu teuer ist. Du hast ja deinen Vater nie richtig kennengelernt. Zwei Jahre warst du, als er gestorben ist. Kannst du dich noch erinnern? Das war eine schöne Beerdigung. Der Grabredner hat aber nur das Gute von deinem Vater erzählt. Das Schlechte hat er weggelassen. Aber das ist ja bei Beerdigungen so Ouzo".

„Mami, Ouzo ist Schnaps. Es heißt Usus".

„Anschließend waren wir zum Traueressen im Goldenen Anker. Den gibt's nicht mehr. Weißt du ja. Da steht jetzt nur noch eine Imbissbude. Mit einem großen Schild, auf dem steht, dass man alles nur mitnehmen darf, aber nichts mehr vor Ort verzieren".

„Verzehren Mami, verzehren".

„Dein Vater hat immer gern im Goldenen Anker gegessen. Wegen der marinierten Atmosphäre dort".

„Wegen der maritimen Atmosphäre. Es heißt maritim".

„Er hat doch so wahnsinnig gern Fisch gegessen. Fisch ist gesund. Du solltest damals auch immer Fisch essen. Wolltest du aber nicht. Und er hat sich gewünscht, dass du mal Restanwalt wirst".

„Rechtsanwalt, Mami, nicht Restanwalt".

„Und später solltest du dann Richter werden, wie dieser Goethe".

„Goethe war Dichter und nicht Richter".

„Du sollst mich nicht immer verbessern!"

„Verbessern musst du dich schon selbst. Ich kann dich nur korrigieren".

„Du bist genau wie Frau Koch von gegenüber. Die tut auch immer so, als hätte Sie die Weisheit mit Löffeln gefressen. Die ist ja nun auch schon drei Jahre Witwe. Oder waren es vier? Die hat ja fünf Kinder. Das wär nichts für mich. Ich hatte mit einem genug. Ihr Mann war beim Technischen Hilfswerk. Warum man Technik helfen muss, weiß ich allerdings nicht. Aber der soll ja immer fremdgegangen sein. Hat zumindest Frau Scheuer immer erzählt. Die Scheuer ist ja auch so …"

Ich hole mir einen Schokoriegel, und verzehre ihn genüsslich.

„… und der ihr Mann, den kennst du doch auch noch, der ist im gleichen Jahr gestorben, wie die Frau Müller aus meiner Firma. Der hatte doch den kleinen Tante-Emma-Laden. Aber den haben sie damals bestraft, wegen Abgabe von Alkohol an Minderwertige".

„An Minderjährige, Mami".

„Trinkst du eigentlich Alkohol? Alkohol ist ungesund. Der Herr Willumeit aus meiner ehemaligen Firma, der hat auch immer getrunken. Und was hat er davon? Nun ist er tot. Der ist bei einem Zugunglück umgekommen. Die hatten ja ein Kind adoptiert. Das war aus Afrika. Dunkelhäutig. Aber ich habe da keine Vorteile".

„Meintest du Vorurteile?"

„Viele Menschen sind ja gegen Rassen. In den Nachrichten haben sie gesagt, im Internet gibt's dafür einen Schitstrom".

„Das heißt Shitstorm, nicht Strom".

„Übrigens ist vorgestern mein Fernseher kaputt gegangen. Frau Koch hat ja gesagt, ich könnte ihren alten haben. Der wäre noch in tatenlosem Zustand".

„Das heißt tadellos und nicht tatenlos. Aber sag mal, du hast doch nicht wegen eines kaputten Fernsehers angerufen. Was wolltest du denn ursprünglich von mir?"

„Oh, das hab ich vergessen. Aber keine Angst, ich rufe dich gleich nochmal an!"

So ist meine Mutter. Und ich habe sie verdammt lieb.

Beklaut

Im Moment verfüge ich wieder einmal über einiges an Freizeit. Ein derartiger Zustand mag den einen oder den anderen vielleicht erfreuen, mich als Privatdetektiv nicht. Setzen Sie sich mal von neun bis siebzehn Uhr in ein leeres Büro, nur um die Wände anzustarren! Da wollte ich wenigstens am Abend einer nutzbringenden Beschäftigung nachgehen. Also meldete ich mich in einem Fitness-Studio für einen sogenannten Kombi-Kurs an. Da trainiert man nicht nur für den Muskelaufbau, sondern lernt auch etwas über einfache Methoden zur Ernährungsumstellung. Abgerundet wird das Ganze mit verschiedenen Techniken zur Selbstverteidigung, einschließlich einiger fiesen Tricks, mit denen man seinen Gegner sprichwörtlich aufs Kreuz legen kann. Ich muss offen zugeben, dass mich das anfänglich ziemlich überforderte, was ein gebildeter Mensch wie ich an einer mephistophelischen Myalgie ablesen konnte. Man kann auch teuflischer Muskelkater dazu sagen. Aber bereits nach vierzehn Tagen war ein deutlicher Erfolg zu verzeichnen. Ich ging nicht mehr die Treppe zu meinem Büro hoch, nein, ich flog nach oben wie eine Feder. Trotzdem wollte sich tagsüber nicht so recht gute Laune bei mir einstellen. Mir fehlte einfach wieder mal ein komplizierter Fall, nach dessen Lösung ich mir selbst stundenlang lobhudeln konnte. Um nicht völlig nutzlos im Büro herumzulungern, überbrückte ich mein tägliches Nichtstun mit dem Lesen aller möglichen Bücher. Jetzt könnte man ja sagen, dass Lesen bildet. Aber mein Problem war, dass dieses Lesen kein Geld auf mein Konto spülte. Andererseits wollte mich mein Kursleiter nicht ohne eine pekuniäre Gegenleistung ausbilden. Nach meinem Wissen bezeichnet man ein derartiges Dilemma im Deutschen als Determinativkompositum aus Zwick und Mühle. Da aber das Leben kein Mühlespiel ist, war ich hocherfreut, als sich eines schönen Tages meine Bürotür öffnete. Dem Mann, der danach eintrat, war deutlich anzusehen, dass er jede Menge Geld und Geschmack hatte. Er hielt einen Aktenkoffer in der Hand und blickte sich eine ganze Weile stumm in meinem Büro um, nur um anschließend den Satz loszulassen: „Sag mal, du hast wohl dein Büro im Dunklen tapeziert?" Wie kam der Kerl dazu, mich einfach zu duzen? Mein Gehirn musste sich im Bruchteil einer Sekunde entscheiden, ob ich mich fürchterlich aufregen oder einfach nur lässig bleiben sollte. Ich blieb halblässig: „Haben wir beide früher mal zusammen Schweine gehütet? Das wäre nämlich der einzige Fall, in dem ich Ihnen erlauben würde, mich zu duzen!" Der Kerl setzte sich und stellte seinen Aktenkoffer neben den Stuhl: „Sieh an, eine Mimose!" Ich konterte: „Die Mimosa pudica ist eine tropische Pflanzenart der Mimosoideae innerhalb der Familie der Fabaceae, auch Hülsenfrüchtler genannt. Ich hingegen zähle im wissenschaftlichen Sinne zu den höheren Säugetieren mit der Bezeichnung Homo sapiens. Was man bei Ihnen nicht mit absoluter Bestimmtheit sagen kann". Falls ich in diesem Moment dachte, dass der Kumpel halbwegs beeindruckt sein würde, sah ich mich getäuscht. Er setzte ein einigermaßen mitleidiges Gesicht auf: „Jungchen, du brauchst wohl kein Geld?" Ich beugte mich zu ihm vor: „Das brauche ich sogar dringend, aber ich brauche auch etwas Respekt!" Glauben Sie mir, vor meinem Selbstverteidigungskurs hätte ich so etwas nie gesagt, zumindest nicht so bedrohlich. Ich weiß nicht genau was den Ausschlag gab; meine Worte, mein grimmiges Gesicht, oder meine Körperhaltung. Jedenfalls lenkte er ein: „Ist ja schon gut! Ich wollte Sie nicht verärgern". Er hatte tatsächlich ‚Sie' gesagt! Mit einer Brust, so breit wie eine vierspurige Autobahn, lehnte ich mich genüsslich zurück: „Also, worum geht's?" Er hob den Aktenkoffer auf seine Knie und öffnete ihn: „Es geht darum, dass wir zwei jetzt erst einmal Brüderschaft trinken werden, weil ich nämlich das verfluchte Siezen nicht leiden kann!" Ich traute meinen Augen kaum. Er brachte eine Flasche Jack Daniel's zum Vorschein: „Das ist Sinatra Select Tennessee Whiskey. Eine Sonderedition zum Gedenken des hundertsten Geburtstags von Frank Sinatra. Gläser wirst du, Verzeihung, werden *Sie* doch wohl haben, oder?" Ich holte wortlos zwei Gläser aus meinem Schreibtisch, und er goss die goldgelbe Flüssigkeit genau zwei Finger breit in jedes Glas. Als er die Flasche wieder zuschraubte, sagte er ganz nebenbei: „Genauso wie Max es mochte. Schade, dass er tot ist". Mir wurde plötzlich ganz flau im Magen. Hatte der Mensch wirklich Max gesagt? Woher kannte der meinen verstorbenen Freund? Er erhob sein Glas: „Auf du und du! Ich bin Gerald. Und du bist Levin, stimmts?" Mir zitterte etwas die Hand, als ich mein Glas zum Mund führte. Er hatte es bemerkt: „Nur keine Angst! Ich will nichts Schlimmes von dir. Ich gehöre zu den Guten. Und Max war mein Stiefbruder väterlicherseits. Allerdings haben wir zwei uns nicht oft gesehen. Als Kinder gar nicht, weil das mein Vater nicht wollte, und später auch nur sporadisch. Wir hatten nicht gerade viel gemeinsam. Außer dem gleichen Besamer vielleicht. Ich nehme mal an, Max hat nie von mir gesprochen. Sonst würdest du ja nicht wie ein Guppy auf dem Trocknen gucken". Das gesamte Innere meines Schädels fühlte sich wie Watte an: „Was wollen Sie eigentlich von mir?" Er setzte sein Glas hart auf der Schreibtischplatte ab: „Das heißt: Was willst *du* von mir? Klar?" Ich stellte mein Glas ebenfalls aus der Hand: „Also, was willst du von mir?" Er verschränkte die Arme vor der Brust: „Mir ist etwas gestohlen worden, was die Polizei als Lappalie bezeichnet hat. Sie haben zwar pflichtgemäß meine Anzeige aufgenommen, die weiteren Ermittlungen aber wegen sogenannter mangelnder Gewichtung eingestellt. Angeblich wären ihre Kapazitäten mit anderen Straftaten ausgelastet. Da kam mir in den Sinn, dass ja Max früher Privatdetektiv gewesen war. Weil er aber nun mal tot ist, habe ich einfach seinen Partner aufgesucht, also dich". Etwas ungeduldig fragte ich: „Und was genau wurde Ihnen, äh, wurde dir gestohlen?" Er griff erneut zu seinem Glas: „Das möchte ich erst sagen, wenn du den Auftrag annimmst". Da ich bereits bei anderen Fällen von meinen Klienten nach Strich und Faden belogen worden war, wollte ich dieses Mal vorsichtiger sein. Ich holte ein Auftragsformular aus meinem Schreibtisch, und begann es auszufüllen: „Zunächst brauche ich alle relevanten Daten. Und damit ich abgesichert bin, möchte ich deinen Personalausweis sehen!" Er zog anstandslos sein Portmonee aus der Tasche, fingerte den Ausweis heraus, und legte ihn vor mich auf den Tisch: „Du traust mir nicht so recht. Stimmts?" Ich antwortete nicht, und übertrug die Angaben vom Ausweis in mein Formular. Sein Name war Gerald Siedehorst, und er war wesentlich älter, als er aussah. Zum Schluss ließ ich ihn noch unterschreiben:

„So, und was genau hat man dir nun gestohlen?" Er gab mir den Kugelschreiber zurück: „Da du jetzt diesen Fall angenommen hast, darfst du mich auch nicht mehr auslachen. Der Dieb ist auf unerklärliche Weise in meine Wohnung gelangt, hat aber lediglich eine Foto-CD mitgehen lassen. Sonst rein gar nichts. Gemerkt habe ich es zufällig daran, dass die obere Schublade von meinem Wohnzimmerschrank nicht mehr ganz geschlossen war. Zunächst habe ich mir dabei nichts gedacht, aber trotzdem mal nachgeschaut. Ich habe die komplette Schublade durchsucht, aber die CD war weg. Dann habe ich auch noch alle anderen Schrankfächer durchwühlt, nix!" Ich verstaute bedachtsam das Auftragsformular in meinem Schreibtisch: „Was war denn auf der Scheibe gar so Wichtiges drauf?" Seine Stimme wurde ganz leise: „Fotos. Genauer gesagt Urlaubsfotos. Die Aufnahmen vom letzten Urlaub mit meiner Frau. Sie ist vor zehn Monaten gestorben. Ich kann mir einfach nicht vorstellen, wer Interesse an diesen Bildern haben könnte. Die besitzen doch nur ideellen Wert. Und das auch nur für mich". Seine Selbstsicherheit war unverkennbar verschwunden. Ich stand auf: „Weißt du was? Ich raffe mein Equipment zusammen, und wir machen uns sofort auf den Weg zu deiner Wohnung. Was hältst du davon?" Das schien er nicht erwartet zu haben: „Willst du wenigstens nicht austrinken? Du hast doch gerade mal genippt". Ich verneinte: „Erstens brauche ich einen klaren Kopf, und zweitens einen niedrigen Alkoholpegel, denn meine Fahrerlaubnis brauche ich auch noch".

Allein mit der Summe, die das Mobiliar des Wohnzimmers gekostet hatte, hätte ich mich endgültig zur Ruhe setzten können. Als erstes untersuchte ich die betreffende Schublade. Ich sicherte alle Fingerabdrücke, machte mir aber keine große Hoffnungen damit etwas anfangen zu können, da ich keinerlei Vergleichsmöglichkeiten hatte. Im Endeffekt stellte sich dann auch noch heraus, dass am gesamten Schrank ausschließlich nur die Abdrücke meines Klienten zu finden waren. Der Täter musste also Handschuhe getragen haben. Warum, zum Kuckuck, macht sich denn jemand solch eine derartige Mühe, nur um ein paar Urlaubsfotos zu entwenden? Als nächstes nahm ich mir die Tür und die Fenster vor. Die Tür war sauber, aber an einem der Fensterrahmen befand sich ein winziges Stückchen blauer Wollstoff. Natürlich hätte das auch von meinem Klienten stammen können, aber ich tütete es vorsichtshalber ein, um es später noch genauer zu untersuchen. Außerdem entdeckte ich auf dem Boden unter dem Fenster einen schwachen Abdruck, der möglicherweise von einem Schuh stammen konnte. Ich fotografierte ihn aus mehreren Perspektiven. Bestimmt ließe sich die Schuhgröße daraus ermitteln. Nachdem ich auch noch die anderen Zimmer inspiziert hatte, wobei mich fast der blanke Neid zerfraß, verabschiedete ich mich von Gerald Siedehorst mit der Zusicherung, bald etwas von mir hören zu lassen. Auf der Fahrt zurück zu meinem Büro fuhr die ganze Zeit ein schwarzer SUV hinter mir. Das hätte mich stutzig machen müssen, tat es aber nicht.

Mein Mikroskop und ein paar Chemikalien brachten mir die Erkenntnis, dass das kleine Stück Stoff aus recyceltem Garn gewebt worden war. Wahrscheinlich stammte es von einem blauen Pullover. Ich konnte mir nur schwer vorstellen, dass mein Klient derartige Kleidung tragen würde. Also durfte ich mit einiger Sicherheit ausschließen, dass er mich vielleicht belogen hatte. Aber wie sollte ich jetzt weiter vorgehen? In blauen Pullovern kann doch die halbe Weltbevölkerung umherwandern. Ich beschloss, mich auf den Weg nach Hause zu machen, um alles mit einem Glas Bourbon zu besprechen. Wieder verfolgte mich ein schwarzer SUV.

Wer mich kennt, der weiß, dass mir das Frühstück heilig ist. Man kann in aller Ruhe die Morgenzeitung lesen, und in meinem speziellen Fall, anschließend in aller Ruhe die Marmeladenreste aus dem Teppich entfernen. Dass ich mir dabei zum tausendsten Mal den Kopf am Tisch anstieß, verbuchte ich unter der Kategorie Gewohnheit. Dass allerdings etwas später der Deckel meiner Klobrille zerbrach, war neu. Als ich aus dem Badezimmer zurück kam, sah ich mich einem Pistolenlauf gegenüber. Der Besitzer der Waffe hatte sich nicht einmal die Mühe gemacht, sein Gesicht hinter einer Maske zu verbergen. Seine Stimme klang besorgniserregend ernst: „Wo ist die andere CD?" Ich brauchte mich nicht dumm zu stellen, denn ich wusste in der Tat nicht, welche CD er meinte: „Keine Ahnung wovon Sie sprechen!" Er kam einen Schritt auf mich zu. Das hätte er nicht tun sollen. Der arme Kerl konnte ja wirklich nichts von meinem

Selbstverteidigungskurs wissen. Dass allerdings die durch die Luft wirbelnde Pistole einen Sprung in meiner Fensterscheibe hinterließ, nahm ich ihm dann doch übel. Deshalb fesselte ich ihn auch wesentlich fester an den Stuhl, als es nötig gewesen wäre. Eine Tasse kalten Wassers brachte ihn wieder zu sich. Er wollte mir aber nicht verraten, worum es bei der ganzen Sache nun wirklich ging. Während der Bursche vor sich hin fluchte, rief ich meinen Klienten an: „Sag mal, hattest du vielleicht zwei CDs von eurem Urlaub, und ist die zweite auch verschwunden, oder hast du die noch?" Er antwortete etwas unsicher: „Ja, es sind zwei. Aber die andere hat zurzeit meine Schwägerin. Die wollte sich die Bilder zur Erinnerung an ihre Schwester herunterkopieren. Was ist eigentlich los?" Ich vertröstete ihn auf einen späteren Zeitpunkt, und rief erst einmal die Polizei an, um einen bewaffneten Einbruch zu melden.

Diesmal war ich mit einem Taxi zu Gerald gefahren. Er hatte mir am Telefon offeriert, den Erfolg zusammen mit einem hochprozentigen Spaziergänger namens Johnnie Walker zu feiern. Ich stehe zwar mehr auf Bourbon als auf Scotch, aber wie mein Englischlehrer schon immer sagte: „Never look a gift horse in the mouth". Neben dem festgelegten Honorar bekam ich auch noch Schmerzensgeld für mein verstauchtes Handgelenk. Ich muss mal mit meinem Kursleiter reden, ob es nicht eine sichere Möglichkeit gibt, beim nächsten Schlagabtausch unverletzt zu bleiben. Die gesprungene Fensterscheibe hatte ich in die Spesenabrechnung integriert, und so insgesamt mein

Bankkonto wieder mit mir versöhnt. Was die CDs angeht, so hatte eine Diebesbande seit einem Jahr nach meinem Klienten gesucht. Er hatte nämlich unbewusst einen Einbruch im Hintergrund mit auf ein Foto gebannt, als er seine Frau ablichtete. Ergänzend möchte ich aber noch erwähnen, dass ich über eine Sache stinksauer war. Für die Aufklärung des damaligen Einbruchs, bei dem Schmuck in Höhe von Zweihunderttausend Euro entwendet worden war, hatte nämlich der Besitzer eine ziemlich hohe Belohnung ausgesetzt. Und mein Klient war nicht gewillt, das Geld mit mir zu teilen. Ohne mich wären aber die CDs nie bei der Polizei gelandet. Da sieht man es wieder, Geld allein macht nicht glücklich, man muss es auch haben. Sollte ich tatsächlich irgendwann Gerald Siedehorst wieder einmal begegnen, steht für mich heute schon fest, ich werde ihn ganz verächtlich siezen.

Brief an Anonymus

Hallo Anonymus, oder wie du sonst noch heißen magst; Mister X, Monsieur Unbekannt, oder vielleicht auch Herr Niemand. Ich heiße Cornelius. Ich kenne dich nicht. Kein Mensch kennt dich. Schließlich bleibst du ja anonym. Ich könnte dich jetzt massiv beleidigen und danach vehement leugnen, dass die Schmähungen an dich gerichtet waren. Es könnte ja jeder oder auch keiner gemeint sein. Ich könnte ganz einfach solche Dinge sagen, wie zum

Beispiel: Ich hasse dich blödes Rindvieh bis in die Steinzeit und zurück! Das sage ich aber nicht. Schließlich weiß ich ja überhaupt nicht, wer du bist. Und ich gehöre auch nicht zu den Menschen, die andere beschimpfen. In Gedanken vielleicht, aber weder mit dem Mund, noch schriftlich. Leider kann ich dich aber auch nicht loben. Weil ich, wie gesagt, dich nicht kenne. Wäre es möglich, würde ich es trotzdem machen, denn ich denke, jeder Mensch hat Lob verdient. Weißt du, meine Eltern konnten mich kaum loben. Nicht etwa weil ich eines Lobes nicht wert gewesen wäre, nein, weil sie sehr früh gestorben sind. Ich meine damit nicht früh am Morgen, sondern, als ich noch sehr klein war. Aber für ein Kind ist der Tod der Eltern immer zu früh. Das zuständige Jugendamt hat mich dann zu einer Tante gebracht. Andere Verwandte hatte ich keine. Meine Tante mochte mich aber nicht. Sie hat immer gesagt, dass es sie ankotzt, ihr schwer verdientes Geld für mein Essen ausgeben zu müssen. Als sie älter wurde, haben ihr dann auch viel weniger fremde Männer Geld gegeben. Da hat sie mich betteln geschickt. Bettler ist ein guter Beruf. Man muss nur dasitzen und braucht keinen Finger krumm zu machen. Tante hatte mir dafür ein sehr schönes Schild gemalt. Aus Pappe. Da stand „Vollwaise" drauf. Das war nicht gelogen. Ich habe das Schild behalten, auch nachdem Tante zwei Tage später starb. Sie wird sich im Himmel bestimmt geärgert haben, weil sie ihre Flasche nur halb ausgetrunken hatte. Das Schild brauchte ich, damit ich meinen Beruf als Bettler weiter ausüben konnte. Aber das hat dem zuständigen Amt nicht so recht gefallen. So kam ich dann in dieses Kinderheim. Das wiederum hat mir nicht gefallen. Alle hatten dort irgendwelche Freunde oder Freundinnen. Ich nicht. Später vermittelte man mir eine Lehre als Bauarbeiter. Es war aber mehr eine Leere als eine Lehre. Wir Lehrlinge mussten immer nur Schutt zusammenkehren und für den Bauführer Bier holen. Deshalb bin ich dann leider durch die Prüfung gefallen. Aber die Welt braucht auch Hilfsarbeiter. Millionäre machen keine Dreckarbeit. Und obwohl ich nicht reich war, hat mich Maria trotzdem geheiratet. Ich musste sie immer Shirley nennen. Sie mochte diese Schauspielerin so gern, die in einem Film als Findelkind von einem Leuchtturmwärter aufgezogen wurde. Die Schauspielerin hieß nämlich im richtigen Leben Shirley. Maria war übrigens auch ein Findelkind. Das ersparte mir die Schwiegermutter. Leider konnten wir keine Kinder bekommen. Maria fand das gut, weil wir uns von meinem Verdienst keine Kinder hätten leisten können. Außerdem brauchte sie das Geld für ihre Medikamente. Vielleicht war das auch der Grund, warum sie in einem Warenhaus beim Stehlen erwischt wurde. Nach der Durchsuchung war unsere Wohnung fast leer. Aber ich war schon immer genügsam, und Maria war ja jetzt im Gefängnis. Da sorgte man gut für sie. Hat sie mir jedenfalls bei meinem ersten Besuch gesagt. Beim zweiten Mal habe ich sie nicht mehr angetroffen. Weil sie sich mit der Bettwäsche erhängt hatte. In meiner Kneipe habe ich dann auch nichts mehr zu trinken bekommen. Ich sollte erst meine Schulden begleichen. Das konnte ich dann zum Teil, als ich aus meiner Wohnung geworfen wurde. Da brauchte ich dann keine Miete mehr zu zahlen. Ich habe schon immer gern im Freien geschlafen. Aber halt nie im Winter. Als man mir den großen Zeh amputierte, konnte ich einige Zeit in einem richtigen Bett liegen. Aber ich habe meine Arbeit verloren. Mein Chef wusste doch vorher nicht, dass ich keine Wohnung mehr hatte. Ein Sozialarbeiter hat mich dann im Obdachlosenasyl untergebracht. In der Kleiderkammer hat man mir sogar einen Anzug gegeben. Und dann durfte ich in einem Supermarkt arbeiten. Einsortieren, Aufräumen, Saubermachen. Und auch abgelaufene Lebensmittel wegwerfen. Das tat mir in der Seele weh. Aber der Mann vor mir hat sich davon etwas mit nach Hause genommen. Man hat ihn entlassen. Das wollte ich nicht. Ich bin sogar bis zur Warenannahme aufgestiegen. Alles kontrollieren, durchzählen und dafür unterschreiben. Wegen der Verantwortung gab es auch etwas mehr Gehalt. Da war sogar eine kleine Wohnung drin. Eine eigene. Nicht mehr mit vier Leuten zusammen Schnarch-Konzerte aufführen. Das war schon gut. Leider bin ich inzwischen gesundheitlich nicht mehr in der Lage, meinen Haushalt selbst zu führen. Lieber Anonymus, du wirst diesen Brief nie erhalten. Aber ich schreibe dir trotzdem, weil ich nicht weiß, an wen ich sonst schreiben sollte. Ich bin ganz allein. Aber jetzt muss ich Schluss machen. Es gibt gleich Abendbrot. Die füttern mich hier im Altersheim immer schon um siebzehn Uhr. Ich glaube inzwischen an manchen Tagen, meine Eltern haben das damals vielleicht gar nicht so falsch gemacht, das mit der Überdosis.

Computerfreuden

Der Mitarbeiter der EDV-Abteilung war nahe an einem Nervenzusammenbruch. Kommissar Riemer dagegen tendierte eher zu einem Schlaganfall wegen zu hohen Blutdrucks: „Jetzt erklären Sie mir mal von Angesicht zu Angesicht, warum Sie am Telefon gesagt haben, dass ich ein Kehr-Zentrum kontaktieren soll! Wenn Sie Ihre Mitarbeiter in den April schicken wollen, dann bitte, aber nicht mich! Demnächst verlangen Sie auch noch die Gewichte für die Wasserwaage. Ich kenne euch Brüder". Der EDV-Mann raufte sich die Haare: „Nicht Kehr-Zentrum, sondern Care-Center. Damit können Sie selbst den PC zurücksetzen. Ich kann nicht ständig überall sein. Oder Sie müssen eben warten, bis ich Zeit habe!" Er klickte ein paar Mal auf Riemers Computer herum. Als das Gerät neu gestartet war, lief wieder alles normal. Der Techniker deutete auf den Bildschirm: „Sehen Sie, der PC kann sich zum Teil selbst reparieren. Ich sage immer, ein richtiger Computer kann wirklich alles". Riemer schob den Mann beiseite: „Wenn der alles kann, dann kann er mich auch mal kreuzweise am Arsch lecken!" Der EDV-Mitarbeiter ging verärgert in Richtung Tür: „Früher haben die Menschen ab und zu auch Danke gesagt!" Der Kommissar rief ihm hinterher: „Früher brauchten sich die Menschen auch nicht mit beschissenen Computern herumzuärgern!" Das Telefon klingelte. Es war Hohlbach: „Riemer, in mein Büro! Sofort!"

Hauptkommissar Hohlbach saß wie eine Statue mit rotem Kopf hinter seinem antiken Schreibtisch: „Damit haben Sie den Bogen überspannt! Drei Akten. Was können Sie mir dazu sagen?" Kommissar Riemer setzte sich gemächlich: „Noch sage ich gar nichts. Ich weiß ja nicht einmal worum es hier eigentlich geht". Hohlbach schlug mit der Faust auf die Tischplatte: „Um die drei Akten, die Sie aus dem Computer gelöscht haben. Entweder aus reiner Blödheit, oder nur um unsere Dienststelle in Verruf zu bringen! Mir wäre es nicht einmal aufgefallen, wenn ich nicht zufällig einen dieser Fälle hätte aufrufen wollen. Auf meine Nachfrage hin hat mich die EDV-Stelle darüber informiert, dass im Löschprotokoll Ihr Name steht. Somit können Sie sich nicht mehr herausreden. Ich werde veranlassen, dass Sie die längste Zeit Kriminalkommissar gewesen sind!" Riemer winkte ab: „Sie spinnen doch. Ich habe keine Löschungen vorgenommen. Und selbst wenn, dann kann man die Akten aus der Datensicherung wieder herstellen". Hohlbach wedelte cholerisch mit seinem Zeigefinger in der Luft hin und her: „Eben nicht. Aus dem Backup sind die Fälle nämlich auch verschwunden. Das ist kein Zufall, das war Absicht". Riemer verzog den Mund zu einem ironischen Grinsen: „Erst war ich zu blöd, und nun ist es auf einmal Absicht. Aber jetzt mal etwas ganz anderes. Was hatten Sie denn eigentlich in den Fällen herumzuschnüffeln?" Die Röte in Hohlbachs Gesicht vertiefte sich um eine Nuance: „Ich bin hier der Vorgesetzte und habe das Recht alle zu kontrollieren. Und jetzt gebe ich Ihnen genau vierundzwanzig Stunden, dann haben Sie die Fälle neu eingegeben. Woher Sie die Daten nehmen ist mir egal. Ansonsten haben Sie die Konsequenzen zu tragen. Und jetzt raus!"

„Was schreibst du denn da? Du hast doch gesagt, dass du deinen Bericht schon fertig hast". Frauke Wiegand zog langsam die Tür hinter sich zu. Kommissar Riemer löste seinen Blick vom Bildschirm und blickte die eintretende Frau mit funkelnden Augen an: „Ich schreibe eine Beschwerde über den Alten an die Dienstaufsichtsbehörde. Ab sofort lasse ich mir seine Unterstellungen nicht mehr gefallen. Er hat mir schon einmal vorgeworfen, dass ich versucht hätte eine Akte zu löschen, jetzt sollen es sogar drei sein. Auch dass er ständig meine Beförderung sabotiert, und dass wir die einzige Dienststelle sind, bei der sich ein Hauptkommissar den Arsch im Büro breitdrückt anstatt selbst zu ermitteln, schreibe ich auch noch mit rein". Kommissarin Wiegand setzte sich auf den Polsterstuhl vor Riemers Schreibtisch und legte behutsam die Hände in den Schoß: „An deiner Stelle würde ich mich noch etwas zurückhalten. Eure Abneigung beruht doch auf Gegenseitigkeit. Und du hast Hohlbach auch so Einiges an den Kopf geworfen. Außerdem bin ich mir sicher, dass sich der Alte sehr bald bei dir entschuldigen wird". Riemer blickte spöttisch auf die vor ihm Sitzende: „Aber nicht auf dieser Welt in dieser Realität". Frauke Wiegand spöttelte ihrerseits mit einer wegwerfenden Handbewegung: „Ach, Realität wird gemeinhin überschätzt und existiert auch nur für Leute, die nicht mit Drogen umgehen können. Aber mal im Ernst, vielleicht solltest du dich

191

zunächst beruhigen, und dann feststellen, wieso gerade diese drei Fälle gelöscht wurden!" Der Kommissar schien beeindruckt: „Gute Idee! Verdammt gute Idee! Und wenn du mir jetzt auch noch sagst, wie du darauf kommst, dass sich die Affenfresse bei mir entschuldigen wird, dann bin ich nahezu glücklich". Frauke stand auf: „Ich war vorhin wegen des Dienstplans in Hohlbachs Büro. Da durfte ich erleben, wie der Alte völlig ausgerastet ist. Er kam nicht mehr in seinen Computer. Angeblich hat er seinen Account selbst gelöscht. Jedenfalls hat die EDV-Stelle am Telefon bestätigt, dass er laut vorliegendem Löschprotokoll die Zerstörung all seiner Daten eigenhändig ausgelöst hat. Was sagst du nun?" Riemer überlegte ganz kurz. Dann knurrte er: „Ich sage, dass ich jetzt ganz schnell einkaufen gehen werde".

Als der Kommissar die Tür zur EDV-Stelle öffnete, wandten sich drei Köpfe in seine Richtung und sechs ungläubige Augen taxierten ihn. Andreas Mörke, der Techniker, der vor kurzem bei ihm gewesen war, fasste sich als erster: „Dass Sie sich hierher trauen, hätte ich nicht erwartet". Riemer hob die Hand: „Leute, ich brauche eure Hilfe. Und bevor ihr mich hier rauswerft, darf ich zunächst anmerken, dass vor der Tür ein Kasten Bier steht, gekrönt von einer Kühlbox mit sechs marinierten Steaks. Die Kühlbox will ich aber zurück!" Mörke breitete die Arme aus: „Das ist mal ein Wort. Womit können wir dienen?" Riemer nahm Platz: „Von mir sind doch drei Akten gelöscht worden. Kann man irgendwie nachvollziehen, welche das genau waren?" Andreas Mörke schmunzelte: „Keine Angst, die Fälle sind längst wieder zurückgespielt!" Riemer guckte ungläubig: „Angeblich ist doch das Backup auch gelöscht worden. Wie geht das?" Mörke erklärte es ihm gnädig: „Sowie Dateien angelegt oder geändert werden, erzeugt der Computer eine Sicherungskopie davon auf unseren externen Festplatten. Ihre drei Kopien wurden zwar auch gelöscht, aber wir ziehen jeden Abend zusätzlich eine Sicherung auf Magnetband. Und von da haben wir vorhin alle drei Akten zurückgespielt. Wenn Sie wollen, schicken wir Ihnen das Protokoll auf Ihren Bürocomputer. Dann können Sie genau sehen, welche Daten wann gelöscht wurden, und auch wann wir sie zurückgeholt haben. Wir suchen aber immer noch die Ursache für die Löschung. Denn wenn Sie ihre Dateien nicht selbst eliminiert haben, dann haben wir es hier mit einem raffinierten Hacker zu tun".

Riemer stellte eine Flasche Wein und ein Schälchen mit Erdnüssen auf den Couchtisch: „Du hattest wie immer Recht. Die drei Fälle liefen alle unter dem gleichen Familiennamen. Ernst Heistermann, Wilhelm Heistermann und Hans-Jürgen Heistermann. Komischerweise alles Fälle von Kommissar Hausknecht. Wahrscheinlich hat der Hacker einen ganz bestimmten Fall löschen wollen, hat jedoch den Vornamen nicht gekannt. Aber als ich mir die Akten vorgenommen habe, bin ich fast umgefallen. In der Akte Hans-Jürgen Heistermann tritt ein Name auf, den wir gut kennen. Hohlbach. Genauer gesagt Waldemar Hohlbach, der Sohn vom Alten. Nun frage ich mich doch, wer hier Interesse hatte, die Akten zu löschen".

Es klopfte, und Andreas Mörke betrat Riemers Dienstzimmer: „Ich wollte Ihnen die Kühlbox zurückbringen. Und ich kann Ihnen mitteilen, dass wir die Quelle der Löschattacken gefunden haben. Das Ganze ist von Hohlbachs Büro ausgegangen, aber nicht von seinem Bürocomputer. Da war ein externes Gerät im Spiel. Warum auch immer. Außerdem möchte ich noch eine Bitte meiner Frau überbringen, nämlich dass Sie uns das nächste Mal nicht mit Fleisch bestechen sollen. Die ist nämlich Vegetarierin, und möchte mich ganz gern auf ihre Seite ziehen".

Frauke Wiegand strich ihrem Werner zärtlich über die Wange: „Und? zufrieden?" Kommissar Riemer nickte: „Ich hätte nie und nimmer gedacht, dass der Sohn vom Alten einen dermaßen komplizierten Trojaner programmieren kann. Aber nun wird wahrscheinlich nichts mehr aus seinem angestrebten Arbeitsverhältnis". Frauke ergänzte mit einem Kopfnicken: „Dabei wäre seine Beteiligung am Fall Heistermann wegen Unerheblichkeit gar nicht auf dem geforderten Führungszeugnis aufgetaucht. Aber das hat er wohl nicht gewusst". Riemers Blick schweifte in die Ferne: „Ich kann mir eigentlich keinen Grund vorstellen, warum der Alte seinen privaten Laptop unbedingt ins Dienstnetz einklinken musste. Wahrscheinlich wollte er Akten kopieren, um auch zu Hause darin nach potenziellen Fehlern zu schnüffeln. Am seltsamsten aber ist, dass ich nicht die geringste Freude empfinde, weil die alte Affenfresse wegen Verstoßes gegen die Datenschutz-Verordnung abgemahnt worden ist".

Frauke Wiegand entgegnete lächelnd: „Aber auf etwas können wir uns alle beide freuen. Ich, weil ich wieder einmal recht hatte, und du, weil Hohlbach die Auflage bekommen hat, sich bei dir zu entschuldigen". Diese Tatsache war vermutlich auch der Grund, warum Kommissar Werner Riemer in dieser Nacht ausgesprochen gut schlief.

Hölle und Teufel

Falls Ihnen die Namen Hippokrates von Kos, Katharine Cook Briggs, Isabel Myers, Hans Jürgen Eysenck, Jeffrey Alan Gray, David Keirsey, Jan Strelau und Jerome Kagan etwas sagen, dann sind Sie entweder überqualifiziert, ein Streber oder ein Psychologe. Das Thema, welches sich hinter den Namen verbirgt, beschäftigt die Menschheit angeblich seit dem Jahr 600 vor Christi Geburt. Die Älteren werden sich noch erinnern. Etwa 400 Jahre v. Chr. hat der griechische Arzt und Lehrer Hippokrates das Ganze auf den Punkt gebracht. Alle anderen beschäftigten sich mit der Sache erst viele, viele Jahre später. Es geht, genau gesagt, um menschliche Temperamente. Der erwähnte Hippokrates kannte vier davon: „Sanguiniker" (verspielt, gesellig, angeberisch, oberflächlich), „Phlegmatiker" (schüchtern, ausgeglichen, begeisterungslos, unterwürfig,), „Melancholiker" (sensibel, musisch, kleinlich, pessimistisch) und „Choleriker" (ehrgeizig, hitzig, überheblich, egozentrisch). Aus wissenschaftlicher Sicht ist das inzwischen überholt und spielt in der modernen Persönlichkeitspsychologie keine Rolle mehr. Heutzutage differenziert die Forschung bei unseren Temperamenten wesentlich stärker, konnte sich jedoch bisher auf keine allgemeingültige Typologie einigen.

Ich erwähne das alles nur wegen Mona. Mona Schwarz war gelernte Buchhalterin, und was ihr Temperament anbelangt, sehr schwer einzuordnen. Annähernd könnte man sagen, sie war eine melancholische Cholerikerin mit sanguinischen Zügen, was natürlich Quatsch ist. Die Kollegen in der Firma kommentierten ihr Verhalten von „himmelhochjauchzend" bis „zu Tode betrübt". Eigentlich benutzt man diese Begriffe nur für Menschen mit bipolarer Störung, was aber bei Mona wohl nicht zutraf. Trotzdem konnte es passieren, dass sie fröhlich pfeifend auf jemanden zukam, ihn dann aber sofort wegen einer Kleinigkeit anschrie. Und dann kam auch noch der Tag, an dem Mona den Hauptgewinn in der Lotterie abräumte. Kaum, dass sie das viele Geld in den Händen hielt, vereinte sie in ihrem Charakter nur noch die schlechtesten Eigenschaften aus allen Temperamenten; dreist, überheblich, misstrauisch, angeberisch, widerwillig, inkonsequent und leider auch sehr streitsüchtig. Trotzdem gab es da einige Männer, die allzu gern ein paar Millionen geheiratet hätten. Mona aber dachte nicht daran, ihr Geld mit einem dieser Schmarotzer zu teilen. Sie kündigte fristlos ihr Arbeitsverhältnis und wanderte ab sofort von einer Bar in die andere. Allerdings hatte sie nach einer Weile in einigen Bars und Restaurants Hausverbot, da sie in angetrunkenem Zustand mehrfach die Kellner und auch die anderen Gäste beschimpfte, und gelegentlich sogar das Mobiliar beschädigte. Als sie eines nachts aus einer Bar getorkelt kam, stolperte sie auf die Straße, und zwar leider genau vor einen LKW. Der zwölf Meter lange Bremsweg des Vierzigtonners wurde ihr zum Verhängnis.

„Wieso ist denn hier drin schon wieder die Temperatur unter 125° Fahrenheit gesunken?" Der Fürst der Finsternis stampfte mit seinem Pferdefuß auf den Höllenboden, dass die Funken nur so sprühten. Sein Stellvertreter Andromalius kratzbuckelte: „Verzeihung, Eure Niedrigkeit, leider ist uns abermals das Heizmaterial ausgegangen. Wir müssen erst wieder einen Hilfsteufel nach oben schicken, um Holz zu holen". Der Höllenfürst schrie wütend: „Das gibst doch gar nicht! Einmal fehlt siedendes Öl, ein anderes Mal ist kein Ersatzkessel da, wenn der alte zum Kesselflicker muss, und nun fehlt auch noch Brennmaterial. Wie soll ich denn so unsere Sünderseelen auf Normtemperatur halten? Ich verlange eine Erklärung!" Andromalius versuchte ein zaghaftes Lächeln: „Aber Sie selbst haben doch höchstpersönlich unserem teuflischen Buchhalter erlaubt, auf der Erde einen Drive-In-Friedhof zu betreiben. Von wegen Seelennachschub und so. Seitdem geht hier unten alles drunter und drüber". Der Chefteufel setzte sich ächzend auf seinen Feuerthron: „Dann sieh zu, dass hier bald ein neuer Buchhalter herkommt! Ansonsten versetze ich dich in unsere Zweigstelle nach Berlin. Verstanden?" Der Gescholtene machte erneut einen unterwürfigen Buckel: „Da wäre gerade eine Buchhalterin angekommen. Vielleicht könnte man die ...“ Der Höllenfürst geiferte: „Was? Haben wir hier unten vielleicht eine Frauenquote?“ Sein Stellvertreter beugte sich noch tiefer: „Aber sie hat sehr gute Referenzen. Im Buch der Sünden belegt sie Platz drei, gleich hinter einem korrupten Politiker und einem geldgierigen Mediziner, der sich von den IGeL-Zahlungen der geschröpften Patienten ein schönes Leben gemacht hat. Zudem ist auch noch ihr Familienname der gleiche wie der Eure, sie heißt ebenfalls Schwarz“. Der Oberteufel lenkte ein: „Na dann von mir aus. Hauptsache hier unten herrscht wieder Ordnung. Und kümmre dich endlich um Brennholz!“

Mona griff sich an die Gurgel, als merke sie gerade, dass sie am Verdursten sei: „Verdammt, gibts hier nichts zu trinken? Wo bin ich eigentlich? Und was bist du denn für ein Clown?“ Der stellvertretende Teufel sagte streng: „Du bist tot, befindest dich in der Hölle, und ich bin Andromalius, hier unten der zweite Chef. Ich befehle dir hiermit, ab sofort den Platz einer höllischen Buchhalterin einzunehmen“. Mona brach in schallendes Gelächter aus: „Wenn ich tatsächlich tot bin, und das alles hier kein Faschingsscherz ist, dann werde ich bestimmt keinen einzigen Finger mehr krumm machen. Buchhalterin am Arsch! Und wenn du nicht augenblicklich verschwindest, dann reiße ich dir deinen Schwanz aus, egal ob vorne oder hinten!“ Damit hatte Andromalius nicht gerechnet. Er schlich zum Obersten und winselte: „Sie will nicht. Was soll ich jetzt tun?“ Der Beelzebub zog ihn am Ohr: „Muss ich hier wirklich alles alleine machen? Steck sie an einen Spieß, und hänge sie in siedendes Öl! Nach ein paar Tagen wird sie schon wollen". So kam es, dass Mona die Buchhalterin des Teufels wurde.

„Wieso ist es denn hier drin schon wieder unter 125° Fahrenheit?" Der Fürst der Finsternis stampfte wütend mit seinem Pferdefuß ein Loch in den Höllenboden. Andromalius fiel vor ihm auf die Knie: „Verzeiht, ehrwürdige Niedrigkeit, aber wir haben unser Kontingent an Brennholz bereits weit überzogen. Auch der Händler für das Öl weigert sich uns weiterhin zu beliefern, falls wir nicht umgehend unsere horrenden Schulden bei ihm bezahlen, und der Kesselflicker hat den Vertrag mit uns gekündigt, weil wir ihn angeblich übers Ohr gehauen haben. Ich habe schon versucht, Eure Großmutter in Zahlung zu geben, aber keiner wollte sie haben. So leid es mir tut, aber wir mussten Konkurs anmelden. Wenn wir bis nächste Woche nicht alle Verbindlichkeiten beglichen haben, dann wird der Höllenschlund amtlich versiegelt, und alle Teufel und Hilfsteufel werden arbeitslos. Und das Schlimmste ist, alle Seelen unserer geliebten Sünder werden gepfändet". Der oberste Teufel griff sich stöhnend an die Brust. Es war das erste Mal in tausenden und abertausenden von Jahren, dass ein Teufel einen Myokardinfarkt erlitt.

Durch diese Umstände, werte Geschichtsforscher, kann man sich auch erklären, dass in früheren Jahren immer wieder Teufelssichtungen dokumentiert wurden, jedoch in der heutigen Zeit kein Mensch auch nur den Schwanz des Antichristen jemals zu Gesicht bekommen hat. William Shakespeare hat einmal geschrieben: „Es gibt mehr Ding' im Himmel und auf Erden, als Eure Schulweisheit sich träumt". Und das beweist, dass dieser englische Dramatiker, Lyriker und Schauspieler ein kluger und vorausschauender Kopf war, denn von einer Hölle hat er in diesem Satz vorsichtshalber schon damals nichts erwähnt.

Der angebliche Nachbar

Der Kerl auf meinem Besucherstuhl war groß, sportlich und leger gekleidet. Trotzdem wollte er sich eine Zigarette anzünden. Mein Fingerzeig auf das Nichtraucher-Piktogramm an der Bürowand kommentierte er schulmeisterhaft mit den Worten: „Ich bin dagegen, alles durch Verbote regeln zu wollen. Zum Beispiel sollte man nicht verbieten, dass Männer manchen Frauen hinterherpfeifen. Man sollte es lieber zur Pflicht machen, dass man auch Männern hinterherpfeifen muss. Das würde entweder dazu führen, dass diese Pfeiferei völlig normal wird, und Frauen sich dadurch nicht mehr sexuell belästigt fühlen, oder aber, dass es einfach keinen Spaß mehr macht überhaupt zu pfeifen". Ich war konsterniert. Was hatte dieser Kerl denn geraucht? Mit handfester Stimme versuchte ich seine Meinung ad absurdum zu führen: „Nach Ihrer Theorie dürfte es also nicht verboten sein den Ehegatten umzubringen, sondern man müsste stattdessen alle Menschen ermorden. Habe ich das so richtig verstanden?" In seinen Augen war ein trauriger Schimmer zu erkennen: „Sie wollen mich nicht verstehen! Ich spreche hier doch nicht von Kapitalverbrechen, sondern von dem alltäglichen Umgang miteinander. Wissen Sie, für die alltäglichen Kontakte zu anderen Personen setzt unsere Gesellschaft im Allgemeinen auf Erziehung und Sozialisation. Was aber, wenn es jemandem an guter Erziehung mangelt? Da helfen dann auch keine Verbote mehr. Es ist zum Beispiel verboten Kirschen zu klauen, es wird aber trotzdem immer wieder gemacht. Gäbe es die Vorschrift, dass man alles mit anderen teilen müsste, hätte man ja wohl diese Art Mundraub überhaupt nicht mehr zu verzeichnen". Ich fragte gedehnt: „Könnte es sein, dass Sie ein wenig zum Kommunismus neigen?" Er dozierte: „Der Begriff Kommunismus wurde um 1840 in Frankreich geprägt. Er beruht auf der Idee der sozialen Gleichheit aller Gesellschaftsmitglieder, sowie auf kollektiven Problemlösungen. Meine Vorstellungen betreffen im Gegensatz dazu aber nur die Gebaren geistig gesunder Menschen untereinander". Mir wurde es zu blöd, und ich wechselte das Thema: „Sagen Sie mir lieber, was Sie zu mir geführt hat!" Er erhob seinen Zeigefinger: „Gut, dass Sie mich danach fragen! Es geht um meinen Nachbarn. Mein Nachbar ist nicht mehr mein Nachbar". Ich war mir nicht so recht im Klaren darüber, was er damit eigentlich sagen wollte: „Aha, Ihr Nachbar ist also nicht mehr Ihr Nachbar. Ist er weggezogen?" Er blickte mich derart mitleidig an, als wäre ich gerade durch die Abiturprüfung gefallen: „Sie verstehen mich wieder nicht! Mein Nachbar ist immer noch da, aber er scheint nicht mehr ganz da zu sein". Und einer von uns beiden schien im Kopf nicht mehr so recht gesund zu sein. Ich hoffte inständig, dass nicht ich es wäre: „Könnten Sie die Sachlage bitte etwas genauer schildern?" Er nickte: „Das will ich doch, aber Sie lassen mich ja nicht zu Wort kommen. Also Fred, so heißt mein Nachbar, Fred Baumgartler, der geht neuerdings jedem Gespräch aus dem Weg. Neulich hatte er sogar meinen Namen vergessen. Er schneidet keine Hecke mehr, und er schimpft nicht mehr mit den spielenden Kindern vor seinem Haus. Er ist wie ausgewechselt, und ich habe schon daran gedacht, dass er vielleicht mit seinem Zwillingsbruder die Plätze getauscht hat, aber er hat mir früher mal erzählt, dass er ein Einzelkind ist. Was sagen Sie nun?" Ich sagte: „Vielleicht haben ihn ja auch die Außerirdischen geholt und umprogrammiert". In seinem Gesicht war für einige Sekunden lang ganz deutlich abzulesen, wie er sein armes Hirn zermarterte, ob ich gerade einen Scherz gemacht hatte, oder vielleicht völlig neben der Spur lief. Er entschied sich für den Scherz: „Um ein Haar hätte ich geglaubt, dass Sie auch so geistlos sind wie die Bullen. Die haben nämlich genau das Gleiche gesagt. Also, werden Sie mir helfen?" Ich entgegnete widerstrebend: „Was könnte denn, Ihrer Meinung nach, ein Privatdetektiv in so einem Fall unternehmen? Mal angenommen, dass Sie der Gemütszustand Ihres Nachbarn überhaupt etwas angeht, dann würde ich Ihnen empfehlen, dass Sie lieber mit einem Psychologen darüber reden!" Jetzt war er beleidigt: „Glauben Sie vielleicht ich bin blöd? Kein

Psychologe würde sich doch mit mir über einen Nachbarn unterhalten, mit dem ich nicht einmal verwandt bin. Aber wenn seit zwei Wochen die selbe schwarze Limousine vor seinem Haus steht, und jeden Tag ein anderer Kerl darin sitzt, dann sollte das doch zu denken geben!" Ich wurde hellhörig: „Aber von der Limousine haben Sie doch bisher noch gar nichts erzählt". Er zog ein Gesicht, als wolle er sich vor lauter Verzweiflung von der nächsten Brücke stürzen: „Weil Sie mich nie ausreden lassen!" Nach dieser Bemerkung stand für mich endgültig fest, der Junge hatte nicht nur einen Sprung in der Schüssel, sondern dieser Riss zog sich wahrscheinlich durch sein gesamtes Geschirr. Trotzdem wäre da vielleicht etwas Geld zu verdienen: „Ich soll also herausfinden, was die Männer in dem schwarzen Auto mit dem Gemütszustand ihres befreundeten Nachbarn zu tun haben. Richtig?" Sein Gesicht hellte sich auf: „Jetzt haben Sie mich endlich verstanden. Ich hatte die Hoffnung schon aufgegeben". Also angelte ich ein Auftragsformular aus meinem Schreibtisch: „Da wäre allerdings noch ein kleiner Haken. Ich bekomme Zweihundert am Tag plus aller anfallenden Spesen". Seine Augen erweiterten sich auf die Größe eines ausgewachsenen Scheunentors: „Was? Unmöglich! Das sind Sechstausend im Monat. Soviel habe ich ja selbst nicht einmal in der Lohntüte, und ich verdiene wirklich gut!" Ich hob bedauernd die Schultern: „Wenn ich aber nur zwei Tage ermitteln muss, und keine weiteren Aufträge reinkommen, dann verdiene ich nur Vierhundert im Monat. Das dürfte wesentlich weniger sein, als sie haben". Widerwillig unterschrieb er das

Formular: „Also gut. Aber wenn Sie nach einer Woche keinen Erfolg vorweisen können, entziehe ich Ihnen den Fall!"

Als erstes recherchierte ich im Internet nach einem Fred Baumgartler. Vielleicht war ja irgendetwas über ihn in den sozialen Medien zu finden. Ich fand aber nur einen Fred Baumgartner. Zwar war hier nur ein einziger Buchstabe anders, aber das nutzte mir genauso viel wie eine dritte Brustwarze, nämlich nichts. Auch als ich Fred zu Manfred erweiterte, fand ich nur einen Herrn Baumgartl. Also würde ich wohl oder übel meine Ermittlungen vor Ort durchführen müssen. Da es inzwischen Abend geworden war, würde mich die Dunkelheit dabei zuverlässig schützen. Trotzdem wollte ich mich zusätzlich noch etwas unkenntlich machen. Wer weiß schon, was da für Typen in dieser Limousine sitzen würden. Ich entschied mich für einen tief im Gesicht sitzenden Hut mit breiter Krempe, einen Gehstock sowie eine gebückte Körperhaltung. Auf der Treppe testete ich schon mal die Gangart eines alten Mannes. Das Ergebnis war, dass ich mit dem Stock von einer der Stufen abrutschte, und in einer sauber ausgeführten ballistischen Kurve auf die Nase fiel. Genauer gesagt schlug mir die unterste Treppenstufe hinterhältig gegen mein empfindliches Kinn. Ich schlich mich daraufhin wieder zurück ins Haus, und ein großes Pflaster am unteren Gesichtsrand verhalf meiner angestrebten Verkleidung zu einem weiteren Accessoire.

Mein kleines Auto fand in einer Nebenstraße einen freien Parkplatz, und ich tappte langsam zu dem schwarzen, vor dem Haus parkenden Wagen hin, wobei ich mich gebrechlich auf meinen Stock stützte. Ich war noch etwa fünfzig Meter entfernt, als Fred Baumgartler aus seinem Haus kam, ein Auto bestieg, und davon fuhr. Sofort folgte ihm die Limousine. Das hieß für mich, meinen ursprünglichen Plan umzustoßen. Ich rannte zurück zu meiner Hämorrhoidenschaukel, fuhr in mein Büro, legte Hut und Stock ab, holte mein Equipment, und brauste zurück zu Fred Baumgartlers Haus. Natürlich weiß ich, dass es verboten ist, und auch, dass es mir riesigen Ärger einbringen konnte, aber ich begab mich durch ein offenes Fenster ins Innere des Hauses. Es roch unangenehm nach Nikotin. Der Wohnungsinhaber war anscheinend ein ziemlich starker Raucher. Meine zweite Straftat bestand darin, dass ich in der Deckenlampe des Wohnzimmers eine Wanze anbrachte. Dann testete ich noch schnell mit meinem kleinen Wanzensucher, ob mein Lauschgerät ordnungsgemäß sendete. Das verhalf mir unerwartet zu einer großen Überraschung. Meine Wanze war nicht die einzige in diesem Zimmer. Nach kurzem Suchen konnte ich das konkurrierende Abhörgerät im Festnetztelefon ausmachen. Plötzlich hörte ich, wie ein Auto vorfuhr, und sich kurz danach ein Schlüssel in der Wohnungstür drehte. Dieser blöde Baumgartler hatte sich wahrscheinlich nur mal schnell Zigaretten an der Tanke geholt. Also kletterte ich flugs wieder aus dem Fenster. Draußen erwarteten mich allerdings zwei nette Herren. Der eine drückte mir freundschaftlich die Hand, und zwar mitten ins Gesicht. Gemeinerweise hatte er vorher eine Faust geballt, und er traf genau die Stelle an meinem Kinn, an der mir vorher meine Treppe eine Blessur verpasst hatte. Daraufhin teilten mir meine Knie mit, dass sie jetzt keine Lust mehr hätten, meinen Körper zu halten. Also schleppten mich die beiden lieblos zu der Limousine, und schubsten mich auf die Rückbank. Dort saß ein dritter Mann, dessen Gesicht so aussah, als würde sein Besitzer gerade Zitronen kauen. Einer der beiden anderen hockte sich hinters Steuer, während sich der gewalttätige Schläger neben mich quetschte. Der Saure sah mich an, wie ein Jäger das zum Abschuss frei gegebene Wild: „Man sagt zwar allgemein, Konkurrenz belebt das Geschäft. Ich persönlich mag aber keine Konkurrenz. Nun bin ich ja im krassen Gegensatz zu meinen Mitarbeitern ein friedliebender Mensch. Wenn wir uns also darauf einigen könnten, dass Sie hier nie wieder auftauchen, und sich auch sonst aus der Sache heraushalten, dann könnte ich meine Leute eventuell hindern, Ihnen die Eier abzuschneiden. Haben wir uns da verstanden?" Ich nickte energisch. Mein saurer Gesprächspartner winkte kurz mit der Hand, der Schläger zog mich aus dem Auto, und ließ mich mit dem Gedanken allein, dass ich das Geld für meinen Selbstverteidigungskurs besser in etwas anderes investiert hätte. Zum Glück erlaubten mir inzwischen meine Knie, dass ich den Rest des darüber befindlichen Körpers langsam wieder zum Auto schleppen konnte. Allerdings musste zu diesem Unterfangen meine linke Hand diverse Zäune als Stütze zu Hilfe nehmen. Ich hätte lieber meinen Spazierstock doch nicht im Büro zurücklassen sollen.

Wie sich herausstellte, funktionierte meine Wanze hervorragend. Was ich aber hörte, war nicht so gut. Die Kerle aus der Limousine waren gerade dabei, meiner Zielperson einen Besuch abzustatten. Mittels massenhaft eingesetzter Schläge versuchten sie ihn zu überreden, das Versteck einer gewissen Beute aus einem Überfall preiszugeben. Die Schmerzenslaute des Verprügelten überredeten mich, die Polizei anzurufen.

Der Kriminalbeamte fixierte mich, als wollte er mir jeden Moment das Herz herausreißen: „Ich frage Sie jetzt zum letzten Mal, woher wussten Sie, dass Herr Baumgartler in seiner Wohnung gefoltert wurde?" Obwohl mir etwas mulmig zu Mute war, versuchte ich lässig zu wirken: „Das letzte Mal? Heißt das, Sie fragen mich nie wieder und ich habe zukünftig meine Ruhe?" Diese dumme Bemerkung schien ihn etwas aus dem Konzept zu bringen. Er versuchte leicht konsterniert wieder Herr der Situation zu werden: „Wir haben in der Wohnung zwei Wanzen gefunden. Die gehören doch sicherlich Ihnen". Da aber nur eine der beiden Lauschapparate von mir war, antwortete ich ohne direkt zu lügen: „Diese beiden Wanzen waren nicht von mir. Außerdem achte ich auf Hygiene. Sie werden an meinem Körper keine Wanzen finden". Auch im weiteren Verlauf des Verhörs konnte mein nerviger Gesprächspartner nichts Wesentliches aus meinen Antworten entnehmen. Ergo blieb ihm nichts weiter übrig, als mich meine Aussage unterschreiben zu lassen, und mich vor die Tür zu setzen. Damit, so dachte ich fälschlicherweise, wäre die Sache für mich erledigt.

Als ich am nächsten Morgen meine Bürotür aufschloss, wurde sie von außen gewaltsam aufgestoßen, und der Lauf einer 45er Magnum lachte mich an. Dahinter stand mein sozial angehauchter Klient. Das Gesicht des Burschen zeigte ein besonders böses Lächeln: „Ich habe Sie genau beobachtet. Sie haben die Wohnung von Baumgartler verwanzt. Und Sie haben mit meiner Konkurrenz Kontakt aufgenommen. Also heraus mit der Sprache! Wo ist das Versteck?" Angesichts der Erwähnung der Limousinenbesatzung und der damit verbundenen Erinnerung an meinen erlittenen Niederschlag, griff ich mir instinktiv ans Kinn. In seinen Augen war für den Bruchteil einer Sekunde zu erkennen, dass ihn diese Bewegung irritierte. Es gelang mir diesen kurzen Moment auszunutzen. Seine Waffe flog zur Seite, und er sackte mit einem Griff an seinen Hals in sich zusammen. Während er sich hustend auf dem Boden krümmte, suchte ich etwas, mit dem ich ihn fesseln konnte. Aber dazu kam es nicht mehr. Zwei Uniformierte und mein freundlicher Verhörpartner vom Vortag standen in der Tür. Während sich Letzterer unverfroren auf den Besucherstuhl fläzte, führten die beiden anderen meinen Klienten ab. Ich war stinksauer, denn von einem Inhaftierten war wohl kaum noch zu erwarten, dass er mein Honorar zahlen würde. Mein heiß geliebter Kriminalbeamter griente wie ein Honigkuchenpferd: „Dank Ihrer Hilfe haben wir nun endgültig alle eingesammelt, die vor drei Jahren den legendären Überfall auf einen Geldtransporter verübt haben. Übrigens, dieser übel zugerichtete Baumgartler hat uns aus Angst vor weiteren Repressalien sogar sein Versteck verraten. Nun ist es so, dass für die Wiederbeschaffung des Geldes eine Belohnung ausgesetzt war. Eigentlich stünde diese jetzt Ihnen zu, aber andererseits könnte ich Ihnen auch Ihre Lizenz entziehen. Denn wie ihr Klient eben deutlich hörbar ausgesagt hat, sind Sie entgegen Ihrer Behauptung doch in die Wohnung von Herrn Baumgartler eingebrochen und haben dort eine Wanze angebracht. Vielleicht könnte man ja das eine gegen das andere aufwiegen. Ich denke mir, im Zuge der globalen Klimaerwärmung könnten ein paar Umweltschutz-Vereine eine Spende gut gebrauchen. Wie denken Sie darüber?"

Ich habe den Zeitungsartikel eingerahmt. Man wird ja in seinem Leben nicht so oft als Wohltäter der Menschheit gefeiert. Dummerweise kann ich mir weder etwas dafür kaufen, noch meine Büromiete damit bezahlen. Und hätte ich Riesenrindvieh damals gewusst, wie eklatant hoch man diese beschissene Belohnung angesetzt hatte, wäre es garantiert nie zu diesem blöden Zeitungsartikel gekommen.

Ragodda

Die letzten Untersuchungen hatten es unwiderlegbar bewiesen. Weder die fünf Kryo-Kapseln noch die darin eingefrorenen vier Wesen stammten von der Erde. Der Chefmediziner Andrusch McFadden wollte schnellstens einen der vier Fremden auftauen, aber die Glaziologin und Missionsleiterin Wendela Lopez war strikt dagegen: „Auch wenn sie genau so aussehen wie wir, sind sie doch erwiesenermaßen keine Menschen. Wir kennen ihre Physis nicht. Wir können nicht einmal wissen, wie lange sie schon eingefroren sind. Schließlich hat das Eis hier ein Alter von mutmaßlich 2,5 Millionen Jahren. Vielleicht fallen ja diese Wesen bei Wärmezufuhr einfach nur auseinander. Wir werden sie lieber erst aus der Antarktis bergen, und dann einem Gremium von internationalen Wissenschaftlern überlassen".

Viele Zeitungen stellten das Abschmelzen der Polkappen auf einmal als etwas Gutes dar. Sonst hätte man ja nie diesen Sensationsfund machen können. Und die Umweltschützer liefen gegen solche dummen Sprüche Sturm. Jedoch in der extra für die Untersuchung der Fremden geschaffenen Einrichtung interessierte man sich nicht im Geringsten für irgendwelche Zeitungsberichte. Dafür gab es viel zu viele Probleme. Andrusch McFadden versuchte den leitenden Direktor von seinem Vorhaben abzubringen: „Wir können so nicht weitermachen! Drei sind schon tot. Wollen Sie den Vierten auch noch riskieren? Der Erste ist sofort nach dem Auftauen gestorben.

Der Zweite hat gerade mal sieben Minuten gelebt, und der Dritte eine knappe Stunde. Wir konnten uns nicht mal in irgendeiner Form mit denen verständigen. Ich denke, wir sollten erst mehr über ihre körperliche Beschaffenheit herausfinden, bevor wir weiter machen!" Ambrosius Petridis, der Direktor, war durchaus nicht dieser Meinung: „Hören Sie, in der Antarktis waren Sie der Chefmediziner, hier aber nicht! Und Sie haben selbst gesagt, dass jedes dieser Wesen länger gelebt hat, als sein Vorgänger. Außerdem ist es eine Tatsache, dass unsere Forschungen nur deshalb so gut voran gekommen sind, weil wir die bisherigen Leichen genaustens untersuchen konnten. Keine toten Aliens heißt: Keine wissenschaftlichen Erkenntnisse! Dieser vierte hier ist viel größer und stärker gebaut als die anderen. Er wird also auch sehr wahrscheinlich um einiges länger leben, als seine schwächlichen Vorgänger. Ich gebe Ihrem Team noch achtundvierzig Stunden, um so viel wie möglich herauszufinden. Dann wird der letzte ebenfalls aufgetaut! Ich denke, wir haben uns da verstanden!"

Weil Menschen allem und jedem einen Namen geben, und sei es auch nur Max Mustermann, so gab man dem letzten verbliebenen Vertreter dieser Unbekannten natürlich auch einen Namen. Bereits vor seinem Auftauvorgang sollte er auf Vorschlag der polnischen Mitarbeiterin Alicja Kowalczyk vorübergehend „Ostatni" heißen, was etwa so viel bedeutete wie „Letzter". Alle notwendigen Maßnahmen waren eingeleitet worden, alle Schläuche angeschlossen, alle Kabel verlegt, es konnte beginnen.

Langsam taute das Innere der Kryokapsel auf, das Eis verschwand und Ostatni war von einem leichten Nebel umgeben. Als er die Augen aufschlug, öffneten sofort zwei Arbeiter den transparenten Deckel der Kapsel und halfen dem Fremden heraus. Der blickte sich lange um, aber man konnte an seinem Gesicht nicht ablesen, welche Gedanken dabei in seinem Kopf kreisten. Dann öffnete er den Mund und fragte mit glockenklarer Stimme: „Asto vindent ro gosto?" Er blickte erneut in alle Gesichter, in der Hoffnung, dass ihn vielleicht jemand verstanden hätte. Sein Blick blieb an den weit aufgerissenen Augen von Alicja Kowalczyk hängen, und er wiederholte die Worte: „Asto vindent ro gosto?" Die Frau fühlte sich irgendwie in der Pflicht. Sie deutete auf ihre Brust, und sagte betont langsam: „Alicja". Dann zeigte sie auf den Aufgetauten und sagte: „Ostatni". Andrusch mischte sich ungeduldig ein: „Vielleicht lässt du ihn lieber seinen eigenen Namen sagen! Und mach schnell, wir wollen gleich seinen Gesundheitszustand prüfen, auch wenn wir noch nicht wissen wie er genau heißt!" Alicja zeigte wieder auf sich und sagte erneut: „Alicja". Dann zeigte sie auf die Brust des Fremden und zog anschließend nur fragend die Brauen nach oben. Zur völligen Verblüffung des gesamten Teams sagte der Fremde, während er auf sich selbst zeigte: „Ostatni eigene Namen heißt genau Ragodda". Andrusch trat behutsam auf ihn zu: „Ragodda, ich weiß nicht, ob du mich verstehst, aber wir möchten dich gern untersuchen. Ich zeige dir zuerst, was ich meine". Er winkte den neben ihm stehenden Arbeiter heran, hörte ihn mit dem Stethoskop ab, kontrollierte mit einem Spatel dessen Rachenraum, überprüfte seinen Blutdruck, und nahm ihm zu guter Letzt auch noch Blut ab. Jede seiner Tätigkeiten kommentierte er so ausführlich wie möglich. Dann trat er an Ragodda heran. Der streckte ihm seinen Arm entgegen: „Blut wegnehmen!"

Ragodda lebte nun schon fünf Tage, und es schien ihm gesundheitlich recht gut zu gehen. Eine Linguistin beschäftigte sich mit ihm sechs Stunden pro Tag, und er war bereits in der Lage, sich auf den meisten Gebieten einigermaßen verständlich zu machen. Im Labor wurde fieberhaft in drei Schichten gearbeitet, um sein Blut, seine Haare und seine Hautzellen zu untersuchen, und zu katalogisieren. Ragodda ließ sich sogar freiwillig für zwanzig Minuten in ein MRT-Gerät schieben. Man stellte fest, sein Skelett ähnelte im Großen und Ganzen dem einiger Wirbeltiere. Nur dass er im Gegensatz zum Menschen lediglich sechs Halswirbel besaß, dafür aber sieben Lendenwirbel, wie die heimischen Raubtiere. Mit hoher Wahrscheinlichkeit besaß seine Rasse nur ein einziges Geschlecht. Viele stritten sich deshalb längere Zeit darüber, ob man von dem Wesen als „er", „sie", oder „es" reden sollte. Zum Schluss sagte jeder das, was ihm gerade einfiel. Da Ragodda aber äußerlich eher einem Erdenmann glich, sprachen die meisten von ihm in der männlichen Form. Die Ernährung von Ragodda erwieß sich als recht speziell. Er aß nur Linsen, Erbsen und Zwiebeln. Am liebsten alles zusammen zu einem Brei gekocht. Einem durchschnittlichen Menschen hätte diese Speise möglicherweise die Hose zerrissen, aber Ragodda verdaute seine Nahrung rückstandslos. Sein Magen mündete auch nicht in einen Darm, sondern in eine Art Beutel, aus dem sein Blut alle Stoffe komplett herauslöste. Auch nicht das allerkleinste bisschen blieb für eine Ausscheidung übrig. Am siebenten Tag beschäftigten sich die Astrophysiker und Planetologen mit Ragodda. Aber er verstand einfach nicht, was diese Leute von ihm wollten. Man tappte also weiterhin im Dunklen, woher der Aufgetaute ursprünglich stammte. Am Mittag des achten Tages begann es ihm gesundheitlich schlecht zu gehen. Alle Bemühungen der Mediziner halfen nichts. Am neunten Tag seines Erdenlebens sichte er langsam vor sich hin, und am zehnten starb er. Man fror die Leiche wieder in der zugehörigen Kryokapsel ein, um sie für spätere Untersuchungen vor dem Verfall zu bewahren. Genau einen Tag danach erkrankte Andrusch. Es begann mit Schwindelanfällen und trockenem Husten. Dann stieg seine Körpertemperatur rasant an. Als sie 40° Celsius erreichte, hatte der Kranke eine Eingebung. Er wusste nicht ob es Fieberwahn, wissenschaftliche Erkenntnis oder Intuition war, jedenfalls schleppte er sich an den Laborkühlschrank, nahm das noch vorhandene Blut von Ragodda heraus, zog es mit einer Spritze auf, und injizierte es sich in den Oberschenkel. Dann verließen ihn seine Sinne.

Andrusch erwachte in einem Krankenhausbett mit dem Schlauch eines medizinischen Tropfs in der Vene. Vor dem Bett stand Ambrosius Petridis: „Na, leben wir wieder? Da bin ich ja gerade zur rechten Zeit anmarschiert.

Ihr Kollege sagte mir, dass Sie heute wieder zu sich kommen werden. Wurde auch wirklich Zeit. Sie haben sich knapp eine Woche lang von uns verabschiedet. Man sagte mir, Sie wären umgekippt, als Sie das Blut von dem Alien untersuchen wollten. Können Sie mir vielleicht sagen, wohin dieser kostbare Saft verschwunden ist? Wir haben kein Tröpfchen mehr davon gefunden". So sehr sich Andrusch auch anstrengte, er konnte sich nicht erinnern: „Ich weiß nichts mehr. Nichts von dem Blut, und auch nicht, dass ich umgekippt bin!" Der Direktor war mit dieser Antwort ganz und gar nicht zufrieden: „Hören Sie! Das Zeug ist wertvoller als Diamanten. Das brauche ich ja wohl gerade Ihnen nicht zu sagen. Also sehen Sie zu, dass Sie sich erinnern! Morgen werden Sie hier entlassen. Danach stelle ich Sie auf Empfehlung des behandelnden Arztes für drei Tage frei. Essen, trinken, ausruhen. Und vor allem erinnern!"

Es begann am zweiten Tag nach der Entlassung aus dem Krankenhaus. Der Mediziner war durstig und wollte etwas Mineralwasser zu sich nehmen. Er hatte aber beim Eingießen über den Rand des dicken Glases hinausgekleckert. Beim Anheben des feuchten Trinkgefäßes drohte es ihm aus der Hand zu rutschen. Andrusch griff stärker zu, und unvermittelt zersprang das Glas unter seinen Fingern in tausend Scherben. Erschrocken untersuchte er seine Hand. Es waren keine Verletzungen zu finden. Mit Lappen, Handfeger und einem seltsamen Gefühl im Magen beseitigte er die Überreste des kleinen Unfalls. Einige der Glasscherben waren seitlich unter den Tisch gefallen. Andrusch wollte diesen beiseiteschieben, aber kaum hatte er zugefasst, flog der Tisch quer durch den Raum und zerbarst an der gegenüberliegenden Wand. Von Angst übermannt starrte der Mediziner lange auf seine Hände.

Andrusch hatte seinen Dienst wieder aufgenommen, aber aus Furcht, man könne an ihm herumexperimentieren, von seinem Zustand niemanden erzählt. An diesem Tag sollte die leere Kryokapsel näher untersucht werden. Also jene fünfte Kapsel, in der dem Anschein nach noch nie ein Fremder eingefroren gewesen war. Allerdings vermuteten einige Wissenschaftler, dass vielleicht in ferner Vergangenheit ein automatisches Auftauen stattgefunden hatte, und sich irgendwo auf der Erde noch so ein fremdes Wesen befinden könnte. Diese Spekulation wollte man nun entweder belegen, oder aber gesichert dementieren können. Als Andrusch den Raum betrat, verspürte er eine unbekannte, äußerst starke Kraft, die ihn zu der Kapsel hinzog. Wie in Trance begab er sich dorthin, öffnete den Deckel und war im Begriff, sich hineinzulegen. Zwei Mitarbeiter versuchten ihn daran zu hindern, aber er schleuderte sie mit Leichtigkeit beiseite, als wären es Strohhalme. Bevor noch jemand anderes eingreifen konnte, lag Andrusch in der Kapsel und zog von Innen den Deckel zu. Was dann geschah, wurde zum Glück von den installierten Kameras minutiös dokumentiert, sonst hätte es niemand von den Nichtanwesenden geglaubt. Die fünf Kryokapseln begannen zu fluorisieren. Dann schienen alle abwechselnd in einem scheinbar

216

vorbestimmten Rhythmus ihre Helligkeit zu ändern. Eine nach der anderen erhob sich in die Luft. Die Kapseln schwebten etwa dreißig Sekunden lang in der Höhe von einem Meter über dem Boden, um sich danach vor aller Augen ganz langsam aufzulösen. Ein Mitarbeiter sprang hinzu und wollte eine der Kapseln wieder auf den Boden ziehen, aber er wurde weggeschleudert und landete, eine Art Blitz hinter sich her ziehend, in der Ecke des Raumes. Nach ungefähr einer Minute waren die Kapseln endgültig verschwunden. Auch nach Tagen und unzähligen Messungen, Überprüfungen, Auswertungen und Beratungen fand man keine Erklärung für das Phänomen. Ambrosius Petridis ordnete an, dass kein Wort über dieses seltsame Verschwinden in die Öffentlichkeit gelangen dürfe.

Der Planet, den Erdenwissenschaftler TOI-700d genannt hatten, war etwa zwanzig Prozent größer als die Erde. Deshalb wirkte auch auf dessen Bewohner eine verhältnismäßig hohe Schwerkraft, wodurch sie die Evolution im Laufe von zehn Milliarden Jahren zu recht kräftigen Wesen gestaltete. Auch ihre Wissenschaftler hatten während dieser langen Zeit genügend Möglichkeiten sich zu den hellsten Köpfen des Universums zu entwickeln. Der Planet kreise in gebundener Rotation um seinen Mutterstern, was bedeutete, dass immer die gleiche Seite zu dem Stern ausgerichtet blieb. Deshalb war auch nur die helle Seite dauerhaft bewohnt, während auf der dunklen Seite lediglich in Bergwerken Mineralien abgebaut wurde. Trotzdem war TOI-700d sehr gering bevölkert. Es gab nur einige wenige Metropolen, von denen die

Planetenhauptstadt am dichtesten besiedelt war. Und genau in dieser Hauptstadt ereignete sich eine absolute Sensation. Fünf Kryokapseln, die vor Millionen von Jahren ins All geschickt worden waren, materialisierten sich plötzlich auf dem Platz vor der Akademie. Die größte Sensation war aber, dass sich tatsächlich in einer der Kapseln ein fremdes Wesen befand. Die meisten Wissenschaftler waren dafür, dieses Wesen erst mit allen verfügbaren Mitteln von außen zu untersuchen, da man befürchtete, der Körper könnte nach dem Auftauen einfach zerfallen. Der Leiter der Akademie bestand aber darauf, dass man mit dem Auftauvorgang auf der Stelle zu beginnen hätte. Andrusch lebte danach noch genau sieben Minuten.

Urlaub

Kommissar Riemer hatte sich mit einem Seufzer aufs Sofa fallen lassen, und das Möbel antwortete mit einem vernehmlichen Knarzen auf seine Körperfülle. Frauke Wiegand stand vor ihm und heftete ihre Augen auf den Boden. Riemer fing ihren Blick auf: „Ist was?" Die Kommissarin sagte leise: „Im Moment ist doch auf der Dienststelle nicht viel los. Und heute Morgen hat mich Carla angerufen. Die kleine Ulrike ist krank. Da dachte ich daran, vielleicht ein paar Tage Urlaub zu nehmen, damit ich mich um das Würmchen kümmern kann". Riemer nahm ihre Hände und zog sie neben sich auf die Couch: „Als deine Carla noch ein Kind war, da war sie doch bestimmt auch mal krank, oder?" Frauke nickte, und Riemer fuhr fort: „Wer hat sich da um sie gekümmert?" Die Kommissarin zog die Brauen zusammen: „Na ich. Schließlich bin ich ihre Mutter". Riemer blickte ihr gefühlvoll in die Augen: „Siehst du, und Ulrike hat auch eine Mutter, nämlich deine Tochter Carla. Die wird sich schon um die Kleine kümmern. Und Dennis ist letztlich auch noch da. Du solltest deine Urlaubstage lieber mit mir verbringen. Wir reichen morgen unsere Urlaubsanträge ein, und dann geht es ab nach Italien". Fraukes Augen begannen zu leuchten: „Italien? Hast du wirklich Italien gesagt?" Der Kommissar ließ ihre Hände los und richtete seinen Oberkörper auf, als wäre er Caesar und würde seine Legionen befehligen: „Voriges Jahr waren wir auf meinen Wunsch hin in Österreich, dieses Jahr fahren wir nach Italien, weil du dir das immer gewünscht hast. Einverstanden?" Frauke Wiegand gab ihrem Werner, über das ganze Gesicht strahlend, einen dicken Kuss auf die Wange: „Und wie ich einverstanden bin! Rom, Mailand, Neapel, Turin, Palermo, Genua, Florenz, Rimini, Venedig, ach Gott, das wird herrlich!" Kommissar Riemer bremste ihren Enthusiasmus: „Langsam, langsam! Wir wollen nicht den Rest unseres Lebens in Italien verbringen, wir machen nur ein paar Tage Urlaub".

Kommissarin Wiegand und ihr Werner hatten das Frühstück beendet und räumten gemeinsam den Tisch ab. Die Koffer waren gepackt, das Taxi zum Flughafen bestellt. Da klingelten nahezu zeitgleich beide ihrer Handys.

Schon während des Gesprächs rann Frauke Wiegand eine Träne über die Wangen, und Kommissar Riemer rief ziemlich laut: „Scheiße!" Sie mussten sich umgehend in der Dienststelle melden. Der Urlaub war gestrichen.

An dem Konferenztisch im Büro von Hauptkommissar Hohlbach saßen fünf Menschen; Bohrmann, Hausknecht, Schimmler, Riemer und Wiegand. Zwei davon zogen sehr lange Gesichter. Der Hauptkommissar hingegen ging nervös im Zimmer auf und ab, während er die Lage erläuterte: „Kollege Schimmler wird sich bestimmt noch an die alte Garage erinnern, in der er angeschossen wurde. Die hat man ja vor einiger Zeit abgerissen. Dann wurde der Grund und Boden verkauft, und nun soll dort ein Supermarkt gebaut werden. Gestern Abend wurden allerdings bei Baggerarbeiten für das neue Fundament sechs Frauenleichen im Boden gefunden. Sie können sich bestimmt die Brisanz dieses Fundes vorstellen. Jeder von uns, also auch ich, wird sich speziell um eine der Leichen kümmern. Natürlich werden wir trotzdem fallübergreifend arbeiten und unsere Erkenntnisse miteinander abgleichen. Die Toten liegen zurzeit in der Gerichtsmedizin. Damit aber nicht jeder von uns dort hinlaufen muss, wird Frau Doktor Mertens morgen Mittag ihre Erkenntnisse hier für alle gleichermaßen erläutern. Kommissar Schimmler meldete sich entrüstet zu Wort: „Das ist doch Quatsch. Viele Köche verderben den Brei. Wenn zum Beispiel nur einer oder zwei unserer Kollegen den Fall übernehmen, dann dürfte das doch viel effektiver sein. Außerdem wären sonst alle Kräfte unserer Dienststelle gebunden. Bohrmann und ich haben aber noch zwei andere Fälle zu bearbeiten, die würden sonst liegen bleiben. Was meint ihr dazu?" Die Kommissare Hausknecht und Bohrmann äußerten unisono ihr Einverständnis, und Hohlbach griff auch sofort diesen Gedanken auf: „Gut, das sehe ich ein! Also werden der Kollege Riemer und die Kollegin Wiegand den Fall zusammen übernehmen. Das war's, Sie können gehen!" Beim Verlassen des Büros raunte Frauke Wiegand ihrem Kollegen zu: „Schimmler, du bist dem Alten voll auf den Leim gegangen. So braucht er nicht selbst zu ermitteln, kann aber stets lauthals behaupten, dass er jeder Zeit dazu bereit gewesen sei".

Im kriminaltechnischen Labor eilte der adipöse Kommissar Riemer hektisch von einem Mitarbeiter zum anderen, bis ihn Rolf König mit festem Griff am Schlafittchen packte: „Pass auf, Dickerchen! Du machst hier nur die Pferde scheu. Wenn wir zu konkreten Erkenntnissen gekommen sind, dann bist du der erste, der alles erfährt. Und jetzt auf Wiedersehen!" Unter Protest verließ der Kommissar die Kriminaltechnik und machte sich auf den Weg in die Gerichtsmedizin. Als er dort eintreten wollte, stieß er mit Frauke Wiegand zusammen, die gerade im Begriff war die Pathologie zu verlassen. Sie fasste ihn am Ärmel: „Komm mit Dickerchen, ich erzähle dir alles Wissenswerte, wenn wir wieder in der Dienststelle sind! Du bist doch hoffentlich mit dem Auto da, oder?" Die erneute Andeutung auf seine Körperfülle brachte Riemers Kragen um ein Haar zum Platzen. Einigermaßen verärgert knurrte er beim Gehen vor sich hin: „Wenn jetzt noch ein einziger Mensch Dickerchen zu mir sagt, dann glaube ich das fast selber".

Werner Riemer saß rittlings auf dem Stuhl vor Kommissarin Wiegands Schreibtisch: „Wieso hast du mich abgehalten in die Pathologie zu gehen?" Frauke Wiegand wich seinem Blick aus: „Weil die Frauen nicht mehr besonders gut ausgesehen haben". Riemer legte eine gehörige Portion Spott in seine Stimme: „Oh, vielen Dank! Die Leichen, die ich bisher im Verlauf meines Berufes gesehen habe, sahen ja alle total gut aus". Die Kommissarin wendete ihm wieder ihren Blick zu: „Und auch weil Martina Mertens mich darum gebeten hat dich fernzuhalten. Sie hatte noch nie gleichzeitig sechs Leichen von so jungen Frauen in ihrem Refugium. Da hätte sie es nicht vertragen, wenn du sie auch noch mit Fragen bombardiert hättest". Riemer schob die Unterlippe vor: „Und was hat nun die Mertens herausgefunden?" Kommissarin Wiegand tippte mehrmals auf ihrem Computertablet herum: „Also, die Frauen waren im Alter von sechzehn bis neunzehn Jahren. Sie stammen alle aus Südostasien. Vietnam oder Kambodscha. Der Todeszeitpunkt liegt bei ungefähr sieben Wochen. Höchstwahrscheinlich wurden sie vor vierzehn Tagen bis drei Wochen am Fundort vergraben. Die Todesursache ist Verdursten. An den Spuren ihrer Hände war abzulesen, dass sie vermutlich eingesperrt waren, und verzweifelt versucht haben sich zu befreien. Mehr habe ich nicht". Riemer wollte etwas sagen, wurde aber von seinem Handy unterbrochen. Er nestelte es aus der Hosentasche und drückte es an sein Ohr. Dann nickte er mehrmals. Als er das Smartphon wieder seiner Hosentasche übergeben hatte, sagte er nachdenklich: „Das war unser Labor. An der Kleidung von fünf der Toten wurde Tierblut gefunden. Genauer gesagt Schweineblut". Die Kommissarin war verwundert: „Tierblut? Das ist seltsam. Kannst du dir einen Reim darauf machen?" Werner Riemer dachte kurz nach, dann hob er den Zeigefinger: „Ja, mein Schatz, das kann ich! Als du noch nicht bei uns warst, da hatten wir einen Fall, bei dem überall in der Stadt Pfützen aus Blut aufgefunden wurden. Das war damals auch Tierblut, und zwar aus dem Schlachthof in Waldlingen. Allerdings hat man die Schlachterei vor einiger Zeit geschlossen. Vor zwei Monaten ist das Areal an einen Investor verkauft worden, der dort einen Wohnblock bauen will. Falls ich mich recht erinnere, dann sollen die alten Produktionshallen in ein paar Tagen abgerissen werden. Wenn wir uns beeilen, dann können wir dort noch ein bisschen herumschnüffeln!"

Kommissar Riemer hatte bereits ein Bein aus dem Auto gesetzt, als er sich noch einmal umdrehte: „Hast du eine Taschenlampe im Wagen?" Frauke Wiegand öffnete das Handschuhfach: „Da!" Mit der Lampe bewaffnet durchstreiften die beiden die unsauberen Produktionsstätten. Überall lagen Fleischerhaken herum, und gelegentlich konnte man einen kleinen Schatten umherhuschen sehen. Wie es schien, okkupierten bereits die Ratten das Gelände. In der dritten Halle stießen die beiden auf das, was sie gesucht hatten. Eine Kammer im hinteren Teil des Raumes schien als Gefängnis gedient zu haben. Mehrere schmutzige Matratzen lagen auf dem Boden, in der Ecke standen zwei Eimer mit Exkrementen, und die Holztür wies innen deutliche Kratzspuren auf. Riemer splitterte vorsichtig eine Probe vom Holz ab: „Mal sehen, ob das gleiche Zeug auch unter den Fingernägeln der Toten zu finden ist!"

Hauptkommissar Hohlbach saß wie gewöhnlich statuenhaft hinter seinem alten Schreibtisch, Kommissarin Wiegand und Kommissar Riemer davor. Letzterer hatte den Notizblock aus seiner zerbeulten Hemdtasche geholt, und berichtete scheinbar emotionslos: „Die Frauen wurden von Menschenhändlern eingeschleust, in dem Kabuff des Schlachthofes untergebracht, und zur Prostitution gezwungen. Der Wachmann der zuständigen Sicherheitsfirma hat auch zu dem Menschenhändlerring gehört, und die jungen Frauen nachts immer eingeschlossen. Als der Schlachthof jedoch aufgegeben wurde, hat sich der Kerl nicht mehr hin getraut, und die Ärmsten einfach ohne Wasser und Nahrung zurückgelassen. Er sitzt zurzeit in Untersuchungshaft, und zwar in der Nachbarzelle des Investors. Der hat nämlich bei einer Besichtigung die Leichen gefunden, und bei Nacht und Nebel auf dem ungenutzten Gelände der alten Garage verbuddelt, weil er ansonsten befürchtete, einiges an Trubel zu bekommen. Der Ball liegt nun bei der Staatsanwaltschaft". Hohlbach schien sehr zufrieden zu sein: „Riemer, ich sag's nicht gern, aber das war gute Arbeit von Ihnen beiden!"

Kommissar Riemer hielt den Kopf auffallend schief: „Du scheinst nicht ganz zufrieden zu sein, oder?" Kommissarin Wiegand antwortete nachdenklich: „Würdest du sechs Leichen auf einem Terrain vergraben, auf welchem demnächst ein Fundament ausgehoben werden soll?" Riemer steckte seinen Zeigefinger in den Hemdkragen und kratzte sich intensiv am Hals: „Es sei denn, man konnte sich sicher sein, dass dort nie etwas gebaut werden sollte. Ich werde mal ein bisschen Staub aufwirbeln".

Der Bürgermeister war außer sich: „Herr Kommissar, ich warne Sie ausdrücklich! Ich bin mit ihrem Chef zusammen im Lions Club. Ich werde dafür sorgen, dass man Sie feuert!" Der Kommissar entgegnete völlig gelassen: „Und ich werde dafür sorgen, dass Sie gesiebte Luft atmen müssen. Sie wussten genau, dass der Boden unter der alten Garage mit jeder Menge Schadstoffe konterminiert war. Um dort bauen zu können, hätte der Boden vier Meter tief abgetragen und anschließend als Sondermüll für zwei- bis dreihundert Euro pro Tonne entsorgt werden müssen. Trotzdem haben Sie ihrem Bruder die Baugenehmigung erteilt. Ich denke mal, wenn hier einer von uns beiden gefeuert wird, dann bin das garantiert nicht ich!"

Kommissarin Wiegand und ihr Werner hatten das Frühstück beendet und räumten gemeinsam den Tisch ab. Die Koffer waren gepackt, das Taxi zum Flughafen bestellt. Werner Riemer äußerte angespannt: „Hoffentlich klingelt jetzt nicht wieder das scheiß Telefon!" Aber Frauke

Wiegand entgegnete energisch: „Ich habe bereits gestern Abend beide Handys ausgeschaltet. Keiner, aber auch gar keiner versaut mir meinen Italienurlaub zum zweiten Mal!"

Wölfi

Wolfram Gernod Jörg Ansaltzer, von Kindesbeinen an nur Wölfi genannt, wurde in einer trostlosen Kleinstadt geboren, und verbrachte auch dort seine Kindheit. Seine Mutter fiel durch ihre wilde, ungezähmte Haartracht auf. Als er neun Jahre alt war, verschwand sie von einem Tag auf den anderen, ohne auch nur die geringste Spur zu hinterlassen. Seit dieser Zeit hasste Wölfi seine Mutter abgrundtief. Trotzdem war er eher ein schüchternes Kind. Er bekam regelmäßig im Herbst jeden Jahres eine Mandelentzündung, bis man endlich seine Tonsillen extrahierte. Fortan wuchs der Junge prächtig heran, erlernte den Beruf des Zerspanungsmechanikers, und wurde in einer kleinen Schlosserei angestellt. Dort war er, wie man so schön sagt, Mädchen für alles, und musste außer Drehen, Fräsen, Bohren, Feilen und Schleifen, auch noch Schweißen und Schmieden. Er war's zufrieden. Irgendwann lernte er dann Irma kennen. Irma war brünett und knapp einen Zentimeter größer als Wölfi. Und sie war ein Jahr älter. Außerdem versuchte sie stets und ständig ihren Gatten die Karriereleiter hinauf zu schubsen. Ohne ihre anhaltende Drängelei hätte Wölfi niemals die staatliche

Anerkennung als Handwerksmeister bekommen. Mit der Zeit ließ jedoch die gegenseitige Liebe der beiden merklich nach. Irma liebäugelte daraufhin mit einem hochaufgeschossenen Doktoranten der Universität, dessen Körperteile insgesamt größer waren, als die von Wölfi. Es folgte, wie leider bei vielen anderen Ehepaaren, die Scheidung. Wölfi zog aus, und nahm sich eine eigene, recht schnuckelige Wohnung. Trotzdem stellte sich bei ihm am Abend keine Gemütlichkeit ein, und so begann er Kneipen zu besuchen. Durch Zufall geriet er in einer Kaschemme an einen Drogendealer, der ihn verleitete heimlich Crack zu konsumieren. Sofort nach dem Rauchen fühlte sich Wölfi immer euphorisch und energiegeladen, aber leider hielt die Wirkung stets nur eine Viertelstunde an.

Es passierte an einem Samstag um die Mittagszeit. Wölfi war mit Schwächegefühl und leicht zitternden Händen aufgewacht, hatte kurz geduscht, wollte sich einen schnellen Kaffee aufbrühen, fand aber kein Kaffeepulver. Während er alle Fächer seines Küchenschranks ungestüm durchwühlte, klingelte es an der Haustür. Der Briefträger brachte ein Einschreiben und ließ sich dessen Empfang quittieren. Wölfi warf den Brief ungeöffnet auf den Tisch, zog sich Mantel und Schuhe an, trabte zum nächsten Supermarkt, und kam mit einem Päckchen Kaffee und einer Flasche Wodka zurück. Nachdem er fast eine ganze Kanne Kaffee geleert hatte, rauchte er ein Pfeifchen und öffnete den Brief. Es war ein hochoffizielles Schreiben der Kanzlei Mommkatt & Mommkatt. Man bat ihn am Donnerstag der folgenden Woche zu einer Testamentseröffnung zu erscheinen.

Wölfi hatte sich die ganze Woche krank gemeldet. Er wollte in froher Erwartung des Erbes ein wenig feiern. Am Donnerstag erschien er in erbarmungswürdigem Zustand, aber pünktlich, in der Kanzlei Mommkatt. Zu seinem Erstaunen war er, außer dem Testamentsvollstrecker, allein im Raum. Sein Onkel, dessen Frau und dessen Sohn hatten alle drei bei einer Bergtour ihr Leben gelassen, und Wölfi war der einzige noch lebende Verwandte. Er erbte etwas mehr als Fünfzehntausend Euro. Nachdem das Geld seinem Konto gutgeschrieben war, legte sich Wölfi einen beachtlichen Vorrat an Crack sowie einige Flaschen Wodka zu. Er konnte sich das jetzt leisten. Kurz darauf suchte ihn seine Verflossene auf. Irma hatte irgendwie von der Erbschaft Wind bekommen, und wollte ihren Teil davon abhaben. Wölfi warf sie hinaus. Daraufhin versuchte Irma bei Gericht das Geld einzuklagen, scheiterte aber, da entsprechend §1933 BGB mit der Scheidung das Recht auf ein Erbe ihres ehemaligen Gatten erloschen war. Das bereitete Wölfi große Befriedigung, und verleitete ihn, noch ausschweifender zu leben. Die Wende kam erst, als er eines Morgens in einem Waldstück aufwachte und weder wusste, wo er sich eigentlich befand, noch wie er dort hingekommen war. Es dauerte den ganzen Tag, bis er endlich nach Hause gefunden hatte. Am nächsten Morgen wurde er bei seinem Hausarzt vorstellig, und ließ sich in eine Suchtklinik einweisen.

Manche nennen es Zufall, andere Schicksal oder gar Bestimmung. Nach seiner Entgiftung wurde Wölfi einer Therapiegruppe zugewiesen. Als er zum ersten Mal den Therapieraum betrat, kreuzte sich sein Blick mit den Augen der leitenden Krankenschwester. Das war der Moment, in dem es beiden so vorkam, als hätten sie schon immer aufeinander gewartet. Als Wölfi nach sechs Wochen aus der Klinik entlassen wurde, begannen sie sich gelegentlich zu treffen. Da ihm löblicherweise sein Chef den Arbeitsplatz freigehalten hatte, ging er auch wieder regelmäßig zur Arbeit, und er blieb tatsächlich weiterhin clean. An einem Samstagabend nahm Angelika ihren Wölfi mit zu sich nach Hause. Kaum waren die beiden im Wohnzimmer angekommen, knöpfte Angelika behutsam Wölfis Hemd auf. Er hielt ihre Hände fest: „Warte, nicht so schnell! Ich habe nämlich ein bisschen Angst dich zu enttäuschen! Du musst wissen, dass ich kaum Erfahrungen mit Frauen habe. Außerdem weiß ich doch nicht, was du eigentlich magst, und noch wichtiger, was du vielleicht nicht magst. Ich möchte einfach nichts falsch machen. Und du musst unbedingt vorher auch noch wissen, dass mich die Natur nicht besonders gut ausgestattet hat. In Sachen Liebe stecke ich eigentlich noch in den Kinderschuhen". Angelika legte ihm den Zeigefinger auf den Mund: „Du redest zu viel. Keine Angst, ich werde euch beide schon groß kriegen!"

Auf den Tag genau ein Jahr nach ihrer ersten Liebesnacht zogen die beiden zusammen, was sich kurz darauf finanziell gesehen als die richtige Entscheidung erwies, denn

Wölfi verlor seine Arbeit, und hätte somit seine Miete nicht mehr bezahlen können. Die kleine Schlosserei, in der er bisher gearbeitet hatte, war einfach nicht mehr konkurrenzfähig und musste dicht machen. Trotz vieler Bewerbungen fand Wölfi keine neue Arbeit. Also kümmerte er sich tagsüber mehr oder minder erfolgreich um den Haushalt, während Angelika weiterhin ihrer Arbeit nachging.

Es war an einen nebligen Montag. Obwohl ihre Wohnung im Parterre lag, war auf der Straße kaum etwas zu erkennen. Urplötzlich stand eine weibliche Person ganz dicht vor dem Wohnzimmerfenster und blickte starr in die Stube. Wölfi lief es eiskalt über den Rücken. Die wirre Haarpracht dieser Frau war die gleiche, wie sie seine Mutter immer getragen hatte. Auch die Figur stimmte. Als sich Wölfi dem Fenster näherte, verschwand die Erscheinung im Nebel. Zunächst glaubte Wölfi an einen Zufall, später an eine Halluzination. Trotzdem ließ ihn der Gedanke nicht völlig los, dass es sich tatsächlich um seine Mutter gehandelt haben könnte. Vielleicht hätte er das Ganze mit der Zeit vergessen, wenn nicht ein paar Tage später ein zusammengefalteter Zettel im Briefkasten gesteckt hätte. Als er ihn auffaltete, erschrak er bis ins Mark. Dort stand schwarz auf weiß: „Ich habe dich gefunden. Bald werde ich für immer kommen. Mama". Da er aber im Herzen immer noch eine gehörige Portion Hass auf seine Mutter empfand, ging er in die Küche, holte Streichhölzer aus dem Küchenschrank und verbrannte auf der Stelle den Zettel im Küchenherd.

Zwei Tage später schaute die Person wieder ganz kurz von draußen durchs Wohnzimmerfenster. Auch beim Einkaufen erschien es Wölfi, als sähe er seine Mutter in einiger Entfernung. Er hielt es nicht mehr aus, und sprach eines Abends mit Angelika über das Problem. Sie wollte den Zettel sehen, aber als er sagte, er habe ihn verbrannt, stand sie seinen Schilderungen recht skeptisch gegenüber und empfahl ihm, mit einem Seelenklempner darüber zu reden. Da sie durch ihre Arbeit einen Psychiater kannte, bot sie an, mit diesem einen Termin zu vereinbaren. Wölfi stimmte schweren Herzens zu, denn er war sich selbst über seinen Geisteszustand nicht mehr so ganz im Klaren.

Dr. Guido Brömmer, ein stämmiger Mann im grauen Anzug, hörte sich Wölfis Geschichte sehr geduldig an. Dann stellte er mehrere Fragen zum derzeitigen Gesundheitszustand und dem früheren Drogenkonsum von Wölfi. Dass dieser Drogen und Alkohol gleichzeitig zu sich genommen hatte, sowie Hass bei dem Gedanken an seine Mutter empfand, machte den Akademiker sehr nachdenklich. Im Endeffekt diagnostizierte er aufgrund des vorangegangenen Drogenmißbrauchs bei seinem Patienten eine Psychose, die sich durch Halluzinationen und Realitätsverlust manifestierte. Das warf Wölfis Psyche endgültig zu Boden. Er ahnte ja nicht, dass es auch Seelendoktoren gab, die ihr Fach nicht so gut beherrschten. Ab diesem Zeitpunkt kam Wölfi kaum mehr zur Ruhe. Er magerte ab, unterhielt sich kaum noch mit Angelika, litt unter anhaltenden Panikattacken, Depressionen und

Schlaflosigkeit. Ihn plagten immer häufiger starke Suizidgedanken. Und immer wieder glaubte er irgendwo in der Ferne seine Mutter zu erkennen. Eines Tages konnte er dem Druck einfach nicht mehr standhalten. Angelika fand ihn mit einer Wäscheleine um den Hals auf dem Dachboden.

Als seine Todesanzeige in der Zeitung erschien, sagte Irma beim Lesen halblaut zu sich selbst: „Na bitte, der Mistkerl hat endlich das bekommen, was ihm zustand. Er hätte ja nur das Erbe mit mir teilen müssen. Aber nein, er musste unbedingt auf unserer Scheidung herumreiten. Wie auch immer, ich kann jetzt endlich diese beschissene, aufgeplusterte Perücke wegschmeißen!"

Ist er es?

Es war wieder einmal ein ganz typischer Tag. Der Quatsch begann schon gleich früh morgens in meinem Badezimmer. Ich hatte mir eine neue Zahnbürste gekauft. Man soll sich ja angeblich aller drei Monate, oder auch unbedingt nach einem Infekt, eine neue Bürste zulegen. Zumindest empfehlen das die allermeisten Zahnärzte. Mein Stummelkratzer war hingegen schon knapp fünf Monate alt. Natürlich war mir hin und wieder beim Zähneputzen bewusst geworden, dass ich nun endlich eine neue Bürste erwerben müsste, aber kurz darauf, beim Anziehen meiner Jeans, war alles schon wieder vergessen.

Diese Woche hatte es mein dümmliches Gehirn jedoch endlich geschafft, sich während eines Einkaufs im Supermarkt an den Oralschaber zu erinnern. Also knallte ich Trottel die erst beste Bürste in den Einkaufskorb, und war zudem auch noch stolz auf mein fabelhaftes Gedächtnis. Ich muss zugeben, dass man mich des Öfteren schon als zerstreuten Professor bezeichnet hatte, was auch nicht immer schlecht war, denn das Bild des zerstreuten Professors ist mit dem Genie und den Eigenarten Albert Einsteins verbunden. Einstein kokettierte nämlich durchaus mit dieser Rolle. Leider bin ich nicht Einstein, sondern ein bescheidener Privatdetektiv namens Levin Baer. Na ja, eigentlich nicht ganz so bescheiden. Ich bin nämlich ein „geprüfter Detektiv", das heißt, ich habe über zweiundzwanzig Monate hinweg einen ZAD Kombi-Kurs absolviert, und bin im Besitz eines IHK-Zertifikats, welches unter Eingeweihten „Lizenz" genannt wird. Aber genug geprotzt, kommen wir lieber zurück auf meine Zahnbürste. Ich bin es seit Urzeiten gewohnt, die Bürste quer über den Zahnputzbecher zu legen, um dann die Zahnpasta als eine kleine Wurst auf den Borsten zu verteilen. Das Problem an diesem Morgen bestand aber darin, dass meine alte Bürste über einen flachen Stiel verfügt hatte, während der Griff der neuen abgerundet war. Das Gewicht der Zahnpasta überredete nun mein frisch erworbenes Teil, sich mit den Borsten nach unten zu drehen. Die unschuldige Bürstenbehaarung hatten dem schwerkraftbedingten Streben meiner pfefferminzhaltigen Paste nichts entgegenzusetzen, und so platschte diese, der Erdanziehung folgend, in das Waschbecken.

Mein Gehirn wog sekundenlang ab, ob ich einen Tobsuchtsanfall bekommen, oder aber mit der Raspel in Heimwerker Art den Stiel abflachen sollte. Ich entschied mich für das erstere. Meine Laune für diesen Tag war somit bereits fixiert. Da fiel auch nicht weiter auf, dass ich beim begeisterten Lesen der Morgenzeitung den Henkel meiner Kaffeetasse verfehlte, und mir Daumen und Zeigefinger in dem braunen Getränk verbrühte. Zum Glück hatte ich noch nichts getrunken, ansonsten wären vermutlich meine Zunge und meine Speiseröhre bei diesen Temperaturen zum Teufel gewesen. Und natürlich kam mir mein Nachbar entgegen, als ich gerade das Haus verlassen wollte. Es ist eine Gemeinheit und auch aus Sicherheitsgründen verboten, dass Türen nach innen aufgehen. Aber das hatte wohl weder den Architekten noch die Erbauer des Hauses interessiert, wie meine blutige Nase deutlich bestätigte.

Wie immer schloss ich um 10 Uhr meine Bürotür auf. Von innen. Denn ebenfalls wie immer war ich bereits um neun in meinem Büro eingetroffen. Ich brauche morgens immer eine Stunde für mich. Zum Nachdenken, für den Papierkram, und mitunter auch für einen Schluck Bourbon. Ich muss gestehen, dass ich ein absoluter Fan dieses Whiskeys bin. Bourbon wurde ursprünglich nur in Kentucky gebrannt, und sein Namensgeber war angeblich der kleine Bezirk „Bourbon County". Der Saft wird als Destillat aus Getreide mit mehr als 50 % Mais gewonnen, und enthält nebenher noch Roggen oder Gerste. Diese Mischung ergibt den Geschmack, den ich so liebe.

An jenem Tag aber hatte ich noch nichts getrunken. Das lag daran, dass meine Büro-Flasche bereits am Vortag ihre letzten, leckeren Tropfen geopfert hatte. Man kann sich denken, dass dieser Umstand meine Laune nicht unbedingt verbesserte. Gegen elf Uhr öffnete sich dann die Bürotür und ein Mann trat ein, dessen Äußeres sich von dem Zeitgeist geprägten Bild eines Mannes ein wenig unterschied. Er war ziemlich bunt gekleidet, seine Frisur schien aus Marmor gemeißelt zu sein, die Augenbrauen waren sorgfältig gezupft, und wenn ich mich nicht sehr täuschte, dann hatte er auch eine Spur Makeup aufgelegt. Nachdem er sorgfältig die Tür hinter sich geschlossen hatte, deutete er mit seinen manikürten Fingern auf den Besucherstuhl: „Darf ich Platz nehmen?" Ich nickte lässig: „Wie ich schon zu meinem Gerichtsvollzieher sagte: Platz ist das Einzige, was Sie hier nehmen können!" Er lächelte nicht. Nicht einmal andeutungsweise. Entweder hatte er den Sinn des Satzes nicht erfasst, oder er besaß keinen Humor. Oder aber er stand meilenweit über so profanen Dingen wie Scherze. Leicht verunsichert stellte ich die Standardfrage: „Was kann ich für Sie tun?" Er holte eine Fotografie aus der Innentasche seines Just-Cavalli-Blazers und legte sie mit spitzen Fingern vor mich hin: „Observieren Sie diesen Mann. Er heißt Frederic Eigner. Ich kannte ihn früher einmal. Wir waren so etwas wie befreundet. Vor etwa drei, vier Jahren. Dann haben wir uns aus den Augen verloren. Später las ich seine Todesanzeige in der Wochenzeitung. Aber jetzt habe ich ihn mehrmals in einem Bus an mir vorüberfahren sehen. Also entweder ist Frederic gar nicht tot, oder er hat einen Doppelgänger. Und genau das sollen Sie herausfinden!" Ich hakte nach: „Haben Sie seine ehemalige Adresse, oder besitzen Sie noch die Todesanzeige?" Er schüttelte den Kopf: „Die Zeitung mit der Todesanzeige landete damals im Altpapier, und er stammte wohl auch nicht von hier. Ich habe ihn in einer Hotelbar kennengelernt, als er sich geschäftlich über mehrere Wochen in unserer Stadt aufgehalten hat. Er war Vertreter für Großküchen. Jedenfalls hat er das damals zu mir gesagt". Ich hakte erneut nach: „Und war es immer der gleiche Bus, in dem Sie ihn gesehen haben wollen, und vielleicht auch die gleiche Haltestelle?" Er überlegte kurz: „Ja, jetzt wo Sie das sagen, fällt es mir auch auf. Immer an der Haltestelle Markt 1, und immer neunzehn Uhr. Ich fahre da nämlich stets neunzehn Uhr und fünfzehn Minuten mit der Linie 17 nach Hause, weil ich dann Feierabend habe. Wissen Sie, ich arbeite nämlich als Verkäufer in der Parfümerie am Markt". Ich runzelte die Stirn: „Und da sind Sie nie auf die Idee gekommen, mal in diesen Bus einzusteigen, um ihrem Freund zu begegnen?" Er schüttelte energisch den Kopf: „Nie im Leben! Entweder ist er es tatsächlich, dann wäre es für uns beide ziemlich peinlich, oder er ist es nicht, dann wäre es für mich persönlich doppelt peinlich. Und ich hasse nichts so sehr im Leben, wie Peinlichkeiten". Also versprach ich meinem zukünftigen Klienten, nachdem ich ihn über die Kosten aufgeklärt hatte, am nächsten Tag kurz vor neunzehn Uhr an der bewussten Haltestelle aufzutauchen. Er hätte es zwar gern gesehen, wenn ich das schon am gleichen Tag getan hätte, aber ich wollte noch ein klein wenig darüber nachdenken. Zum Schluss ließ ich mir noch seinen Personalausweis geben, und scannte diesen ein. Zu oft war ich schon auf Klienten hereingefallen, die gar nicht die Person waren, für die sie sich ausgegeben hatten. Und falls der Ausweis nicht gefälscht war, so hieß mein Klient genauso wie er aussah, nämlich Amandus Schniegler.

Am nächsten Morgen versuchte ich mir eine Strategie für mein weiteres Vorgehen zurecht zu legen, während ich das Frühstück zubereitete. Entweder würde ich die Zielperson über eine Weile beschatten, oder ich müsste anhand des Fotos meine üblichen Informationsquellen anzapfen. Derart in Gedanken versunken bemerkte ich nicht, dass ich zwar die Filtertüte in meine alte Kaffeemaschine gestopft hatte, aber danach vergaß, das Kaffeepulver hineinzulöffeln. Da ich aber keineswegs gewillt war zum Frühstück heißes Wasser zu trinken, verließ ich wütend meine Behausung, um im nahegelegenen Bistro mein Frühstück einzunehmen. Zumindest würde ich dort nicht saubermachen müssen, falls ich wie üblich mit der Marmelade kleckerte. Man muss eben alles positiv sehen.

Es war 18:55 Uhr, als ich an der Bushaltestelle eintraf. Kurz darauf erschien Amandus Schniegler, und fast zeitgleich der Bus mit dem angeblichen Frederic Eigner. Mein Klient versuchte möglichst unauffällig zu unserer Zielperson hinzudeuten, die im hinteren Teil des Busses am Fenster saß. Dieser Kerl sah auch tatsächlich so aus, wie auf dem Foto. Nachdem der Bus gehalten hatte, stieg ich ein, blieb zunächst mit der Jacke an der Tür hängen, und löste danach die Karte für eine Ortsfahrt. Da der Platz neben meiner Zielperson unbesetzt war, warf ich meine Strategie über den Haufen, setzte mich neben ihn und fragte ihn auf den Kopf zu: „Sind Sie nicht Herr Eigner?" Sein Gesicht ähnelte schlagartig der Wandfarbe Perlweiß: „Ich … ich bin Ludwig Wiesner. Ich kenne keinen Eigner. Wer sind Sie überhaupt?" Ich zupfte eine meiner Visitenkarten aus der Brusttasche, werkelte sie ihm in die Hand und sagte leise: „Rufen Sie mich an!" Dann ging ich lässig zur Tür und wartete darauf, dass der Bus anhalten würde. Ich zwang mich dabei, nicht zurückzuschauen.

Die Gerichtsverhandlung fand unter Ausschluss der Öffentlichkeit statt. Der Vorsitzende fasste zum Schluss noch einmal alles zusammen: „Der Beklagte hat ins Feld geführt, dass der Privatdetektiv Levin Baer nicht nachweisen konnte, dass es sich bei der zu observierenden Person um Frederic Eigner gehandelt hat. Jedoch hat Herr Baer entsprechend des geschlossenen Vertrages gehandelt, und die zugehörige Aktivitäten unternommen. Es ergeht deshalb folgendes Urteil: Der Beklagte Amandus Schniegler hat das ausstehende Honorar an den Kläger Levin Baer innerhalb von zehn Werktagen zu entrichten. Bei einer Banküberweisung verlängert sich die Frist auf vierzehn Tage. Damit ist die Verhandlung geschlossen".

Ich hatte zwar jetzt mein Geld bekommen, war aber trotzdem ganz und gar nicht zufrieden. Zu gern hätte ich meinem Klienten gesagt, dass es sich bei der Zielperson tatsächlich um Frederic Eigner gehandelt hatte, aber die Beamten vom Zeugenschutzprogramm hatten es mir strengstens untersagt.

Heilu und der Hund

Es geschah an einem Dienstag im Herbst. Ein gerichtlich bestellter Gutachter hatte die Aufgabe, den Geisteszustand eines Mannes mittleren Alters zu begutachten.

„Dann erzählen Sie mal!"
„Wissen Sie Herr Doktor, ich weiß nicht wo ich…"
„Moment! Sie sollten nicht Doktor zu mir sagen. Ich habe nicht promoviert, sondern nur ein Diplom. Sagen Sie ganz einfach Herr Muskott zu mir".
„Ist gut, Herr Doktor! Oh Verzeihung, Herr Muskott! Ich wollte Sie nicht promovieren … äh … provozieren. Ich weiß bloß nicht wie ich anfangen soll".
„Am besten am Anfang Herr … Herr …"
„Angerer. Heinz-Ludwig Angerer. Aber alle sagen nur Heilu zu mir. Das sind die Anfangsbuchstaben von Heinz und Ludwig".
„Schön, schön! Also Herr Angerer …"
„Heilu".

Also Herr … ähm … Ich wollte sagen, beginnen Sie einfach wo Sie wollen!"

„Na dann! Ich wurde geboren, ging zur Schule und nach dem Abitur habe ich Biologie studiert".

„Moment, dass hat doch nichts mit der Sache zu tun, wegen der Sie hier sind".

„Doch, doch. Als Biologe muss man sich mit Tieren …"

„Stopp! Beginnen Sie doch einfach mit dem Tag, an dem alles anfing!"

„Na ja, es fing an, als es klingelte. Ich meine, an meiner Haustür, nicht das Telefon oder so. Wissen Sie, ich besitze ein kleines Haus. Sehr, sehr klein, mit ohne Vorgarten. Und …"

„Bitte kommen Sie zur Sache! Keine Nebensächlichkeiten, nur das Wichtigste!"

„Entschuldigung! Also es hat geklingelt und ich habe die Tür aufgemacht. Und da saß er. Also der Hund. Ein deutscher Schäferhund. Eigentlich war es ja eine Hündin. Aber das habe ich da noch nicht gewusst. So war das".

„Ja, und dann?"

„Dann hat er, äh, sie mich mit diesen treuen Hundeaugen angesehen. Ich dachte, dass sie irgendjemand vor meiner Tür ausgesetzt hat, um danach zu klingeln und dann abzuhauen. In Wirklichkeit war das natürlich ganz anders. Aber das habe ich da noch nicht gewusst. So war das".

„Gut, gut, Herr Angerer. Und wie ging das dann weiter?"

„Heilu".

„Bitte?"

„Sie sollen Heilu sagen!"

„Äh, ja. Und wie ging das mit dem Hund nun weiter?"

„Nicht Hund, Hündin. Ich habe sie Bella genannt. Das klingt so ähnlich wie bellen. Es ist italienisch und bedeutet schön".

„Das weiß ich auch. Bitte keine Nebensächlichkeiten, nur das ..."

„Wichtigste. Ich weiß schon. Also Bella ist an mir vorbei einfach ins Haus gegangen, und hat sich neben dem Tisch auf den Boden gelegt. Also in meiner Wohnküche. Bei mir ist Wohnzimmer und Küche zusammengefasst. Ich habe nämlich nur ein ganz kleines ..."

„Bitte keine ..."

„Nebensächlichkeiten. Ich weiß schon!"

„Also der Hund lag neben dem Tisch. Wie ging es dann weiter?"

„Bella".

„Wie bitte?"

„Sie sollen Bella sagen!"

„Ja gut! Also Herr Bella ... Herr Angerer ... Herr Heilu, wie ging es dann weiter?"

„Ich bin einkaufen gegangen".

„Einkaufen?"

„Ja, zwei Hundenäpfe. Einen zum fressen und einen für Wasser. Und ein Körbchen mit einer Hundedecke. Und dann noch Hundefutter. Danach bin ich nach Hause gegangen und habe eine Ecke für Bella eingerichtet. Ist das unnormal?"

„Nein. Aber deswegen sind Sie ja auch nicht hier. Wie ging es dann weiter?"

„Nun ja, eigentlich gar nicht. Das heißt am ersten Tag nicht. Bella hat lediglich gefressen und etwas Wasser geschlappert. Danach hat sie sich wieder hingelegt. In der Nacht habe ich darüber nachgedacht, wie das alles weiter gehen soll. Am nächsten Tag habe ich dann mit ihr gesprochen. Na eigentlich war es mehr ein Selbstgespräch. Und ich habe gesagt, dass ich sie ins Tierheim bringen würde, weil ich kein Geld für die Hundesteuer hätte. Und auch nicht für ihr Futter. Da hat sie gesagt, dass sie selbst für ihr Futter arbeiten würde".

„Der Hund hat also gesprochen".

„Nein".

„Aber Sie haben doch eben gesagt, dass er gesprochen hätte".

„Nein. Nicht der Hund. Die Hündin. Ich habe gesagt, dass die Hündin gesprochen hat. Bella. Und das hat sie. Sie hat ganz deutlich mit mir gesprochen".

„Dass sie für ihr Futter arbeiten will?"

„Ja. Genau das".

„Und was haben Sie geantwortet?"

„Erstmal nichts. Ich dachte, dass ich verrückt geworden sei. So war das".

„Und wie ging es dann weiter?"

„Ich habe dann meinen Freund angerufen. Er sollte vorbei kommen, um Bella sprechen zu hören. Aber er war noch nicht eingetroffen, da hat Bella gesagt, dass sie nur mit mir sprechen würde. Mit keinem anderen".

„Und dann?"

„Dann ist mein Freund gekommen und hat sich mit mir zusammen betrunken. Er dachte, dass ich danach wieder normal werden würde. Aber als ich meinen Rausch ausgeschlafen hatte, da sagte meine Bella, ich solle nicht wieder trinken, weil das ungesund wäre und ich lieber das Geld für die Hundesteuer ausgeben sollte. Da habe ich dann gefragt, in welcher Art sie eigentlich für ihr Futter arbeiten wollte. Und dann hat sie gesagt, dass ich das am nächsten Tag schon sehen würde. So war das".

„Und wie weiter? Lassen Sie sich doch nicht alle Würmer aus der Nase ziehen!"

„Ich habe keine Würmer in der Nase. Als Kind hatte ich mal Würmer im Stuhl. Ich meine im Stuhlgang. Sonst wären es ja Holzwürmer gewesen. Aber es waren Madenwürmer, sogenannte Oxyuren".

„Bitte keine …"

„Nebensächlichkeiten. Ich bin ja schon still".

„Sie sollen aber weiterreden! Aber bitte nur von dem Hund … äh … von der Hündin".

„Entschuldigung! Wo war ich?"

„Sie wollten vom nächsten Tag sprechen".

„Ah ja! Am nächsten Tag sagte Bella, ich solle einen Spaten holen und ihr in den Wald folgen. Und da bin ich ihr eben gefolgt. Mit meinem Campingspaten. Sie lief verdammt schnell, und ich war völlig außer Puste, als wir in dem kleinen Waldstück angekommen sind. So war das".

„Ja und weiter, zum Kuckuck!"

„Da war kein Kuckuck. Nur ein Eichelhäher. Also ein Garrulus glandarius aus der Familie der Corvidae. Das sind Rabenvögel. Aber Bella hat ihn verscheucht. Da habe ich sie das erste Mal bellen gehört."

„Bitte keine …"

„Ich weiß, ich weiß. Nur das Wichtigste. Also unter einer Picea abies sollte ich graben".

„Unter was?"

„Picea abies. Gemeine Fichte. Also gemein im Sinne von allgemein, nicht etwa im Sinne von niederträchtig. Fichten können nämlich nicht …"

„Bitte weiter, ohne diese Erklärungen!"

„Ist ja schon gut! Jedenfalls habe ich dort dann die sechs Goldbarren gefunden. Jeder Barren zu einem Kilo. Die Dinger sind zusammen schätzungsweise 270.000 € wert. Und nach der Hadrianischen Teilung laut BGB § 984 gehört die Hälfte davon mir, also ungefähr 135.000 €, weil nämlich der Eigentümer nicht zu ermitteln war. Die Barren hatten keine Prägung. Jemand hatte sie eingeschmolzen und dort vergraben. Und dann hat Bella gesagt, wir wären jetzt quitt. So war das".

„Sie wissen aber schon, dass das Gericht der Meinung ist, Sie persönlich hätten das Gold gestohlen, eingeschmolzen, und dann zu diesen Barren gegossen. Und dass ihr Hund spricht, kauft Ihnen weder das Gericht ab, noch ich".

„Nicht Hund, Hündin".

„Wie auch immer. Also Herr Angerer …"

„Heilu".

„Ja, ja. Also in meinem Gutachten wird stehen, dass Sie völlig im Besitz Ihrer geistigen Kräfte sind, und dass Sie diese Verwirrtheit nur vorspielen. Woher Sie das Gold hatten, ist die Sache des Kriminallabors. Das war's!"

„Nicht ganz. Bella besteht darauf mit Ihnen zu sprechen. Sie kann alles aufklären".

Es geschah an einem Mittwoch im Herbst. Ein Gutachter mittleren Alters ließ sich freiwillig in eine psychiatrische Klinik einweisen. Er sagte, er höre Stimmen. Angeblich von einem Hund.

Bierbachs Bruder

Kommissar Riemer betrat das Dienstzimmer und warf seinen Hut in Richtung Kleiderständer. Natürlich verfehlte die Kopfbedeckung den zugedachten Haken und rollte wie immer über den Boden. Noch bevor sich Riemer entscheiden konnte, ob er das ungehorsame Filzding aufheben oder liegenlassen sollte, klingelte das Telefon. Riemer nahm das zum Anlass, seine Entscheidung auf Unbestimmt zu verschieben. Er warf seinen Mantel über die Stuhllehne und nahm den Hörer ab: „Was gibt's?" Am anderen Ende der Leitung erregte sich sein Chef, Hauptkommissar Hohlbach: „Kollege Riemer, ich sage es Ihnen nun schon zum fünfzigsten Mal, dass Sie sich am Telefon mit Name und Dienstgrad zu melden haben!" Riemer verkniff sich das Lachen: „Da feiern wir ja heute ein Jubiläum. Geben Sie jetzt einen aus?" Hohlbach schnaufte: „Irgendwann werde ich Sie feuern. Aber jetzt brauche ich Sie in meinem Büro, und zwar sofort!" Nachdem Riemer den Hörer wieder auf die Gabel gelegt hatte, öffnete er das linke Schubfach seines Schreibtisches. Er entnahm einen Karamellbonbon, wickelte ihn behutsam aus, warf ihn in die Luft und fing ihn mit dem Mund auf.

Dann machte er sich gemächlich auf den Weg zu Hohlbachs Büro. Als er eintrat, saß dort bereits ein junger Mann vor Hohlbachs Schreibtisch. Er stand höflich auf und reichte Riemer die Hand: „Bierbach mein Name. Sörenfried Bierbach. Früher hieß meine Familie eigentlich Bierbauch, aber wir haben den Namen geändert, also das ‚u‘ herausstreichen lassen. Sie kannten ja meinen Bruder, der jetzt leider tot ist". Entsetzt ließ sich Riemer voll schlimmer Ahnung auf den Stuhl neben dem jungen Mann plumpsen. Hauptkommissar Hohlbach setzte ein breites Grinsen auf: „So, Riemer, es ist wieder einmal so weit. Hier sitzt der neue Kommissar-Anwärter, und Sie werden ihn genau wie seinen Bruder Gernot unter ihre Fittiche nehmen. Wie immer drei Tage die Woche. Nun, was sagen Sie dazu?" Riemer sah den Neuen an und kniff ein Auge zu: „Sörenfried? Wirklich Sörenfried? Haben Sie vielleicht noch einen zweiten Vornamen?" Sörenfried Bierbach nickte: „Ja, aber den wollen Sie garantiert nicht wissen! Schon mein Nachname ist doch ziemlich witzig, oder? Apropos witzig, hier ein kleines Rätsel: Johnny Depp hat einen kurzen, Arnold Schwarzenegger hat einen langen, Paare nutzen ihn sehr oft zusammen, Singles nur für sich alleine und der Papst benutzt seinen praktisch nie. Was ist das?" Wenn etwas Riemers Blut zum Wallen bringen konnte, dann waren es derartige Scherzfragen. Er packte Bierbach hart an der Schulter: „Das ist der Grund, warum ich Lust hätte, Sie auf der Stelle zu erschießen". Der Gescholtene zuckte zusammen: „Aber das war doch nur ein Jux. Ich meinte natürlich den Familiennamen!" Riemer drückte noch fester zu: „Und ich meinte es ernst!"

Die Tür zu Riemers Büro öffnete sich verdächtig langsam, und Kommissar-Anwärter Bierbach trat zögerlich ein. Als Riemer aufblickte, fragte Bierbach leise: „Stimmt es, dass Sie zugegen waren, als mein Bruder erschossen wurde?" Riemer strich sich über die Nase: „Zugegen? Ja, ich und Kollege Schimmler waren zugegen. Es war ein Amokschütze. Er hat Schimmler am Arm getroffen, bevor ich ihn ausschalten konnte. Aber da war ihr Bruder bereits tot". Bierbach wandte sich zum Gehen. Kurz vor der Tür sagte er kaum hörbar: „Und das ist der Grund, warum ich zur Kriminalpolizei wollte". Riemer hielt ihn auf: „Moment noch! Wollen Sie mir nicht eventuell ihren zweiten Vornamen verraten?" Bierbach drehte sich wieder um: „Mein zweiter Name ist Wolfgang". Jetzt war Riemer doch etwas verwundert: „Und was soll an diesem Namen so seltsam sein, dass Sie ihn mir nicht verraten wollten?" Der Kommissar-Anwärter grinste: „Als ich im Krankenhaus zur Welt kam, hatten meine Eltern den Namen Sörenfried schon beschlossen, suchten aber noch nach einem zweiten Vornamen. Da sahen sie auf dem Gang ein Bild mit einem Wolf. Also nannten sie mich Wolfgang. Zum meinem Glück war da kein Stuhl abgebildet". Es dauerte einen Moment, bis Kommissar Riemer begriff, dass er soeben verarscht worden war. Er zog demonstrativ seine Dienstpistole aus dem Holster, und Bierbach verließ fluchtartig das Zimmer.

Frauke Wiegand rüttelte ihren Werner an der Schulter: „He, aufwachen! Hörst du nicht das Handy?" Kommissar Riemer schlug mit Mühe die Augen auf und grabschte ungelenk nach dem Smartphon auf dem Nachttisch: „Falls es nicht wichtig ist, möchte ich darauf hinweisen, dass ich Zugang zu Polizeiwaffen habe!" Die Frau aus der Zentrale schien von Riemers Bemerkung völlig unbeeindruckt zu sein: „Es liegt eine Leiche vor dem Hotel Engel. Die Gerichtsmedizinerin dürfte inzwischen schon vor Ort sein. Hauptkommissar Hohlbach hat angewiesen, dass sie Anwärter Bierbach einbeziehen sollen. Er wurde auch bereits informiert und ist auf dem Weg". Riemer wälzte sich aus dem Bett, und sagte knurrend zu Frauke Wiegand: „Früher haben wir beide die Fälle zusammen bearbeitet. Jetzt muss ich diese Nulpe Bierbach mitnehmen. Vielleicht will mich die Affenfresse Hohlbach zu einem Homosexuellen umerziehen". Kommissarin Wiegand protestierte: „Homosexuelles Verhalten oder Begehren und die sexuelle Identität gehören nicht zwingend zusammen und werden von der Wissenschaft eindeutig unterschieden. Damit macht man keine Witze!" Riemer hob entschuldigend die Hände: „Siehst du, die Gags von diesem blöden Bierbach haben bereits auf mich abgefärbt".

Riemer und Bierbach trafen zum gleichen Zeitpunkt vor dem Hotel ein. Martina Mertens, die Gerichtsmedizinerin, war kurz vor ihnen dort angekommen, und untersuchte bereits die Leiche. Riemer trat an sie heran: „Guten Morgen, Doktorchen! Darf ich Ihnen Anwärter

Bierbach vorstellen?" Die Pathologin blickte kurz auf: „Guten Morgen Riemerchen! Und guten Morgen Kollege Bierbach! Allerdings finde ich nicht direkt, dass dieser Morgen gut ist. Zumindest nicht für den Kerl hier". Riemer ging in die Hocke, um seinerseits den Toten in Augenschein zu nehmen: „Sieht nicht gut aus. Was ist die Todesursache?" Die Pathologin drehte die Leiche angestrengt auf die Seite: „Der Zustand der Leiche lässt nur einen einzigen Schluss zu: Defenestration". Riemer erhob sich ärgerlich: „Machen Sie das eigentlich absichtlich? Ich bin doch schließlich kein Fremdwörterlexikon. Was ist dieses Defenesdingsbums?" Anwärter Bierbach wandte sich eifrig dem Kommissar zu: „Defenestration leitet sich ab von dem lateinischen Wort Fenestra und bedeutet Fenstersturz. Der Tote ist also aus großer Höher heruntergefallen". Riemer packte ihn am Jackenaufschlag: „Freundchen, wenn du hier den Streber heraushängen lässt, kann es sein, dass ich dich demnächst defenestriere, kapiert?" Die Pathologin erhob sich ebenfalls, zog ihre Handschuhe aus und sagte spöttisch: „Riemer, sie lernen ja schneller als ich dachte. Einen klugen Kollegen haben Sie da". Der Kommissar ließ Bierbach los: „Auf Ihre Kommentare kann ich verzichten. Wussten Sie übrigens, dass dieser Mensch auf den Vornamen Sörenfried hört? Und nun sagen Sie mir lieber, ob der Mann gesprungen ist, oder gestoßen wurde!" Bierbach mischte sich wiederum ungefragt ein: „Der war schon tot, bevor er gefallen ist. Also ist er ja wohl kaum selbst gesprungen". Riemer fuhr herum und funkelte seinen Begleiter gereizt an: „Ach so? Und woher weißt du das so genau?" Bierbach trat vorsichtshalber einen Schritt zurück: „Weil er von einer anderen Person angekleidet wurde. Der linke und der rechte Schuh sind vertauscht, und der leichte Abdruck der Gürtelschnalle, der sich im Laufe der Zeit auf seinem Gürtel eingedrückt hatte, ist jetzt zwei Löcher weiter zu erkennen". Riemer zog die Stirn kraus und wechselte vom Du wieder zum Sie: „Und das wissen Sie genau? Sie könnten sich ja auch täuschen. Vielleicht war der Kerl bloß besoffen, und konnte sich deshalb nicht richtig anziehen. Wenn man Hufgetrappel hört, denkt man schließlich auch an Pferde, und nicht an Zebras. Irren ist menschlich". Die Gerichtsmedizinerin beendete die Diskussion mit einer energischen Handbewegung: „Aber der Tote ist weder ein Pferd noch ein Zebra".

Frauke Wiegand hielt den Kopf schief: „Werner, Werner, diesen Gesichtsausdruck kenne ich nur zu gut. Und ich werde deine Laune noch etwas verschlechtern. Carla und Dennis sind beide krank. Ich habe Urlaub eingereicht, und werde für ein paar Tage hinfahren und mich um Ulrichen kümmern. Aber um dich zu trösten, habe ich dir heute ein ganz besonders feines Abendmahl zubereitet". Riemer ließ sich entmutigt auf die Couch plumpsen: „Na prima! Ich kenne da nämlich eine Geschichte, da wurde einer nach seinem Abendmahl tags darauf gekreuzigt".

Kaum hatte Kommissar Riemer am nächsten Morgen sein Dienstzimmer betreten, als direkt hinter ihm Sörenfried Bierbach hereinkam: „Ich habe vorhin einen Anruf für Sie entgegengenommen. Sie waren ja noch nicht da". Riemer war schlagartig wieder sauer: „Es ist zehn Minuten vor Dienstbeginn. Wann sind Sie Streber denn gekommen?" Bierbach überhörte beflissentlich Riemers Anspielung: „Ich komme immer rechtzeitig. Und was den Anruf betrifft, so soll ich Ihnen mitteilen, dass inzwischen die Identität des Toten ermittelt wurde. Er hieß Ernst Wilhelm Steiner, war sechsunddreißig Jahre alt und wohnte eigentlich in der Bahnhofstraße zwölf. Was er in dem Hotel gemacht hat, ist noch unklar. Ich soll Ihnen auch noch sagen, dass man inzwischen seine Wohnung durchsucht hat, und dabei nichts Ungewöhnliches fand, außer einem sogenannten Stuttgarter Gurt". In den Augen des Kommissars flackerte ein Schimmer des Verzweifelns: „Und was, in drei Teufels Namen, ist denn ein Stuttgarter Gurt?" Bierbach gab ungerührt Auskunft: „Der Stuttgarter Gurt, auch Stuttgarter Gürtel genannt, ist ein Band, welches von Frauen nach einer Brustoperation um den Brustkorb oberhalb der Brust getragen wird. Er dient zur Fixierung von Implantaten nach einer Brustvergrößerung. Das Seltsame ist nur, der Tote war ein Mann". Riemer setzte sich apathisch: „Haben Sie das ganz alleine herausbekommen?" Nach einer Weile fuhr er fort: „Wissen Sie was? Wir zwei Pastorentöchter werden jetzt zu der Adresse des Toten schlendern und die gesamte Nachbarschaft befragen. Entweder wollte sich der Verstorbene Brustimplantate einsetzen lassen, oder er hat eine Freundin. Das werden wir dann mal rausfinden!"

Kaum hatten Riemer und Bierbach das Auto verlassen, klingelte das Handy des Kommissars. Es war Rolf König, der Leiter der Spurensicherung: „He, Kommissar, wir haben in dem Brustgürtel eine kleine Prägemarke entdeckt. Der Gurt wurde in der Marktapotheke verkauft. Vielleicht solltest du da mal nachfragen!" Riemer bedankte sich und steckte das Smartphon ein, dann wandte er sich an seinen Begleiter: „Bierbachs Sörenfried, wir fahren zuerst zum Markt!"

Die weiß gekleidete Frau in der Apotheke erinnerte mit ihrer schlanken Figur an die Gerichtsmedizinerin Mertens. Kommissar Riemer hielt ihr seinen Dienstausweis vor die Nase: „Haben Sie in letzter Zeit einen Stuttgarter Gurt verkauft, und wenn ja, an wen?" Die Apothekerin zuckte mit den Achseln: „Wir notieren uns doch nicht von all unseren Kunden die Namen. Stellen Sie sich vor, Sie müssten jedes Mal den Ausweis zeigen, nur um sich ein paar Kopfschmerztabletten kaufen zu können. Aber wir haben vor einem knappen Vierteljahr so einen Gurt verkauft. Das war übrigens der einzige seit zwei Jahren. Den Namen der Kundin kann ich Ihnen leider nicht sagen". Bierbach schaltete sich ein: „Können Sie sich noch erinnern, ob die Kundin bar bezahlt hat?" Die Frau nickte ziemlich heftig: „Und ob ich mich erinnere. Die hat hier einen Aufstand gemacht, weil ich für die zwanzig Euro keine Kreditkarte annehmen wollte. Da fallen für uns nämlich Kosten an, die sich bei so einer kleinen Summe nicht rentieren. Zum Schluss hat sie dann doch noch ihre EC-Karte gefunden". Worauf Bierbach mit ausgesuchter

Höflichkeit sagte: „Dann schauen Sie doch bitte mal in Ihren Computer, und verraten Sie uns die Bank und die Kontonummer!"

Hohlbach hatte, wie so oft, schlechte Laune: „Sie finden ein Brustband in der Wohnung des Toten, können daraufhin seine Freundin anhand ihrer Bankverbindung ausfindig machen, aber Sie können weder ihr noch jemand anderem einen Mord nachweisen. Mit anderen Worten, Sie zwei haben gar nichts. Einfach gar nichts. Nennen Sie das Ermittlungsarbeit? Ich will in spätestens achtundvierzig Stunden ein Ergebnis!"

Riemer hatte die Rufnummer von Fraukes Handy gewählt, aber sie meldete sich nicht. Er brummelte vor sich hin: „Vielleicht ist sie ja gar nicht bei Carla, sondern bei einem anderen … Verflixt! Das haben wir nicht überprüft". Er rief Bierbach an: „Sörenfriedchen, wir müssen noch einmal mit dieser Brust-Frau sprechen!" Anwärter Bierbach war nicht begeistert: „Jetzt um die Zeit? Ich wollte gerade ins Bett gehen". Riemer entgegnete knurrig: „Daran müssen Sie sich in unserem Beruf gewöhnen!" Anschließend hatte er ein klein wenig ein schlechtes Gewissen. Schließlich war er auch nur zu dieser Aktivität bereit, weil seine Frauke nicht zu Hause war.

Riemer und Bierbach saßen angespannt vor Hohlbachs Schreibtisch. Der Hauptkommissar hingegen machte einen sehr zufriedenen Eindruck: „So, so. Da hat also die Tante zwei Liebhaber gehabt, und von dem einem hat sie sich die Brustimplantate bezahlen lassen. Interessant!" Bierbach ergänzte übereifrig: „Ja, der andere hat das logischerweise bemerkt und ein wenig nachgeforscht. Und weil er im Hotel Engel arbeitet, hat er die Geliebte und seinen Nebenbuhler unter einem Vorwand dort hinbestellt. Nachdem die Frau gegangen war, hat er seinen Konkurrenten erschlagen, und dann versucht dessen Selbstmord vorzutäuschen. Es sollte so aussehen, als ob sein Rivale aus dem Fenster gesprungen sei". Hohlbach senkte gefährlich blickend den Kopf: „Das wollte ich soeben sagen. Und wenn Sie hier Kommissar werden wollen, dann unterbrechen Sie mich nie wieder! Ist das klar?" Das hatte Bierbach nicht erwartet, und es verletzte sein Gerechtigkeitsempfinden. Empört erwiderte er: „Wir haben in unserem Land laut Artikel 5 des Grundgesetzes die Redefreiheit. Das nennt man Demokratie". Bevor noch der luftschnappende Hohlbach etwas entgegnen konnte, zerrte Riemer den Anwärter am Jackenärmel eilends aus dem Zimmer: „Mit der Demokratie ist es genau wie mit der Homöopathie. Damit es funktioniert, muss man erst einmal fest daran glauben".

Zwei Kater

„Hoppla, Maunzer, ich habe dir doch schon tausendmal gesagt, dass du nicht in meinem Revier herumstreunen sollst".

„Wenn du mal genau hinsehen würdest, mein lieber Shita, dann könntest du erkennen, dass ich genau an der Grenze bin, und zwar auf meinem Gebiet".

„Ich warne dich, noch eine Schwanzlänge weiter, und ich haue dir meine Vordertatzen um die ramponierten Ohren! Was willst du eigentlich hier?"

„Ich warte auf Mimi".

„Mimi? Die lebt doch auf meinem Gebiet!"

„Aber die kommt immer zu mir herüber. Und außerdem brauchst du gar nicht eifersüchtig zu sein. Diese mitleidlosen Menschen haben nämlich Mimi kastrieren lassen. Da gibt's für dich keine Nachkommen".

„Mimi interessiert mich gar nicht. Die gehört doch nur zur Gattung Felis catus".

„Ach, und du bist etwas Besseres?"

„Schon. Shita ist japanisch und bedeutet Zunge. Keiner kann so gut lecken wie ich. Und dazu kommt noch, dass mein Großvater zur Gattung Felis silvestris gehört hat".

„Soviel ich weiß, kann Shita auch eine andere Bedeutung haben, nämlich unten. Du könntest also genauso gut zur Unterschicht gehören, schließlich bist du wegen deines Großvaters ein Hybride".

„Du scheinst zu vergessen, dass die Menschen ganz wild nach Hybriden sind".

„Ja, aber nur bei Autos. Den sogenannten Plug-in-Hybrid- Modellen. Aber du kannst ja mal deinen Schwanz in eine Steckdose halten".

„Du bist genauso arrogant wie dein Mensch".

„Ach? Und wer oder was, wenn ich fragen darf, ist eigentlich der Mensch von dir?"

„Kommst du jetzt wieder mit den ollen Kamellen? Bloß weil mein Mensch obdachlos ist? Ich jage regelmäßig mein Futter. Schließlich sind wir Katzen von Natur aus Jäger und Fleischfresser. Du hingegen musst diesen industriellen Fraß in dich hineinstopfen, in dem sogar Gemüse und Getreide enthalten ist. Ganz zu schweigen von Glutaminsäure, Natriumglutamat oder Hefeextrakt. Das hat doch nichts mit artgerechter Haltung zu tun".

„Du bist doch bloß neidisch. Schließlich haben sogenannte essentielle Nahrungsbestandteile wie Taurin, Arginin, Lysin, Methionin oder Cystein in den letzten Jahren maßgeblich zur Erhöhung der durchschnittlichen Lebenserwartung von uns Hauskatzen beigetragen".

„Pah! Von wegen neidisch. Schau dir doch bloß mal als Vergleich die Menschen an. Was die so alles in sich reinstopfen. Ich sage bloß E-Nummern. Angefangen von E 100, mit dem die Dussel Margarine einfärben, über E 904, eine harzige Substanz, die aus den Ausscheidungen von Schildläusen gewonnen wird, bis hin zu E 1521, dem sogenannten Polyethylenglycol. Schon bei dem Namen könnte ich mich übergeben. Und was haben die Zweibeiner davon? Übergewicht und Burnout".

„Und woher weißt du das alles?"

„Da regt mich doch schon die Frage auf. Nur weil wir obdachlos sind, müssen wir doch nicht zwangsläufig auch dumm sein. Mein Mensch sammelt nicht nur Pfandflaschen aus dem Müll, der holt sich nämlich auch Bücher aus den Altpapier-Containern".

„Ist das nicht verboten? Da gibt es doch bestimmt ein Gesetz dagegen".

„Dass ich nicht lache! Es gibt auch den Artikel 1 im Grundgesetz: Die Würde des Menschen ist unantastbar. Und? Interessiert das Irgendeinen? Wenn ja, dann dürfte es keine Obdachlose und keine Sozialhilfeempfänger geben. Denn so eine Lebenslage ist absolut würdelos".

„Und warum gibt's dann nicht für alle Menschen ein Grundeinkommen? Das wäre doch nur gerecht. Schließlich setzen doch die meisten Konzerne immer mehr Industrieroboter anstelle von Menschen ein, teilen aber den dadurch erzielten Gewinn nicht mit den anderen".

„Sag mal, ist dein Mensch eventuell ein Kommunist? Du hast vielleicht seltsame Ansichten. Man kann doch nicht einfach Menschen Geld geben, ohne dass sie dafür schuften müssen. Das macht doch die anderen bloß neidisch. Es gab da zum Beispiel einen Versuch mit Kapuzineraffen. Schenkte man dem einen Viech leckere Trauben und dem anderen lediglich ein Stückchen Gurke, dann verweigerte der letztere weitere Aktivitäten. So sieht's nämlich aus".

„Na dann müssen die Menschen eben das blöde Geld abschaffen, damit sich alle das Gleiche gönnen können. Es gibt doch schon lange die Idee der Peer-Produktion. Alle Beteiligten arbeiten auf gleichberechtigter Basis, eben als Peers".

„Du hast wohl ein Philosophiebuch gefressen? Deine Ideen weichen doch eklatant von der menschlichen Psyche ab. Jeder von denen will der Größte sein. Jeder will mehr Geld als sein Nachbar haben. Jeder möchte ein Bestimmer sein. Und wenn nicht, dann gilt er als nicht normal".

„Das würde doch aber bedeuten, dass die Menschen egoistisch sind, oder?"

„Genau das bedeutet es auch".

„Da bin ich dann aber doch froh, dass ich zur Gattung Felis catus gehöre!"

Multiversum

Damals in der Schule, im Astronomie-Unterricht, hatte Lorenz Brucheis gelernt, dass die Erde zu einem Sonnensystem, dies zur Milchstraße, und diese wiederum zu einem Universum gehört. Aber auch, dass es möglicherweise noch andere Universen gibt, die ebenfalls beim Urknall entstanden sein könnten. Ganz kleine Universen, in denen es nichts weiter gab als ein bisschen Strahlung, und die auch gleich wieder in sich zusammenfielen, oder etwas größere Welten, in denen es ein paar Sterne jedoch absolut kein Leben gab, oder aber ähnliche Universen wie das, in dem Lorenz lebte. Ob aber in diesen Paralleluniversen die gleichen Naturgesetze herrschten, wusste niemand zu sagen. Und dass es ein Universum gab, das unserem bis auf ein paar Moleküle glich, hätte Lorenz nie zu denken gewagt.

Es war Sonntag. Ein schöner, warmer Sonntag im Juni. Lorenz schlief sonntags immer aus. Die ganze Woche musste er um fünf Uhr morgens aufstehen, um sechs den Pendelbus nehmen, und genau um sieben am Fließband

Cockpits in Kleinwagen einbauen. Und damit hatte er noch Glück. Viele seiner Kollegen waren arbeitslos geworden, da der mittelständige Betrieb fast nicht mehr konkurrenzfähig war und bereits zwei von vier Produktionsstrecken stilllegen musste. So gegen acht Uhr vernahm Lorenz ein Geräusch aus der Richtung seiner Wohnungstür. Er sprang aus dem Bett, und wurde Zeuge wie ein anderer von außen seine Tür aufschloss. Wie das? Er hatte niemanden einen Schlüssel gegeben. Noch verrückter wurde es, als der andere eingetreten war. Lorenz traute seinen Augen nicht. Da stand ... er selbst. Sein hundertprozentiges Ebenbild. Zwar andere Kleidung, aber die gleiche Größe, die gleiche Statur und vor allem das gleiche Gesicht. Die Erscheinung hatte einen kleinen Koffer in der Hand und lächelte freundlich. Lorenz musste sich an der Wand abstützen, um nicht umzufallen. Träumte er vielleicht? Er kniff sich mit der freien Hand in die Wange. Der andere begrüßte ihn leutselig: „Entschuldigung, ich wusste nicht wohin. Ich wollte dich nicht erschrecken, aber man darf mich nicht finden. Ich dachte, wenn ich mich hier verstecke, dann denken vielleicht alle, ich bin du". Mit zitternden Knien fragte Lorenz: „Wer bist du? Warum darf dich wer nicht finden? Und wieso hast du einen Schlüssel für meine Wohnungstür?" Der andere antwortete immer noch lächelnd: „Ich heiße Leo. Wollen wir uns nicht erstmal setzen? Dann erzähle ich dir alles". Lorenz nickte schwach: „Darf ich mich zunächst erst einmal anziehen?" Leo lachte: „Natürlich. Du bist doch hier zu Hause. Außerdem muss du mich doch nicht um Erlaubnis bitten". Lorenz tappte zurück in sein Schlafzimmer, nahm seine Klamotten vom stummen Diener und kleidete sich an. Duschen und Zähneputzen hätte er sich in der jetzigen Situation nicht getraut. Dann vernahm er das Klappern von Geschirr aus der Küche. Als er eintrat werkelte Leo an der Kaffeemaschine herum: „Weißt du was lustig ist? Du hast deine Tassen anders sortiert als ich. Bei dir geht es nach Größe, bei mir nach Farbe. Setz dich doch! Der Kaffee ist gleich fertig". Lorenz setzte sich an den Tisch und kratzte sich nachdenklich am Kopf: „Kann es sein, dass meine Eltern mir verschwiegen haben, dass ich einen Zwillingsbruder besitze?" Leo goss Kaffee ein: „Und dann haben deine Eltern diesem Zwillingsbruder bei der Geburt auch gleich ein Duplikat deines späteren Wohnungsschlüssels in die Wiege gelegt, oder? Mann, denk doch mal nach!" Lorenz war verzweifelt: „Dann kläre mich doch endlich auf! Wer bist du und woher kommst du?" Gedankenverloren wollte er Kaffee trinken, verbrühte sich aber die Lippen an der braunen Flüssigkeit. Leo lachte: „Du scheinst noch mehr durcheinander zu sein als ich. Also pass auf! Ich bin aus einem Paralleluniversum. Bei uns ist vieles genauso wie hier. Aber eben nicht alles. Wir sind in technischen Dingen viel weiter als ihr. Ich bin dort Physiker und habe die Möglichkeit von einem Universum ins andere zu switchen. Und ich habe dort die gleiche Wohnung wie du, mit dem gleichen Schloss in der Tür, mit der gleichen Wohnungseinrichtung. Nur die Tassen habe ich anders einsortiert. Was sagst du nun?" Lorenz hielt ungläubig den Kopf schief: „Das soll ich dir glauben? Dann erkläre mir doch mal, wie du von deinem

Universum in meins kommst!" Leo blies mit gespitzten Lippen auf den Kaffee in seiner Tasse. Dann sagte er: „Durch ein Saatloch". Lorenz kniff die Augen zu und schüttelte den Kopf: „Was? Bist du Gärtner? Du willst mich doch verarschen". Der Gescholtene trank vorsichtig einen Schluck: „Du verwechselst Saatlöcher mit Pflanz-löchern. Saatlöcher, auch unmögliche Löcher genannt, sind schwarze Löcher im Kosmos, die keine Materie ver-schlingen wie ihre größeren Brüder. Deshalb kann man durch sie hindurch flutschen. Alles klar?" Aber Lorenz war das absolut nicht klar. Skeptisch fragte er: „Und wa-rum soll dich dann hier keiner finden?" Der Befragte wurde sichtlich verlegen: „Na ja, ich habe so ein klein bisschen gegen unsere Gesetze verstoßen. Es ist nämlich strengstens verboten, ohne Erlaubnis von einem Univer-sum ins andere zu hopsen. Aber als Physiker bekommt man bei uns nicht gerade ein großes Gehalt. Also musste ich mich zwangsläufig um eine andere Geldquelle um-schauen". Bei dem Wort Geldquelle wurde Lorenz unge-ahnt neugierig: „Ach? Und welche Quelle wäre das denn?" Leo kratzte sich an der Nase: „Nun ja, wir haben zwar das gleiche Geld wie ihr hier, aber bei uns sind die Preise wesentlich höher. Deswegen komme ich immer zum Einkaufen zu euch. Aber gestern bin ich aufgeflo-gen. Jetzt verfolgt mich die Multiversums-Polizei. Da ihr jedoch noch nicht so weit seit, zwischen den Universen hin und her zu springen, kannst du theoretisch nichts von dieser Polizeitruppe wissen, und machst dich deswegen auch nicht strafbar, wenn du mir Unterschlupf gewährst. Und du hättest auch deinen Vorteil davon. Da wir beide haargenauso aussehen, könnte ich dich in der Öffentlichkeit spielen. Wir würden abwechselnd zur Arbeit gehen, und damit hätte jeder von uns beiden abwechselnd einen Tag frei. Das wäre doch geil, oder?" Lorenz wehrte ab: „Aber wir hätten dann nur ein einziges Gehalt, bräuchten aber Essen und Kleidung für zwei. Das haut einfach nicht hin". Leo verzog den Mund zu einem überlegenen Grinsen: „Ich denke mal, das wird für die nächsten zwei bis drei Jahre kein Problem sein. Mein Koffer ist vollgestopft mit Geldscheinen. Und da mein Vergehen nach zwei Jahren verjährt ist, kann ich dann einfach zurückgehen und Nachschub holen. Also, was sagst du?" Dann holte er seinen Koffer, öffnete denselben und schüttete einen Berg Geld auf den Küchentisch. Der Anblick der vielen Scheine überzeugte Lorenz, die Sache mitzumachen.

Als Lorenz am nächsten Tag von der Arbeit kam, fand er im Wohnzimmer ein absolutes Chaos vor. Der Teppich war gänzlich zerrissen, und überall lagen Fäden und Fusseln herum. Leo stand daneben und war völlig von der Rolle: „Was ist denn das für eine Kacke? Ich glaub's ja nicht! Ihr habt hier Staubsaugerroboter, die den Teppich zerfetzen? Findet ihr das etwa normal?" Lorenz schlug die Hände zusammen: „Bist du wahnsinnig? Das ist doch mein Mähroboter für den Rasen hinterm Haus". Leo machte große Augen: „Hä? Ein Roboter, der den Rasen mäht? Sowas gibt es ja nicht einmal bei uns. Und wir haben begnadete Techniker. Jetzt bin ich baff". Lorenz ließ sich verärgert auf einen Stuhl fallen: „Hoffentlich nicht zu baff, um etwas von deinem Geld zu nehmen, und sofort einen neuen Teppich zu kaufen".

Am nächsten Tag machte sich Lorenz eine gute Zeit, während Leo für ihn zur Arbeit gefahren war. Als dieser am Abend heimkam, schien er nicht gerade bester Laune zu sein. Mit hängendem Kopf gestand er: „Ich, äh, wir wurden gefeuert. Dabei habe ich lediglich nur zwei Cockpits zerstört. Eure Autos sind doch etwas anders gebaut, als ich das gedacht habe". Lorenz war entsetzt: „Verdammt! Aber wegen zwei Teilen brauchen die uns doch nicht gleich zu entlassen". Leo drehte sich etwas zur Seite: „Nun ja, wie soll ich sagen, die beiden Autos sind dabei auch mit über den Jordan gegangen". Lorenz hieb mit der Faust auf den Tisch: „Scheiße! Und heute Abend wollte ich mit Mathilda so richtig fürstlich Essen gehen. Jetzt muss ich ihr sagen, dass ich keine Arbeit und kein Geld mehr für so etwas habe. Scheiße! Scheiße! Scheiße!" Leo versuchte ihn zu besänftigen: „Noch haben wir ja genügend Geld in meinem Koffer. Aber sag mal, diese Mathilda, ist das deine Freundin?" Lorenz hob verlegen die Hände: „Noch nicht, aber sie soll es werden. Es ist das erste Mal, dass ich sie eingeladen habe. Hast du denn keine Mathilda in deinem Universum?" Leo schüttelte den Kopf: „Weißt du was, ich hole jetzt etwas von deinem Wein aus der Küche, und du erzählst mir bei einem guten Glas alles über diese Mathilda!" In der Küche angekommen, nahm Leo zwei Gläser aus dem Schrank und entkorkte eine Flasche Rotwein. Dann goss er die Gläser voll, griff in die Hosentasche, holte ein

Röhrchen hervor, und schüttete ein weißes Pulver in einnes der Gläser. Dieses überreichte er Lorenz, nachdem er wieder im Wohnzimmer angekommen war. Kaum hatte Lorenz einen Schluck getrunken, als ihm schwindlig wurde. Alles um ihn herum wurde dunkel, und er konnte sich nicht mehr auf den Beinen halten. Sein Körper schlug dumpf auf den Boden. Der Schmerz brachte ihn wieder zu sich. Verwirrt blickte er sich um. Er lag in seinem Schlafzimmer. Seit zwanzig Jahren war es nicht mehr vorgekommen, dass er mitten im Traum aus dem Bett gefallen war.

Der Schmale

Die meisten Leute klopfen an. Nicht alle. Die meisten. Der hier nicht. Das Männlein war zum Schreien. Hager, rothaarig, pickelige Haut und höchstens achtzehn Jahre alt. Er grinste von einem Ohr zum anderen: „Wollen Sie richtig viel Kohle verdienen?" In meinem Stammhirn bildete sich blitzartig und ohne mein direktes Zutun ein Spitzname für diese Microtus arvalis, nämlich: „Der Schmale". Er setzte sich selbstbewusst und sagte halblaut: „Ich bin neu hier in der Stadt und kenne noch niemanden. Ihre Adresse habe ich mit einem Telefonnummer-Programm ermittelt. Unter A fand ich niemanden von Interesse. Deshalb B wie Baer. Und jetzt bin ich hier". Ich war nicht besonders begeistert von dieser Nulpe, aber er hatte etwas von Verdienen gesagt, und dafür bin ich sehr, sehr empfänglich. Also versuchte ich so neutral wie möglich zu erscheinen: „Und was genau wollen Sie von mir?" Er spreizte blasiert beide Arme seitlich vom Körper ab: „Schauen Sie mich an! Ich habe mehrere Millionen auf dem Konto, aber ein Zwölfjähriger könnte mich zusammenschlagen und bräuchte dafür wahrscheinlich nur seinen linken Arm. Mein Können hingegen ist nur in meinem Gehirn beheimatet. Schon mit Fünfzehn konnte ich jedwede Art von Software programmieren, oder die Machwerke anderer Programmierer im Handumdrehen hacken". Ich wurde neugierig, da mir solch ein Talent nicht unbedingt gegeben war: „Sie sind also echt ein Hacker?" Er zog einen seiner Mundwinkel etwas höher als den anderen: „Sagt man. Ursprünglich nannte man Arbeiter so, die den Boden in Weinbergen lockern mussten. Ich lockere lieber die Firewall in einem Computer". Es gelang mir tatsächlich unter Aufbietung aller Kräfte meinen Neid zu unterdrücken: „Gut und schön, aber was genau wollen Sie von mir?" Seine Antwort kam prompt: „Ich brauche einen Bodyguard. Natürlich muss ich zuerst wissen, ob Sie auch dafür qualifiziert sind!" Was bildete sich dieser Schnösel denn eigentlich ein? Meine Antwort klang etwas gepresst: „Ich spreche fünf Sprachen perfekt. In drei weiteren kann ich mich zur Not verständigen. Ich habe in Harvard studiert und den Doktor in Kriminologie gemacht. Fernerhin bin ich Weltmeister in Jiu-Jitsu und habe den schwarzen Gürtel in Karate. Beim Schießen erreiche ich 100 Ringe von 100". Ihm fielen beinahe die Augen aus dem Kopf: „Echt jetzt?" Lächelnd holte ich zum Finale aus: „Etwas Wichtiges habe ich noch vergessen. Ich lüge wie gedruckt". Man konnte in seinen Augen sehen, wie bei ihm der sprichwörtliche Groschen erst ganz langsam, dann aber doch mit einem Ruck fiel. Er brach in unbändiges Gelächter aus. Während er nach Luft schnappte, prustete er: „Das ist ja mal ein geiler Spruch". Ich verzog den Mund: „Ist leider nicht von mir. Habe ich aus irgendeinem Film. Weiß aber bedauerlicherweise nicht mehr aus welchem". Er beruhigte sich langsam und sagte: „Ich denke, ich probier's mit Ihnen. Interessiert? Ich zahle jeden Preis". Und im Handumdrehen war ich ein Bodyguard.

Das Personal in diesem Hotel hätte mich normalerweise nicht einmal mit dem Hintern angeschaut, aber im Fahrwasser des Schmalen musste ich befürchten, dass sie mir jeden Moment die Schuhe ablecken würden. Selbst meinen Koffer mit den technischen Utensilien brauchte ich nicht selbst zu tragen. Kein Wunder, denn mein Klient warf nur so mit dem Trinkgeld um sich. Er hatte vor Tagen schon die Hochzeitssweet angemietet, was mir persönlich nicht so richtig gefiel. Ich wollte einfach nicht, dass das Hotelpersonal dachte, ich wäre mit so einem Schwachmaten verbandelt. Entgegen meinen schlimmsten Befürchtungen besaß die Sweet zum Glück zwei getrennte Schlafzimmer. Nachdem wir uns häuslich eingerichtet hatten, fragte mich der Bubi nach meinem Lieblingsgetränk. Daraufhin bestellte er beim Zimmerservice zwei Flaschen fünfzehnjährigen I. W. Harper. Zu tatsächlich je 235 € die Buddel. Hotelpreis. Als wir uns einigermaßen von Innen erwärmt hatten, und auch schon recht fröhlich waren, fragte ich ganz nebenbei: „Aus welchem Grund brauchen Sie eigentlich einen Bodyguard?" Er druckste ein wenig herum: „Nun ja, sagen wir mal so, es gibt da eine weltweit agierende Firma mit dem wohlklingenden Namen DIAMAV, deren Aktivitäten nicht immer so ganz legal sind. Sie kaufen und verkaufen Diamanten, und ich habe da einige Unregelmäßigkeiten entdeckt, als ich mich vor Kurzem ganz zufällig in ihren Firmencomputer gehackt habe. Die haben aber leider sofort bemerkt, dass da einer kurz vorbeigeschaut hat. Ich weiß halt nur nicht, ob die heraus gefunden haben, dass ich derjenige gewesen bin. Solange das nicht ganz klar ist, brauche ich eben einen Beschützer". Er zeigte auf meinen Koffer: „Was ist eigentlich da drin?" Ich antwortete im Ton eines Filmhelden: „Was man halt so braucht. Fingerabdruckpulver, eine Pinzette, ein winziger Peilsender nebst einem handlichen Empfänger, etwas legal erworbener Sprengstoff, eine starke Lupe, ein Wanzendetektor, ein zusätzliches Handy, Handschellen, ein Glasschneider, ein Reisemikroskop, zwei robuste Saugnäpfe mit Feststellhebel, jede Menge Verbandszeug, sowie neben einigen anderen Kleinigkeiten auch Nähzeug". Er goss sich etwas Bourbon nach: „Nähzeug? Wozu Nähzeug?" Fast schon arrogant antwortete ich: „Wenn Sie nachher schlafen gegangen sind, werde ich den kleinen Peilsender in Ihre Unterhose einnähen. Dann kann ich Sie im Fall, dass wir getrennt werden, überall aufspüren". Er rülpste vernehmlich: „Dann gehe ich jetzt schlafen. Gute Nacht!" Und ich bewaffnete mich mit Nadel und Faden.

Ich werde wohl der alkoholverarbeitenden Industrie irgendwann einmal empfehlen müssen, in ihre Flaschen einen Mengenbegrenzer einzubauen. Das Gesicht im Spiegel unterschied sich deutlich von dem Anblick, den ich im Normalfall gewohnt war. Es wurde noch blasser, als ich feststellte, dass mein Klient verschwunden war. Zuerst versuchte ich mich damit zu beruhigen, dass er vielleicht beim Frühstück saß. Aber weder im Frühstücksraum, noch im Hotelrestaurant war auch nur die geringste Spur von dem Kleinen zu finden. Ich erkundigte mich an der Rezeption nach ihm, aber da wusste man auch nichts. Zumindest hatte er noch nicht ausgecheckt. Also ging ich zurück in die Sweet, um den kleinen Empfänger aus meinem Koffer zu nehmen, und den Schmalen mittels Peilsignal ausfindig zu machen. Es dauerte keine zwei Minuten, da stand ich auf dem Gang vor einem Servicewagen. Ein Zimmermädchen war gerade dabei, die Unterhose meines Klienten in einen Wäschebeutel zu stopfen. Entgeistert rief ich: „Was machen Sie da?" Sie antwortete gelassen: „Meine Arbeit. Ihr Freund lässt doch jeden Morgen seine Leibwäsche abholen. Oder glauben Sie vielleicht, er zieht seine Unterhosen zweimal an?" Kopfschüttelnd schob sie ihren Wagen an mir vorbei in Richtung Fahrstuhl. In diesem denkwürdigen Moment hätte ich wahrscheinlich jeden Wettbewerb im doof Gucken gewonnen.

Zunächst war nur das Hotelpersonal genervt. Als ich dann aber begann auch die anderen Gäste zu befragen, ließ mich der Direktor höchstpersönlich wissen, dass so etwas in seiner Nobelherberge äußerst unerwünscht sei. Als dann der helle Tag aufgrund der Erdrotation dem dunklen Abend wich, war ich bedauernswerter Mensch genauso schlau wie am Morgen davor. Ich wusste auch nicht, wie lange ich noch in der Sweet wohnen bleiben durfte, falls mein Klient nicht umgehend wieder auftauchen würde. Zum Trost fand ich in einer der Flaschen noch einen erquicklichen Rest Bourbon. Dass ich Tollpatsch mich beim Trinken verschluckte, lag an dem plötzlichen und gänzlich unerwarteten Klingeln meines Handys. Zu meinem Erstaunen vernahm ich die Stimme des Schmalen: „Sind Sie das? Ich meine, sind Sie mein Bodyguard?" Mir fiel ein Stein vom Herzen: „Ja sicher bin ich es. Wo zum Teufel sind Sie denn?" Er antwortete nach kurzem Zögern: „Der Aussicht nach in einem Hochhaus. Und nach dem großen Firmenlogo direkt vor meinem Fenster bin ich bei der DIAMAV". Ich erwiderte verwundert: „Bei der Diamantenfirma? Warum haben Sie sich nicht schon eher gemeldet?" Meine Frage schien ihn nicht gerade zu ergötzen: „Weil man mich hier eingesperrt hat, und ich fast den ganzen Tag gebraucht habe, das lahmgelegte Telefon wieder gangbar zu machen". Etwas ungläubig fragte ich: „Und das Schloss an der Tür konnten Sie wohl nicht knacken, oder?" Das besserte seine Stimmung nicht um einen Deut: „Blöde Frage. Wäre ich dann noch hier? Ich kann Computer knacken, aber keine Schlösser. Können Sie mich bitte endlich hier herausholen?" Im Brustton der Überzeugung antwortete ich mit fester Stimme: „Geduld, ich bin schon auf dem Weg!" Aber zwei Sekunden später war meine gewaltige Überzeugung bereits komplett im Eimer. Wie sollte ich eine derartige Befreiung anstellen? Einfach in das Firmengebäude gehen und sagen, dass ich einen dürren Rothaarigen von der Gefangenschaft erlösen möchte? Wohl kaum! Also inspizierte ich erstmal meinen Kofferinhalt. Dabei kam mir die blödeste Idee, die mein Hirn jemals ausgebrütet hatte, seit es vorgab, des Denkens mächtig zu sein. Ich schnappte mir alle vorhandenen Nachschlüssel und Dietriche, den Glasschneider, das Seil und die zwei Saugglocken. Mein Plan stand fest. Ich würde im Schutz der Dunkelheit heldenhaft an der Glasfassade des Firmengebäudes hochklettern. Und zwar bis zu dem Firmenlogo, denn dahinter wurde ja mein Klient gefangen gehalten. Dann würde ich ein großes Loch in die Fensterscheibe schneiden, hineinklettern und das Türschloss von innen knacken. Anschließend würden wir zwei völlig ruhig und unauffällig am Portier vorbei das Gebäude verlassen. Verdammt, was war ich doch für ein Teufelskerl!

Normalerweise nennt man Saugglocken so, weil sie sich an glatten Flächen festsaugen. Aus einem unerfindlichen Grund aber hatte eine der beiden absolut keine Lust mehr sich auch nur annährend irgendwo festzusaugen. Und das passierte, nachdem ich gerade mal drei Meter hinter mich gebracht hatte. Versuchen Sie mal, nur an einer Hand hängend, sich nach oben oder nach unten weiter zu saugen. Zum Glück gab der Grasboden unter meinem schmerzenden Hinterteil keinen Laut von sich. Im Gegensatz zu dem Streifenwagen, der vor dem Gebäude hielt. Ich konnte deutlich sehen, wie man den Schmalen abführte. Es gibt Tage, da sollte man lieber im Bett bleiben. Oder noch besser, überhaupt nicht geboren worden sein.

Da es eine öffentliche Gerichtsverhandlung war, konnte ich im Zuschauerraum sitzend alles genau verfolgen. Man hielt dem Schmalen zu Gute, dass er bisher noch nie straffällig geworden war. Außerdem betrachtete man die ungesetzliche Entführung seiner Person als strafmildernd. Zum Schluss wurde er sogar gelobt, dass er die Machenschaften der Firma aufgedeckt hatte. Trotzdem wurde er gemäß § 202a StGB für das Ausspähen von Daten zu zwei Jahren verknackt, jedoch nur auf Bewährung. Wir zwei Hübschen waren somit förmlich gezwungen, direkt am Anschluss an die Verhandlung mit etwas Bourbon zu feiern, dass er nicht direkt in den Knast einziehen musste.

Neben der Tür des Gebäudes stand in großen Buchstaben: „Schildermacher für Werbe- und Firmenschilder". Der Chef der Firma rümpfte unübersehbar die Nase, als er meinen Atem roch. Trotzdem nahm er meinen Auftrag über ein Schild aus Acrylglas mit Tiefengravur an. Es sollte für immerdar meine Bürotür zieren, und zwar mit der gut leserlichen Aufschrift: „Wir übernehmen keine Tätigkeiten als Bodyguard".

Über den Autor

Er ist schon etwas älter und hat in den verschiedensten Berufen gearbeitet. Zum Beispiel als Werkzeugmacher, Fahrlehrer, Sonderfertiger, freischaffender Künstler, Sozialarbeiter und Systemtechniker. Seinen derzeitigen Lebensunterhalt übernimmt dankenswerter Weise die Rentenversicherung. Das gibt ihm die Möglichkeit sowie die nötige Freizeit, um jede Menge seltsame Kurzgeschichten zu schreiben.